LES PATRICIENNES

DE

L'AMOUR

PAR

XAVIER AUBRYET

PARIS

E. DENTU, ÉDITEUR

LIBRAIRE DE LA SOCIÉTÉ DES GENS DE LETTRES

et de la Société des Auteurs dramatiques

GALERIE D'ORLÉANS, 17 & 19, PALAIS-ROYAL

LES

PATRICIENNES

DE L'AMOUR

DU MÊME AUTEUR :

La Femme de vingt-cinq ans.
Les Jugements nouveaux.

EN PRÉPARATION :

Les Idées justes et les Idées fausses.

———————

LES

PATRICIENNES

DE L'AMOUR

PAR

XAVIER AUBRYET

PARIS

E. DENTU, ÉDITEUR

LIBRAIRE DE LA SOCIÉTÉ DES GENS DE LETTRES

PALAIS-ROYAL, 17 ET 19, GALERIE D'ORLÉANS

1870

A MADAME DE V...

AVANT-PROPOS

Rousseau écrivait en tête de la *Nouvelle Héloïse :*
« Toute fille qui ouvrira ce livre est perdue. » Nous
n'aurons pas la fatuité d'écrire en tête des *Patriciennes
de l'amour :* « Toute femme qui ouvrira ce livre sera
sauvée. » Nous conseillerons même charitablement aux
lectrices qui ont la vocation de la chute, de ne pas entre-
prendre avec nous cette excursion de trois cents pages :
elles risqueraient d'y trouver trop peu de ce qui caresse
les fragilités à la mode; ce n'est pas aux pécheresses, c'est
aux rédemptrices que s'adresse cet ouvrage, plus jaloux
de l'estime que de la popularité. Par son titre, il est
naturellement dédié aux honnêtetés qui ont des sourires
même pour le sacrifice, aux fidélités qui se gardent comme
une parole, aux dévouements obscurs et exquis, à toutes
celles en un mot qu'on pourrait définir : les sirènes du
Devoir.

J'appelle *Patriciennes de l'amour* ces femmes jeunes et belles qui, sans distinction de rang, par la seule noblesse des sentiments et de la grâce, méritent la première place dans nos esprits et dans nos cœurs. Madame d'Ivrée, comme Madame Étienne, Mlle Rosa la Rose, aussi bien que Mlle de Keldern, représentent les gardiennes de l'Idéal, tout en ayant l'ambition d'être bien de leur siècle. Je sais que la robe d'innocence ne se porte guère décolletée, et que je me prive de l'attrait le plus couru, mais voilà tant de saisons qu'on parle de la saveur du « fruit défendu », que j'ai voulu voir si le fruit permis était aussi fade qu'on l'assure.

Enfin, le Vice hargneux et suranné compte tant de temples définitifs, qu'on permettra bien à la Vertu fraîche et charmante d'obtenir une chapelle provisoire.

Paris, octobre 1869.

Xavier AUBRYET.

LE PEUPLIER PERVERTI

I

LE BOIS DU BON MOTIF

A quelques lieues de Paris, un peu à l'écart des grandes routes et des chemins de fer, s'élève encore un petit bois, vestige d'une ancienne forêt et qui fut, au bon jeune temps, un lieu de pèlerinage pour les amours permises ; c'était là, dès le signal donné par les lilas, que les fiancés allaient sous les yeux de leurs parents cueillir leur premier bouquet; c'était là, quand le ridicule n'avait pas encore frappé ce poétique usage, qu'ils venaient inscrire leurs noms sur les arbres, et ces vieux dépositaires, à commencer par le hêtre et l'ormeau, les classiques du genre, portent en caractères grandis avec eux, comme des cicatrices plus larges que la blessure elle-même,

1

cette publication de bans faite en pleine nature. Ici on épèle : *Rose et Frédéric*, 1769 ; à côté, *Annette et Lubin*, 1776 ; plus loin, *Volmar et Julie*, l'an ii, et ainsi de suite jusqu'en 1830, date de la disparition définitive de toute une société.

Hélas ! ces inscriptions sont maintenant autant d'épitaphes, et ce berceau des lunes de miel naissantes ressemble au cimetière des bonheurs défunts : où l'on aurait lu volontiers : *Ci-rit*, on serait tenté de lire : *Ci-gît*.

Le bois du *Bon-Motif*, ainsi que l'appelait la naïveté de nos pères, reverdit comme par le passé, mais ses confidents reposent plus bas que sous ses ombrages ; peut-être, lorsque le printemps joue le mirage de la résurrection universelle, la brise, imprégnée d'effluves de tendresse, semble-t-elle recomposer mille délicieux murmures, et l'écho, croyant encore répondre, appelle-t-il à son tour !

Un clair ruisseau, où se mirèrent bien de jolis visages, égaye toujours de son babil enfantin ces centenaires de l'ordre végétal qui, depuis tant de belles saisons, ne reçoivent plus de visites. Nul ne s'aviserait de venir dans ces lieux déserts *contempler Sylvie ;* tout au plus le pas d'un braconnier résonne-t-il à travers ces sentiers délaissés. Si le bois du *Bon-Motif* n'avait pour lui, d'abord la qualité médiocre de son terrain, et ensuite un reste de piété chez les braves gens du voisinage, depuis longtemps la herse et la charrue eussent nivelé l'oisif coin de terre ; mais ce lot forestier demeure indivis entre plusieurs communes, et malgré le positivisme de l'époque, il n'y a guère de familles qui n'éprouveraient comme un remords de laisser détruire ces rustiques registres de l'état civil. On ne défriche pas ses aïeux ; on peut faucher des fleurs, mais on respecte un herbier.

Seul entre tous, un magnifique peuplier à la cime élancée, au tronc étroit et lisse comme une colonne de marbre, ne présentait aucun chiffre galant ; les autres portaient leur acte de baptème : celui-ci était le *frêne Valmont*, celui-là le *platane Blinval*, ce dernier le *tremble* de Jean et Jeannette : l'unique peuplier du bois du *Bon-Motif*, par une circonstance qu'expliquera la suite de ce récit, manquait d'état civil.

Lors du fougueux reboisement de Paris, cette futaie séculaire avait naturellement éveillé l'attention ; c'est au boulevard que les ermites doivent maintenant prendre leur retraite ; mais comment déplacer pour l'usage profane ces essences à l'épiderme devenu sacré, et disperser ces écorces tombales ; afin de ne pas perdre absolument la journée, on convint au moins de marquer pour un futur square ce peuplier qui ne parlait aux souvenirs de personne ; cette reconnaissance s'opérait vers les derniers jours d'août : l'internement du végétal fut fixé au milieu de mai. Les champs ne demandaient pas mieux que de laisser partir pour la ville cet anonyme qui ne semblait pas de la famille.

Les chênes grondeurs se bornèrent seulement à prophétiser entre eux : — Il va tourner mal à Paris !

II

IL Y A PLUS DE JOIE ICI-BAS POUR UN PÉCHEUR QUI SE REPENT QUE POUR QUATRE-VINGT-DIX-NEUF JUSTES QUI PERSÉVÈRENT

Une allégresse de délivrance emplissait un aimable pavillon de la rue de Chanaleilles situé entre cour et jardin ; la grand'mère de Gaston d'Ivrée, un vaurien qui rompait avec Satan, — ce roi qu'on ne détrône pas se promettait bien de renouer, — venait d'obtenir pour son petit-fils la main de Mlle Alice de Tiberval, une des plus délicieuses héritières de l'Isle-de-France, et l'on se trouvait encore, à propos de ce résultat inespéré, dans la phase de l'attendrissement ; une femme de chambre, entrée depuis huit jours seulement, pleurait déjà comme une Madeleine.

Gaston lui-même, le joueur de marbre, le viveur d'airain, sentait pour la première fois depuis sa majorité monter la rosée des larmes dans ses yeux en embrassant la vénérable fée qui avait accompli ce miracle. Il était si bien de ceux auxquels le port du mariage semble

interdit, tant leurs vaisseaux sont brûlés ! il avait jeté si
complaisamment aux quatre vents de la damnation bâ-
tarde les dons rassemblés autour de son berceau, la
fortune, la séve de race, l'aptitude aux nobles buts, et
pris place avec tant d'éclat parmi les *irréconciliables* du
célibat ! Mais pour reconstruire le nid du bonheur la
main des vieilles femmes a quelque chose de la délicate
industrie de l'oiseau. De bribes et d'épaves de toutes
sortes elle avait reconstruit pour l'enfant prodigue une apparence de patrimoine comme de quelques bons souvenirs
laissés çà et là elle lui refaisait une façon de *présentabilité*.

Les servitudes de l'élégance avaient enrégimenté Gaston
parmi ces violents illettrés qui tiennent à rebours le livre
de la vie, mais au fond il valait mieux que cette petite
gentilhommerie pour laquelle les mœurs brutales sont
devenues un besoin à force d'avoir été une affectation,
et qui ne se complait que dans la société des *palefre-
nières* ; gens de qualité perdue qui préfèrent un gros
mot à la pensée la plus fine, heureux de quitter la
femme qui cause pour la femelle qui jure, chevaliers
antifrançais qui allumeraient volontiers leur cigare renaissant de ses cendres comme le phénix avec cette
pauvre vieille devise dont chaque terme est menacé de
désuétude : *Mon Dieu, ma dame et mon roi !*

Par amour-propre de connaisseur, Gaston échappait
un peu à cette fureur de mésalliance qui caractérise la
bohême dorée et qui ferait volontiers croire l'*étoile* amoureuse du *ver de terre*. Quel spectacle plus bouffon que
de voir ces néo-patriciens si chatouilleux sur leur titre

qu'ils auraient presque un valet de chambre chargé de leur dire tous les matins : *Souvenez-vous que vous êtes comte*, promener triomphalement quelque chose comme la fille naturelle d'un concierge de banlieue, souillons hautaines qui n'ont qu'à faire un signe pour qu'on aille chercher l'anneau qu'elles jettent dans je ne sais quelle mer Morte, et qui, après avoir été si heureuses d'une paire de boucles d'oreille en acier, discutent la grosseur des diamants de famille ; veuves de tout le monde, qui trouvent toujours des partis dans la galanterie ignare, car il y a d'éternels écoliers qui sont toute leur vie les derniers de leur classe !

Inconséquence de la morgue ! Tant de hauteur à propos de la plus insignifiante des relations masculines et un si parfait sans-culottisme quand il s'agit de choisir les compagnes de ses plus belles années ; fanfarons de distinction que charme secrètement la vulgarité et qui exigent, pour satisfaire leurs besoins contradictoires, que les hommes descendent des croisades et que les femmes montent de l'échoppe ; blason qui se hisse ou qui s'étale, comme un drapeau dont on ferait un tapis !

A défaut d'un sentiment meilleur, une sorte de respect humain empêchait M. d'Ivrée d'établir une confusion entre les filles légitimes d'Ève et les autres, et à une époque si prude en matière de gouvernement mais qui crie si effrontément au vice : passez le premier ! il observait tant bien que mal l'ancienne préséance. Élevé par une des plus charmantes vieilles femmes de Paris, Gaston ne se sentait pas à côté d'une interlocutrice de son rang cette raideur gauche et cette stérilité plate des gens qui ont oublié la langue de leurs pairs, il dissimulait même sans trop d'effort l'horreur que cause, depuis que ce sont les cafés et non plus l'Académie qui se trouvent chargés de faire le dictionnaire,—la plus dure des privations : la privation de la mauvaise compagnie.

Les jeunes gens sont aujourd'hui plus tyranniques dans leurs habitudes que les vieillards ; un salon où ne se dresse pas en permanence une table de baccarat fait littéralement peur ; les plus ingénus sont même ceux qui daignent encore conduire le cotillon. Les mères ne suffisent plus maintenant pour contenir l'ardeur des fils vers le mauvais ton ; si l'on veut renouer la chaîne des temps, et trouver une école d'urbanité qui sache imposer, il faut s'adonner aux aïeules ; une femme de quarante-cinq ans aurait souri débonnairement des audaces d'un enfant impatient d'avancer sur l'heure de son siècle. Mme de Guérannes, tout en se jouant, avait un petit *fi donc !* sec et impérieux, qui arrêtait court les émancipations de M. d'Ivrée.

— Vous en voulez terriblement à notre génération, n'est-ce pas, grand'maman ? lui disait-il un jour à dîner.

— Je crois bien ; on ne peut plus avoir une cuisinière un peu passable de physionomie, qu'une légion de fils de famille ne vous l'enlève au marché pour lui offrir un huit-ressorts et des diamants ; cordon bleu n'était qu'une figure, c'est une réalité à présent ; Mlles Justine et Amanda sont en train de passer grandes dignitaires ; et ce qu'il y a d'ineffable, c'est que vous osez rire de Mme Cottin ;

mais enfin, estimables Lovelaces qui portez le déshonneur dans le sein des offices, Malvina n'avait pas servi; en vérité, ce triomphe du tablier me passe, et il y a là de quoi ressusciter Vatel !

Et Gaston, capable d'avoir pris au sérieux, lui aussi, une ambitieuse détournée jadis de ses fourneaux, contemplait avec une légère confusion les portraits de ses ancêtres, qui lui riaient au nez.

— Si vous êtes réellement à la recherche d'une bonne fortune, continuait la vieille femme, laissez-moi vous citer une nouvelle héroïne qu'il vous serait doux de connaître; elle visitait dernièrement l'hôtel d'un de ses adorateurs inscrits; arrivée dans la bibliothèque : Je ne sais pas lire ! dit-elle avec orgueil, en cinglant de sa cravache un superbe exemplaire des *Caractères* de La Bruyère. Elle ne sait pas lire ! reprit avec ravissement le maître du logis, en admirant à quelle splendeur peut mener l'ignorance, et le lendemain il avait l'honneur d'allumer son feu avec le chef-d'œuvre qu'elle désignait si coquettement. Un mauvais plaisant a mis, dit-on, un rondin dans la vitrine, à la place du livre. Depuis ce temps, on n'appelle plus ce couple enchanteur que M. et Mme Omar. Tu vois, mon bon ami, comme tu es en retard, toi qui te crois à l'avant-garde. On prétend que ton infante épèle : que vont devenir vos victimes avec l'instruction obligatoire ?

Une autre fois que M. d'Ivrée, en sévère uniforme de *high life*, s'en allait pieusement, pour la soixante-dix-huitième fois de la saison, découvrir de nouvelles beautés dans l'*Iliade à Sainte-Menehould* :

— On annonce décidément le grand bal de mam'zelle Tout-le-Monde, j'espère que vous en êtes, Gaston, lui disait-elle.

A quoi le trente-deuxième de Don Juan, piqué au jeu, répondit :

— C'est ce qui vous trompe, grand'maman, je vais diriger le thé chez Mme et M. de Juliamé, la fleur des pois des quartiers neufs.

Et l'aristocrate, qui connaissait son personnel sur le bout des doigts, murmurait :

— Où prenez-vous les Juliamé? On a bien raison de dire que maintenant les maisons s'élèvent comme par enchantement.

Ces moqueries bénignes, dont l'accent surtout faisait la valeur, avaient plus agi sur l'intelligence de M. d'Ivrée que ne l'eussent fait des gronderies de morale. Outre qu'il chérissait profondément sa grand'mère, il redoutait en elle un juge exercé dans les matières féminines. Il reste aux gens qui ont effleuré le xviiie siècle un prestige de légèreté qui impose aux générations présentes, tourmentées de briller dans le genre plaisant ; nos grands aïeux sont les inventeurs du persifflage que nous avons lourdement travesti en ricanement, et quand cette qualité dans l'instinct du ridicule s'allie à la grâce naturelle des vieilles femmes, leurs flèches valent mieux que des massues.

Tenu ainsi en haleine par des piqûres qui ne choi-

1.

sissaient jamais la même place, Gaston en était arrivé à ce prestige de modestie pour un contemporain : il se défiait quelquefois de lui-même. Les siècles, qui se font vieux, ressemblent aux parents séniles qui ont des enfants d'une précocité désespérante. Mme de Guérannes tendait utilement la main à son petit-fils pour remonter galamment le cours des âges. Le contact de cette octogénaire si vive, si alerte, si parfumée d'illusions, lui faisait honte de cette pédante décrépitude qui s'étudie maintenant dès le collége ; c'étaient les cheveux blancs qui apprenaient la jeunesse aux cheveux noirs.

Aussi malgré ses vingt-sept ans, âge où un jeune homme qui se respecte ne peut plus décemment afficher d'illusions, Gaston d'Ivrée consentait à admettre quelques circonstances atténuantes en faveur de l'idéal. Il daignait assortir son moral à son physique ; il avait le courage de violer cette étiquette d'ordonnance de la génération actuelle : une âme décrépite avec un masque d'adolescent. Que dis-je ? lui, qui au cercle était de la commission du scepticisme, il inclinait à l'idylle ; il couvait un : *ô Rus quando te aspiciam !* il lui tardait, lui qui avait remué tant de trèfle de la régie, de toucher à quelques primevères. On l'avait surpris défendant *Paul et Virginie* contre un groupe d'exécuteurs de chefs-d'œuvre qui trouvaient *idiot* cet admirable livre.

Mlle Alice de Tiberval méritait bien l'honneur de ce revirement inespéré, et l'on s'expliquait à première vue la subite résolution prise par Gaston de finir en *bon jeune homme*, comme disaient ses camarades avec l'organe du vieux gamin de Paris. On devinait une sainte maîtresse dans cette pensionnaire à peine éclose du couvent ; elle ressemblait aux fleurs qui n'ont encore connu que le jardin ; sa présence répandait la fraîcheur de ces bouquets des champs qu'on apporte à la ville : c'était une de ces blondes adorablement de leur sexe (tant de beautés célèbres se permettent d'empiéter sur le nôtre), qui de leur petit doigt soulèveraient le monde, et de leur voix douce commanderaient aux tempêtes, créatures exquises qui ont naturellement l'horreur du fruit défendu et qui, à la place de notre mère Ève, n'auraient pas compromis le genre humain. Je ne prétends pas que Mlle de Tiberval se serait évanouie à l'aspect d'une simple pomme, mais sans affectation de rigorisme, elle rendait le devoir si friand qu'elle aurait fait commettre aux criminels endurcis quelque chose comme un crime de vertu.

En la voyant on aurait volontiers changé de sexe la définition de Pascal, et dit : *La femme est un roseau pensant.* Sa taille faisait rêver à la tige ; le moindre souffle semblait imprimer à toute sa grâce une ondulation harmonieuse ; elle pliait presque sous le poids de ses cheveux d'or mat, comme une moissonneuse que courbe le trop riche fardeau de ses gerbes ; sa tête aux traits d'une fierté fine avait une expression de gravité mignonne, on découvrait dans ses yeux d'un bleu foncé comme une eau profonde, des abîmes de suavité ; et la plus pauvre robe l'habillait aussi voluptueusement que l'étoffe la plus ruineuse.

Worth qui créa le monde de la toilette féminine au

xixe siècle et ne se reposa pas même le septième jour, l'eût considérée comme un ange révolté : d'un pli elle défaisait son œuvre.

L'originalité de son charme consistait à unir la séve de la paysanne à la finesse de la patricienne ; nous avons la Parisienne de serre chaude, c'était la Parisienne sauvage.

Gaston d'Ivrée acceptait donc sans trop d'effroi l'idée de vivre à la campagne, lui qui professait jadis que l'exil commençait à la première rue prise en quittant le boulevard. Le confortable manoir de Flavacourt, une forteresse de la Renaissance si bien accommodée au goût du temps présent que le calorifère s'étendait jusqu'aux oubliettes, ne faisait pas le moins du monde, à distance au moins, au sire d'Ivrée, l'effet d'une bastille. C'était pourtant là qu'il allait passer le reste de ses jours en compagnie de son beau-père et de sa belle-mère, si roses et si frais tous les deux qu'on avait hardiment rayé du second contrat qui se fait toujours derrière le notaire, ce mot si hideux et que l'on prononce avec tant d'amour : les *espérances ;* quelque chose comme une vilaine mouche qui se cache au fond de la fleur d'oranger.

Mme de Guérannes, la grand'mère de Gaston, observait avec joie chez son petit-fils ces symptômes consolants d'un retour à la bonne voie.

Sans doute elle allait perdre un enfant chéri qui, en dépit de beaucoup d'iniquités, était son bien le plus cher, mais elle assurait par ce sacrifice, dans ce bas monde et peut-être dans l'autre, le salut de M. d'Ivrée.

— Le voilà aux champs, disait-elle gaiement ; il en-

tre en terre sainte. Le gouffre n'est fait que pour les
gens de mon âge.

Ajoutons que Mme de Guérannes, fort mondaine encore,
malgré ses soixante-quinze ans, entendait bien que les
Tiberval reviendraient un jour de leur rigueur, et qu'elle
finirait par conquérir le droit d'offrir pendant les mois
d'hiver l'hospitalité aux jeunes époux. Le mariage avait
été fixé à quelques jours d'une dernière entrevue, et,
pour laisser les futurs un peu plus ensemble, on allait
reconnaître le château de Flavacourt, en prenant le chemin des écoliers.

III

LE DIMANCHE DU RAMEAU

« O la jolie fille, dit Figaro en parlant de Suzanne, toujours riante, verdissante, pleine d'amour et de délices !» — On n'aurait pu appliquer de compliments plus exacts à la matinée du dernier jour d'avril 186...; le printemps, calomnié jusque-là, avait pris tout d'un coup sa revanche ; la nature était en toilette de mariée ; des nuages transparents comme la gaze voilaient à peine l'azur ; un soleil prodigue tiédissait la neige tombant des pommiers qui avaient l'air de bouquets devenus des arbres ; la grande calèche de famille semblait être fêtée par toutes les autorités du renouveau.

M. de Tiberval, homme pratique s'il en fut, disait le long du chemin avec une pointe de mauvaise humeur :

— Pas moyen de voir où en sont les récoltes ; ces maudites fleurs cachent tout.

Mme de Tiberval, petite femme ronde et résignée, lui répondait :

— Raoul, vous qui êtes du conseil général, vous devriez

bien demander qu'on comprenne les roses dans l'éche-
nillage.

Mme de Guérannes souriait en regardant Alice qui échan-
geait quelques ravissements avec son petit-fils, à cheval
près de la portière.

— Si nous faisions une halte à l'ombre de ce vieux
bois que l'on voit là-bas, dit-elle avec un léger tremble-
ment de voix ; nous déjeunerons et je vous raconterai
la chronique de ces patriarches auxquels nous devons tous
le respect.

— Pourvu que Justin n'ait pas oublié le bordeaux, répondit M. de Tiberval en jetant un regard inquiet sur
l'immense cocher qui adressait des mots de tendresse à
ses chevaux.

— Monsieur peut être tranquille, répliqua le majes-
tueux serviteur ; j'ai aussi mes bouteilles de cidre.

Sur un tapis de verdure, le couvert se trouva mis ; entre deux bouchées, M. de Tiberval s'écria :

— Je n'ai jamais compris comment les Romains pouvaient manger couchés.

— Il me semble, mon bon Raoul, lui répliqua avec
suavité sa fidèle compagne, qu'assis vous ne vous acquit-
teriez pas mieux de vos fonctions.

— Toujours des reproches, n'est-ce pas ? parce que j'ai
bon appétit ; on voit bien que nous sommes à une époque
dangereuse, où l'on prétend retirer à Louis XIV le titre
de Grand, parce qu'il n'était pas la plus mauvaise four-
chette de son royaume.

— Chère madame de Guérannes, dit Alice qui vint

au secours de son père, vous avez parlé d'une légende à propos de notre salle à manger rustique, devons-nous nous apprêter à frémir ?

— Grâce à Dieu ! petite fille, il n'y a eu aucun forfait de commis dans ce bois sacré, ainsi qu'on aurait dit au bon temps de la mythologie, et elle raconta ce qui sert de préambule à ce récit.

— Comme vous connaissez les êtres ! grand'maman, fit Gaston ; on dirait que vous aussi vous avez eu votre part de marraine dans ce baptême-là.

— Nous étions plus romanesques que vous autres, mon cher enfant ; il y a cinquante ans à peu près, qu'à cette même époque de l'année j'épousai M. de Guérannes. Nous vînmes aussi en famille visiter ce nid de verdure ; vous apercevez bien d'ici ce hêtre qui domine tous ses voisins ?

— Oui, ce seigneur parmi les arbres porte sa tête assez haut.

— Eh bien ! il ne serait pas impossible que vous lussiez sur l'écorce ces deux initiales : G. et L. avec cette date ridicule pour vous, mon cher petit-fils : 1809.

— Oh ! grand'maman, murmura M. d'Ivrée, presque d'un ton de reproche, est-ce que vous n'avez pas toujours été plus à la mode que nous ?

— Aujourd'hui Louis n'est plus, et Geneviève est près de disparaître ; j'ai évoqué là un souvenir qui ne me sied guère.

— Dites qu'il vous rend vos dix-huit ans, et allons les revoir ensemble.

— Non, dit Mme de Guérannes avec quelque émotion, une pauvre vieille comme moi ne doit pas se regarder de si près dans le miroir de sa jeunesse : si vos beaux-parents n'y mettent pas d'opposition, je permets seulement qu'Alice et vous me rapportiez une petite branche de l'arbre qui ne verdit plus que pour d'autres générations; moi, je n'ai plus droit qu'à des reliques. Tenez, dit-elle, en tendant à son petit-fils un de ces charmants couteaux de nacre à lame de vermeil qui font presque partie des bijoux.

M. d'Ivrée embrassa l'aïeule pour le double plaisir qu'elle lui faisait, et offrit son bras à Mme de Tiberval ; les deux jeunes gens suivaient d'un pas léger la lisière du bois, et la configuration du lieu permettait au groupe de famille de ne pas cesser de jouir de leur vue.

Ce pieux pèlerinage, qui lui fournissait un précieux tête-à-tête, avait disposé Gaston à des candeurs inespérées. Toutes les adolescences de la saison les entouraient; des senteurs pénétrantes sortaient du bois; les oiseaux donnaient la primeur de leurs chants ; point d'herbe ou de ronce qui n'eût sa fleur ; on respirait un air à la fois vierge, sauvage et doux. M. d'Ivrée sentait presque battre le cœur de sa compagne, qui s'appuyait sur lui pour la première fois ; il lisait dans ses yeux une si impérieuse confiance ! elle rayonnait sous ce regard qu'elle avait purifié. Comme s'ils appréhendaient d'être entendus de la solitude, ils ne se disaient qu'à mi-voix ces riens venus de l'âme et que le bruit de la voix effaroucherait : la pensée a sa pudeur comme le corps.

Ils arrivèrent ainsi jusqu'au pied d'un hêtre qui les couvrait de son feuillage renaissant ; et là tous deux contemplèrent, comme s'ils s'appliquaient l'un à l'autre le sens de cette épigraphie sentimentale, les deux chiffres de M. et Mme de Guérannes ; presque à côté de l'inscription, surgissait du tronc robuste de l'arbre, un de ces bourgeons d'un vert tendre, qui sont à la frondaison ce que le duvet est à la chevelure. Mlle de Tiberval voulut elle-même couper ce rameau délicat qu'elle tint à la main comme une tige de rose.

— Chère Alice, dit Gaston avec un accent sérieux qu'il ne se connaissait pas lui-même, ne trouvez-vous point que ces vieilles coutumes avaient leur bonne grâce, et cela vous déplairait-il beaucoup si nous donnions un pendant à la broderie de ma grand'mère ?

Une rougeur délicieuse fut la seule réponse de Mlle de Tiberval, et Gaston, plus bucolique que jamais, eut la chance de rencontrer précisément à côté du hêtre qui formait *son objectif*, comme on se plaît à dire aujourd'hui, le seul arbre dont l'écorce n'eût pas déjà servi de tablettes ; c'était le peuplier dont il a été question au début de cette histoire ; les liserons avaient toujours si fidèlement enguirlandé le tronc jusqu'aux branches, que les graveurs *sur bois vivant*, trouvant la place prise par les fleurs, s'étaient pourvus ailleurs ; mais lors de l'exploration des environs pour reconnaître les jeunes arbres propres au service de la capitale, une main exercée avait arraché les plantes parasites, et dans cette conscription végétale, le peuplier, réunissant les conditions requises devait sous peu de jours, comme nous l'annoncions, se rendre en garnison à Paris.

Gaston venait à peine de faire jaillir la séve par une première incision, pendant qu'Alice cueillait des violettes pour Mme de Guérannes, qu'il entendit comme un ricanement humain au-dessus de lui : c'était un vieux corbeau déplumé et sceptique qui quittait le peuplier en paraissant couvrir de son mépris le Némorin convaincu.

— C'est singulier, pensa Gaston avec un mouvement de terreur distraite qu'il se reprocha aussitôt, il m'a semblé entendre l'horrible Beaucléry.

Beaucléry était un de ces fléaux de club qui ravagent sans relâche les illusions des autres, découvrant le défaut de toutes les cuirasses, les taches de tous les soleils; une de ces chenilles humaines qui ne peuvent pas traverser un jardin sans essayer de déshonorer les lis, et d'écraser les abeilles.

Que de fois Beaucléry avait dénoncé les pauvres lauréats du prix Montyon à l'indignation des soupeurs ! Il était impitoyable pour ces vieilles servantes qui sont l'honneur de la domesticité : J'ai l'horreur des valets en cheveux blancs aussi bien qu'en cheveux noirs, s'écriait-il avec fierté, lui dont l'attitude avec les gros bonnets du désordre était une servilité permanente ; lui qui figurait au premier rang parmi les serfs volontaires d'un Samoyède venu tout exprès pour donner le knout aux élégances parisiennes, — un knout, il est vrai, enrichi de diamants.

Trois ou quatre notes d'une pureté exquise, lancées

par une fauvette cachée dans les branches, corrigèrent le singulier effet que venait de produire le Beaucléry des oiseaux, et Mlle de Tiberval achevait à peine son bouquet, qu'un A et un G, coquettement entrelacés, avec la date au-dessous des initiales, apprenait à la nature charmée le mariage de deux élus.

— Chère Alice, demanda Gaston, êtes-vous contente de l'ouvrier ?

— L'ouvrier de la dernière heure, répliqua Mlle de Tiberval avec une feinte ironie ; je devrais vous gronder pour tant d'enfantillage, mais comme je suis votre complice, j'ai tout intérêt à vous absoudre, et elle lui tendit une main divine qu'elle n'avait pas encore eu le temps de reganter.

M. d'Ivrée allait peut-être effleurer d'un premier baiser ces doigts de fée qu'il ne s'était jamais permis que de serrer, quand un appel qui résonna dans la profondeur du bois rompit le charme ; c'était M. de Tiberval qui, inquiet de voir Avril remettre son chapeau de grésil, hélait son futur gendre avec l'organe d'un stentor rural.

— Comme on devine que votre excellent père est habitué à ne voyager que par *l'express !* dit Gaston en maugréant contre les échos qui lui répétaient cette fâcheuse invitation ; nous avons beau voler sur les nuées, je suis sûr qu'il va se plaindre d'un retard dans notre train.

— Ne vous moquez pas de lui, fit Alice d'un ton de reproche, il a toujours vingt ans ; il n'a pas encore pu attendre.

— Quels enfants vous faites! s'écria Mme de Gué-rannes; que de temps perdu!

— Comment! c'est vous qui proférez de ces blas-phèmes-là, grand'maman, et ce rameau précieux que nous vous rapportons?

— Et ces violettes qui viennent d'éclore pour vous...

M. de Tiberval, qui était horticulteur, se saisit de la branche de hêtre.

— Voilà une parfaite bouture, avança-t-il avec con-viction, je serais curieux de voir...

— Laissez-moi donc mon feuillage, interrompit Mme de Guérannes en lui reprenant des mains le talisman dont il ignorait la valeur.

— Plaignez-vous donc, chère madame, je voulais vous faire un arbre avec ce joujou pour abriter votre troisième génération.

— Tenez, jardinier, fit la vieille femme, mais songez que vous répondez de l'avenir de ce brin d'herbe.

Et elle respira ses violettes en caressant dans son esprit l'idée que les deux descendances, celle du hêtre et celle de ses premiers confidents, se suivraient peut-être dans leurs amours.

La calèche reprit les voyageurs; M. de Tiberval accu-sait les dames de ne pas être de leur époque.

— Voilà bien les femmes, avec leur fausse poésie, disait-il; sous prétexte d'admirer la nature, qui est encore plus blasée que les rois sur les cantates, prendre le coche pour aller à Flavacourt, quand le train 14 nous déposait presque à notre porte.

— Mon cher Raoul, répliqua avec douceur Mme de Tiberval, on devrait vous condamner à cinq années de tunnel ; vous êtes indigne de voir le jour.

— Madame, je suis administrateur du chemin de fer du Nord-Est, et j'ai atteint depuis longtemps l'âge où il convient plutôt d'éplucher des comptes que des marguerites.

— Si dans vingt-cinq ans d'ici, interrompit Mme de Guérannes en s'adressant à Alice et à Gaston, vous devez offrir le spectacle de cette affligeante discorde, je vous donne d'avance ma malédiction.

M. de Tiberval répondit :

—Nous, madame? mais, depuis le premier jour, il n'y a pas eu un nuage dans notre affection.

— Je crois bien ! murmura entre ses dents Mme de Tiberval, il n'y avait pas de ciel.

Alice et Gaston n'entendaient même pas ce colloque, tout entiers qu'ils étaient à une rêverie mutuelle.

On arrivait au sommet d'une montée à partir de laquelle la route tournait brusquement. Mme de Guérannes et Mme de Tiberval se penchèrent instinctivement à la portière. Le bois du *Bon-Motif* s'effaçait déjà à l'horizon ; deux arbres dominaient la masse confuse, et, devant le hêtre immobile, le peuplier semblait incliner sa cime frémissante.

Quand Mme de Guérannes, comprenant ce double mouvement, dit d'une voix pleine de tendresse : Chère Alice ! la jeune fille parut de même se pencher avec déférence vers la vieille femme qui mit sur ce front soumis et pur le baiser des affections éternelles.

M. de Tiberval s'était endormi du sommeil du capitaliste ; la fatigue du voyage, l'influence de la première journée de printemps, grisaient ce cerveau qui était un vaste casier de chiffres, et l'on entendit l'excellent homme s'écrier dans ses rêves d'arithmétique :

— Doublez les actions ! doublez les actions !

— Simplifiez les pensées, dit en riant Mme de Tiberval.

— Chut ! Il est heureux, fit Mme de Guérannes, ne le réveillons pas !

Le silence respectueux qui suivit favorisa chez les deux femmes elles-mêmes une sorte de langueur ; elles fermèrent les yeux à leur tour. Alice et Gaston ramassèrent pour leur usage personnel le dé de la conversation.

Une demi-heure après l'instinct du propriétaire réveillait M. de Tiberval ; il se sentait dans la grande avenue de tilleuls qui mène à la cour d'honneur du château de Flavacourt. La cloche des journaliers sonnait à toutes volées et les chiens aboyaient joyeusement ; on respirait comme une odeur de bienvenue universelle ; quelques visages de serviteurs honoraires apparurent ; la lourde grille roula sur ses gonds, et après avoir passé sur un pont-levis tout hérissé d'épis de fer la calèche nuptiale fit son entrée solennelle.

Les tours du manoir s'élevaient noires et menaçantes ; un porte-clefs semblait attendre ses maîtres pour les incarcérer, M. d'Ivrée se rembrunit légèrement ; il voyait dans cet innocent appareil le symbole de la vie joyeuse qui allait se clore pour lui.

Mlle de Tiberval devina sa pensée.

— Vous voilà dans le préau, mon cher Gaston, en attendant que vous soyez sous les verrous, et c'est moi qui vais m'opposer à votre évasion.

— Ne craignez rien, Alice, répondit M. d'Ivrée en reprenant toute sa quiétude, cette fois c'est le geôlier qui séduira le captif.

IV

LE MARIAGE DE MINUIT

Le dimanche suivant, à minuit, on célébrait à Sainte-Clotilde, le mariage de M. Gaston d'Ivrée et de Mlle Alice de Tiberval ; le rénégat du célibat à grandes guides s'était applaudi du choix de l'heure. D'abord rien ne dispose au recueillement comme cette cérémonie où les flambeaux brillent en même temps que les étoiles ; il est de ces émotions mystérieuses que le plein soleil flagelle et que la nuit caresse ; puis l'ombre où le reste de l'édifice se trouve plongé amortit forcément les curiosités brutales ; les ennemis et les indifférents ne sont plus dans des conditions aussi favorables pour venir regarder votre bonheur sous le nez. Et pendant que Gaston s'agenouillait devant l'autel, il se disait involontairement : En ce moment Beaucléry et son horrible bande sont en train de s'écrier : Il y a cinq cents louis en banque ! après avoir proclamé, au milieu d'une fumée de cigares plus forte qu'eux, que les lilas sont une infection et que l'on devrait

2

instituer des peines draconiennes pour punir les traits de vertu. Par conséquent, ajoutait mentalement M. d'Ivrée, aucun danger de la part de ces messieurs ; quant aux importunes, on a annoncé un grand bal chez Mlle Briska du Grand-Lazari ; je suis donc sûr de n'avoir ni hommes ni femmes de mes mauvaises connaissances.

Quand, heureux de cette sourdine mise à la publicité, M. d'Ivrée se releva après la bénédiction et présenta le bras à sa jeune femme pour se rendre à la sacristie, un spectacle des plus réalistes le fit tomber du troisième ciel : une haie d'impertinents des deux sexes s'était formée sur son passage ; maintien irréprochable, cela va sans dire, mais présence qui était à la fois une indiscrétion et une injure. Au milieu de ce cortége apparaissait la tête de Méduse de Beaucléry. Gaston, résolu à accepter comme une pénitence cette revue de son passé, affronta héroïquement le feu de ces regards qui avaient l'air de le surprendre en flagrant délit ; grâce au ciel, Mlle de Tiberval ne se douta même pas de cette conspiration d'un goût plus que médiocre.

On sortait de l'église, et tandis que Mme de Guérannes se chargeait d'Alice, M. d'Ivrée s'apprêtait à monter dans la voiture de M. et Mme de Tiberval qui s'entretenaient à la portière avec les retardataires de la cérémonie, quand l'heureux mari se sentit légèrement toucher le bras. Gaston se retourna et se trouva en face de Beaucléry que deux parfaits sportmen semblaient assister dans sa mission.

— Pardonnez-moi, mon cher, je ne dirai pas ma présence, car l'agence modèle que vous avez choisie a eu l'attention de m'adresser un faire part, mais les quelques minutes que je vous dérobe ; je viens de recevoir pour vous, de mon ami le prince Ibikoff, deux cents louis qu'il vous devait, et comme je sais que vous nous quittez tout à l'heure...

— En vérité, Beaucléry, je suis confus de la peine que vous prenez, dit Gaston, passant subitement du soupçon à l'extrême confiance.

— Vous oubliez le plaisir qu'il y a pour moi de vous adresser mes bien sincères félicitations ; elle est charmante...

— Trop bon en vérité.

— Seulement soyez prudent...

— Que voulez-vous dire ?...

— Rien, mais si un jour l'on parlait de Mme d'Ivrée avec autant de distraction que vous vous êtes quelquefois exprimé sur le compte de Mme de Juliamé, vous apprendrez à vous défier de la calomnie.

— Comment! vous osez mêler le nom de ma femme à des intrigues qui ne regardent que vous!

— Avouez donc alors que vous êtes un fat, mon cher Gaston, et que Mme de Juliamé n'a jamais eu de bontés pour vous.

— Un homme qui vient de se marier et qui part dans cinq heures pour l'Italie est tout ce que vous voudrez.

— Vous n'avez donc de courage que *retour de Naples*, dit Beaucléry d'un ton plus insolent encore que les paroles, et Mme d'Ivrée...

— Vous le voulez, dit Gaston hors de lui, en entendant de nouveau le nom de sa jeune femme dans la bouche de cet homme, soit ; nous nous rendons directement à Flavacourt ; munissez-vous de pistolets, brûlez le pavé et devancez-nous à la gare du Midi ; je vous guiderai ensuite.

Si rapide qu'avait pu être cette provocation faite à mi-voix, ce petit retard venait d'inquiéter M. de Tiberval qui, se penchant à la portière, s'écria :

— Que devenez-vous donc, monsieur d'Ivrée ? qu'est-ce qui peut s'opposer à votre empressement ?

— Il faut bien laisser au triomphateur le temps de ramasser ses bouquets, dit une voix sardonique que ne connaissait pas M. de Tiberval.

— Pour vous les jeter à la figure, riposta sourdement Gaston en lançant un de ses gants par-dessus son épaule.

La portière se referma vivement et les chevaux partirent. Grâce au ciel les parents d'Alice n'avaient pas eu conscience de cette inqualifiable scène.

La vérité était que Beaucléry, le personnage le plus venimeux du monde sous son apparence de correct gentleman, ne pardonnait pas à M. d'Ivrée d'avoir été préféré par une de ces coquettes qui défont en un jour la réputation d'un homme à bonnes fortunes ; le viveur éconduit avait d'abord tenté tout ce qui était en son pouvoir pour empêcher le mariage de M. d'Ivrée. Personne ne maniait mieux le style épistolaire que Beaucléry, quand il s'agissait de lettres anonymes ; Mme de Guérannes avait facilement démontré à M. de Tiberval le peu de crédit que méritaient ces banales dénonciations, ajoutant même pour achever de désarmer le gentilhomme assez en garde contre M. d'Ivrée :

— Un père qui marie sa fille, devrait ouvrir chez son concierge un registre où viendraient s'inscrire tous les ennemis du gendre qu'il prétend choisir, et l'on aurait le droit de se présenter masqué pour déposer sur ces pages blanches toutes les noirceurs qu'on voudrait ; ces archives de la lâcheté économiseraient les frais de poste des lettres anonymes et contribueraient à l'édification des familles.

— Mon cher Gaston, avait répondu M. de Tiberval, voici ce que le facteur a remis, non pas pour vous, mais contre vous ; brûlez ou gardez, suivant votre bon plaisir.

— L'écriture est bien déguisée, se dit Gaston, mais je me trompe fort si ce ne sont pas les f de Beaucléry.

V

UN DUEL AUX FLAMBEAUX

La maison où se sont écoulées l'enfance et la première jeunesse devient comme un temple pour le cœur ; c'est d'elle qu'on veut recevoir le dernier embrassement quand d'autres destinées vous appellent ; c'est entre ses murs vénérables que le déchirement de la séparation paraît le moins cruel ; ce vieux nid si hospitalier et si doux, on aime à le caresser des yeux jusqu'à la minute suprême du départ ; les larmes de ceux qui se quittent sont une rosée qui lui appartient ; il faut qu'à quelques lieues de distance on puisse encore saluer du geste le toit où l'on a vécu si heureux, et qui s'évanouit à l'horizon — comme le bonheur peut-être !

Aussi avait-il été convenu qu'on se réunirait au château de Flavacourt après la célébration du mariage religieux. Rendez-vous était donné au chemin de fer, où un train spécial serait mis à la disposition des deux familles et de leurs invités, Après la collation, une chaise de poste

devait emmener les nouveaux époux. M. et Mme de Tiberval se raffermissaient un peu en ne se sentant pas seuls
dans cette circonstance douloureuse. Sans doute, après
quelques mois d'absence, leur fille leur serait rendue,
mais sentir vide pour la première fois la chère place
occupée jusque-là par un être aimé, est un supplice,
même avec l'assurance du retour.

Gaston trouva à la gare Beaucléry et ses témoins ; les
siens ne devaient pas être pris parmi les compagnons
frivoles ; deux anciens amis de son père, édifiés sur ce
uet-apens, allaient consentir à l'assister de leur présence.

e hasard permit que M. de Tiberval n'aperçut pas tout
d'abord ces figures inconnues pour lui ; mais en descen-
dant à la station de Lexueil, où des voitures étaient prépa-
ées pour se rendre au château très-peu éloigné de la voie
errée, le vieux gentilhomme, désignant du geste les trois
colytes qui mettaient pied à terre, demanda à M. d'Ivrée :

— Quels sont donc ces messieurs ?

— Des camarades qui, touchés par la grâce, ont voulu
e faire une escorte d'honneur.

— Retenez-les.

— Oh ! ils ne voudraient pas troubler notre intimité ;
e vais leur dire adieu ici.

Et Gaston s'approchant d'eux leur glissa rapidement
es paroles :

— Dans dix minutes je vous rejoins avec mon monde ;
ous n'aurez pas eu le temps d'achever vos cigares que je
erai tout à vous.

La nuit était invitante ; une brise tiède apportait jusqu'à la station le parfum des jardins de Flavacourt; et les rossignols semblaient chanter les noces de leurs jeunes hôtes.

— Il va falloir compter les étoiles pour plaire à ce petit monsieur, fit Beaucléry peu sensible au charme des objets extérieurs.

— Plains-toi donc! il y a quinze ans que tu n'as entendu Philomèle.

— Un volatile qui répète les mêmes fioritures depuis la création du monde; on devrait le chuter, on se pâme; la nature est aussi saugrenue que le genre humain, elle a l'idolâtrie du ténor.

— C'est égal, Beaucléry, si l'on me donnait le choix entre ces deux musiques : venir entendre siffler des balles à deux heures du matin ou aller tout bonnement écouter Capoul, je crois que je me déciderais à me laisser présenter la *Dame Blanche*.

— Prenez-vous en à M. d'Ivrée, dont je suis forcé d'épouser les fantaisies; ce tyran peu délicat prétend ne pas pouvoir différer pour nous son voyage sentimental. Plaise à Dieu que je ne change pas trop son itinéraire! ajouta-t-il d'un ton sinistre.

— Ah çà! Beaucléry, vous appartenez donc décidément à l'espèce des duellistes carnassiers ?

— Dites que je suis la bonté même; c'est fort chevaleresque à moi de consentir à un tel déplacement à une heure aussi indue; on pourrait brûler la politesse à cel auquel on aurait le droit de brûler la cervelle ; je m'en veux de mon donquichottisme, et ce métier de redresseur de torts...

— Des torts que tu as, interrompit l'autre témoin, qui de son côté eût de beaucoup préféré se trouver dans son lit.

Pendant que ces propos s'échangaient, Gaston faisait une rapide apparition dans le salon; puis prétextant les derniers préparatifs du départ, demandait un congé de quelques instants, d'autant plus facile à accorder que Mᵐᵉ de Tiberval elle-même, aidée de sa mère, mettait la dernière main à son trousseau de voyage. M. d'Ivrée, prenant à part les deux amis dont nous venons de parler, leur avait brièvement expliqué la situation; il est de ces cas de force majeure que les plus sages sentent inutile de discuter. Le docteur Rambel et le colonel d'Aigueville acceptèrent la mission d'assister le fils de leur ancien ami, tout en espérant encore sur le terrain, en raison d'une pareille violence faite à toutes les courtoisies, arriver à une conciliation. Un ennemi qui sait vivre ne choisit pas le moment d'une fête de famille pour viser l'homme qu'il déteste; des témoins en cheveux blancs pouvaient s'interposer avec plus d'autorité entre des jeunes gens. Bref, ils descendirent tous les trois par un escalier dérobé, s'esquivèrent par une petite porte qui donnait sur le jardin et rejoignirent la chaise de poste tout attelée devant l'entrée d'honneur. M. d'Ivrée s'était muni, en traversant une salle abandonnée, de flambeaux à demi consumés qui avaient servi à la dernière curée faite dans la cour du château. Les trois voyageurs montèrent et le postillon reçut l'ordre de les mener tout d'abord à la station où les attendaient Beaucléry et ses amis.

Se battre dans le parc de Flavacourt était une sorte d'impiété qui répugnait à l'hôte de M. de Tiberval ; d'un autre côté, une rencontre à une trop courte distance du chemin de fer pouvait éveiller l'attention ; comme on débattait l'endroit favorable, le hasard parut vouloir suggérer une inspiration à M. d'Ivrée.

Quoique la lune fût levée depuis longtemps, le ciel s'était tellement voilé depuis une heure que l'espace environnant demeurait presque aussi obscur que pendant les nuits noires. Tout à coup, un rayon passant par une déchirure de nuages perça ces ténèbres et tomba d'aplomb sur une éminence plantée d'arbres : c'était le bois du *Bon-Motif*, qui se trouvait subitement le seul point éclairé. On eût dit une tache étincelante sur un fond sombre ; le contraste rendait les objets si lumineux, que Gaston reconnut distinctement les moindres détails du site qu'il avait visité quinze jours auparavant dans de bien autres conditions.

Son cœur battit à cette apparition providentielle ; c'était là que se trouvait le hêtre de sa grand'mère ; c'était là qu'il avait lui-même reconquis ses titres de jeunesse, en acceptant pour théâtre du combat le théâtre de sa félicité, il lui semblait qu'une mystérieuse protection saurait le couvrir, et que le bon génie de Mme de Guérannes veillerait sur lui, et s'il devait être frappé, il lui était doux de mourir à l'endroit ou pour la première fois peut-être il avait réellement mérité de vivre.

Cette pieuse superstition s'imposa tellement à sa pensée qu'il se sentit prêt à faire de ce choix du lieu une condition expresse du combat. Mais ni ses témoins ni ses adversaires n'avaient d'objection à élever contre ce très-léger surcroît de déplacement ; le bois en question était à peine à vingt minutes de distance, et l'on avait l'avantage que l'affaire se réglerait ainsi hors des interventions possibles, et garderait le plus strict incognito. La chaise de poste s'élança vers la destination qu'elle n'attendait guère. M. d'Ivrée était monté sur le siége sous prétexte de guider le postillon, et en réalité pour mieux s'appartenir dans ce moment, où allaient se jouer tant de belles années ; le grand air rafraîchissait sa tête en feu ; il se disait que cette même place où il devait s'asseoir à côté d'une femme aimée était occupée par des gens qui le haïssaient ; il ne pouvait s'empêcher de maudire ce caprice de la destinée, qui faisait de lui une sorte de Tantale conjugal. En toute autre circonstance, il fût allé délibérément au feu ; cette fois une préoccupation sinistre le dominait. S'il ne devait plus ressaisir ce bonheur qu'il touchait presque ! Si cette robe de noces, avant d'avoir été quittée, devenait une robe de veuve ! Peut-être préparait-il des larmes amères à tous ces yeux rayonnants, et cette allégresse allait-elle se changer en deuil ?

L'aspect du petit bois, aussi sévère la nuit qu'il l'avait trouvé riant pendant le jour, favorisait encore ces pressentiments de mauvais augure. Un crêpe semblait étendu

sur ces feuilles d'un vert tendre, sur ces fleurs aux
nuances claires, ces ombres menaçantes avaient l'air de
signifier : ce sont les violettes de la mort qu'on vient
cueillir ici...

On avait mis pied à terre, et l'on marchait en silence,
quand la lueur des flambeaux, projetée en avant, illumina
tout d'un coup la base du hêtre qui dominait là une clairière. M. d'Ivrée tressaillit en reconnaissant un chiffre
vénéré, et cette angoisse qui l'étreignait, fit place à une
sérénité religieuse; il sentait autour de lui comme une
influence propice.

— Voici le terrain le plus convenable, je suppose, dit-
il en s'adossant à l'arbre, je propose donc de nous arrêter
ici. Après une tentative de concorde qui échoua dès le
premier mot, on convint que la rencontre aurait lieu
à vingt pas. Les témoins mesurèrent la distance, et ce
calcul les mena précisément au peuplier qui faisait face
au hêtre. Beaucléry aperçut lui-même un A et un G
fraîchement gravés sur l'écorce, mais il ne se douta pas
que ce fût l'œuvre de son ennemi, et il s'écria avec cet
organe qui flétrissait la parole :

— Ah çà? il paraît que tous les arbres sont tatoués,
ici ; c'est décidément le bois des cœurs enflammés : on
dirait des bras de fantassins qui ont pris racine.

Les deux adversaires devaient tirer en même temps, et
il était convenu qu'on recommencerait jusqu'à ce qu'il y
eût un résultat.

MM. d'Ivrée et Beaucléry se mirent en position, et les
témoins s'écartèrent ; les flambeaux posés sur le sol à

droite et à gauche formaient comme la rampe de cette scène dramatique.

Deux coups de feu se confondirent; Beaucléry ne fut pas atteint, mais sa balle alla couper net, à quelques millimètres au-dessus de la tête de Gaston, une branche environ grosse de deux doigts, qui resta un moment en équilibre.

On rechargea les pistolets; cette fois l'on visa mieux des deux parts. M. d'Ivrée devait être frappé en pleine poitrine, quand la petite branche, retenue par un dernier tissu, retomba en ligne perpendiculaire devant lui et reçut la balle, qui se logea dans son épaisseur; simultanément, Beaucléry s'affaissait avec l'épaule grièvement endommagée.

Le premier mouvement du petit-fils de Mme de Guérannes fut de remercier du fond du cœur le représentant de sa grand'mère qui venait de lui sauver si miraculeusement la vie; le balancement de la tige frappée par le plomb, la vibration du bois long et flexible lui avaient révélé au moment même le secret de ce salut inespéré, puis il courut à son adversaire, qui, en essayant de se retenir à l'arbre, avait ensanglanté le chiffre de Gaston et d'Alice.

— Il a lavé comme il fallait l'outrage fait à nos deux noms, pensa-t-il, sans s'émouvoir de cette couleur tragique donnée à une inscription toute pastorale (comme si on déclarait la guerre avec un rameau d'olivier); après quoi il joignit ses soins à ceux qu'on prodiguait au blessé.

Beaucléry murmurait entre ses dents :

3

— Avoir abattu tant de poupées et laisser celle-là debout !

Le docteur Rambel fit le premier pansement, ensuite on transporta le plus doucement qu'on put cet intéressant personnage dans la chaise de poste pour rejoindre en toute hâte le chemin de fer ; les deux amis de Beaucléry devaient ensuite se charger de le ramener à Paris. M. d'Ivrée avait bien pensé un instant à offrir à cet ennemi à terre l'hospitalité de Flavacourt, en mettant sur le compte d'un accident ce membre fracassé, mais le regard que lui jeta son adversaire, l'empêcha de si mal ordonner sa charité ; fût-ce à l'article de la mort, les vipères ne deviennent pas des colombes ; suffisamment averti, Gaston laissa aller le cours des choses.

VI

UNE BALLE EN ÉPINGLE

Quelque diligence qu'on y mît, l'affaire avait demandé plus de temps qu'on ne pensait. Après une attente assez longue, l'absence de M. d'Ivrée, que les gens du château venaient de chercher vainement, commençait à inquiéter; la disparition de M. d'Aigueville et du docteur Rambel éveilla les soupçons de M. de Tiberval, qui se rappela ces visages inédits dont l'apparition à cinq lieues de Paris, à trois heures du matin, était si peu motivée. Un valet de pied entra et déclara que la chaise de poste ne se trouvait plus devant la grille. Mme de Guérannes, pressentant quelque malheur, pâlit en regardant Alice, qui semblait comme frappée de stupeur. M. de Tiberval leur prenant la main, leur dit : Ne craignez rien ! mais ce ton de fausse assurance acheva d'alarmer les deux femmes.

— Il se bat ! s'écria l'aïeule, qui regarda fixement.

Alice courut à la grande fenêtre du salon et interrogea avec anxiété les êtres extérieurs.

A une lieue environ l'on apercevait une lueur en marche qui diminuait de volume à chaque minute.

— Ce sont eux ! s'écria la jeune femme avec le geste du désespoir inutile, et je ne suis pas là pour les séparer !

Quatre détonations séparées par un court intervalle vinrent réveiller comme en sursaut l'immensité endormie dans le silence profond de la nuit.

Celle qui n'était peut-être plus quē de nom Mᵐᵉ d'Ivrée devint plus blanche que le bouquet qui parait son corsage et s'évanouit ; Mᵐᵉ de Tiberval eut à peine le temps de retenir sa fille dans ses bras pendant qu'on allait chercher des flacons dans une chambre voisine.

— Votre petit-fils est sans pitié pour nous, dit avec amertume Mᵐᵉ de Tiberval ; il nous a enlevé jusqu'au médecin de la famille. Ici nous sommes sans ressources.

— Je suis assez châtiée moi-même pour que vous lui pardonniez, répondit la vieille femme avec une voix suppliante qui eût attendri des cœurs plus durs, mais laissez-moi faire, je réponds d'elle.

On étendit Alice sur une chaise longue, on lui fit respirer des sels et on la délaça à moitié en l'enveloppant de son voile de mariée. Elle rouvrit les paupières à demi et les referma, puis s'assoupit insensiblement. Les roses reparaissaient peu à peu sur ses joues.

Quand elle sortit de cet état d'inertie qui l'empêchait de penser et de souffrir, un enchantement inespéré s'offrit à ses regards. Son mari était à ses genoux, baisant pieusement sa main et guettant la convalescence de cette terrible maladie d'un instant.

— Enfin, c'est toi, soupira-t-elle, comme si cet horrible rêve eût trop mûri leur intimité pour qu'il lui fût possible de dire *vous*. Mauvais calculateur qui vient de me vieillir de dix années.

— Chère femme, reprit Gaston, je te les rendrai, car j'ai ressaisi ma jeunesse ; tout à l'heure encore, je n'étais pas digne de toi, maintenant je puis relever la tête, le sacrifice m'aura préparé au bonheur de t'appartenir.

— C'est pour moi que tout à l'heure... Oh ! je le savais bien, fit Mme d'Ivrée en promenant autour d'elle un regard de triomphe et de reproche.

— On avait offensé votre fille, monsieur de Tiberval ; était-ce vous trahir que de voler à l'ennemi ?

Le châtelain de Flavacourt serra éloquemment la main de son gendre, que la grand'mère regardait en tremblant et sans pouvoir proférer une parole ; mais Gaston embrassa si tendrement ses joues décolorées, que ce pauvre vieux cœur finit par se réchauffer.

— C'est singulier, enfant, lui dit-elle. Pendant que tu décidais de notre sort à tous, quelque chose s'est comme tout à coup brisé en moi.

— Correspondance de la branche, répliqua M. d'Ivrée, et il expliqua l'intervention du hêtre en sa faveur. C'est vous qui m'avez sauvé, grand'maman ; et, se dérobant un instant à l'empressement général, il sortit pour reparaître avec le rameau tutélaire percé de la balle qui devait l'atteindre.

— A moi, d'abord ! s'écria Mme d'Ivrée, et elle baisa dévotement ce plomb si près d'être homicide. Je veux, déclara-t-elle, que cette balle qui s'est si bien arrêtée en chemin devienne un bijou préféré. Veux-tu bien le joindre à la corbeille ? ajouta la jeune femme avec un sourire qui valait plus que des diamants.

— Messieurs, trêve d'enfantillages, et à table, si vous voulez m'en croire, dit M. de Tiberval, que les émotions violentes jouissaient du privilége de creuser profondément ; encore faut-il que les ingrats qui veulent nous quitter aient la force de se mettre en route.

Mais l'excellent amphitryon avait trop présumé, même de son propre appétit. Ce souper d'adieu se fit du bout des lèvres. Alice s'esquiva pour aller mettre ses habits de voyage. Mᵐᵉ de Tiberval la suivit, et les convives portèrent un toast où les verres semblèrent pleurer en frémissant les uns contre les autres.

On entendait piaffer les chevaux qui s'impatientaient, et chaque coup qu'ils donnaient en frappant le sol retentissait dans le cœur de ces braves gens qui attendaient la minute fatale de la séparation. Après une muette étreinte, les vieux parents firent escorte aux deux enfants ; M. et Mᵐᵉ de Tiberval parurent même assister d'un œil sec au départ de leur fille ; mais si la devise des Beaumanoir est : *Bois ton sang*, celle des âmes tendres et fières est : *Bois tes larmes*.

Quand le dernier grondement de la chaise de poste se perdit dans un murmure, les trois abandonnés remontèrent lentement le perron du château.

— C'est nous qu'on enterre, ma respectable amie, dit

M. de Tiberval à Mme de Guérannes ; on croirait entendre le roulement funèbre.

— Taisez-vous, fit la vieille femme, soyez sage et dans trois mois nous ressusciterons.

VII

ITINÉRAIRE DE L'ESPRIT AU CŒUR

Si le voyage, au lieu de représenter une banale distraction, devient le plus suave des pèlerinages du cœur, c'est lorsqu'on a la faveur d'emporter avec soi un être adoré ; il semble que sur une terre vierge de tout souvenir profane, on lui appartienne plus religieusement ; on veut que ce ciel qui entend les serments sérieux n'ait pas déjà vu le vent emporter bien des serments légers : on éprouve un sentiment de délivrance en songeant que ces témoins inexorables, qu'on appelle les choses, ne déposeront pas contre nous. Quel est le mari qui pourrait se plaire à installer sa jeune femme dans sa chambre de garçon ? La résidence ordinaire participe un peu de l'antipathie qu'inspire le mobilier qui ne vous entretient que du passé, quand on ne prétend parler que de l'avenir ! N'y aurait-il pas, pour le plus prosaïque des hommes, une impression désagréable à faire asseoir sur le canapé où l'effronterie moqueuse a pris place, l'ingénuité émue ?

De même, pendant ce besoin de régénération qui gagne
les volontaires de l'impénitence finale, comment fouler
d'un pied content, avec son bon ange qui s'appuie sur
vous, ces mêmes chemins où l'on s'est promené si souvent
en tête à tête avec le mauvais ange !

Et puis ne semble-t-il pas que tous les objets qui nous
entourent soient jaloux de notre bonheur inespéré ? Tu
n'avais pas l'air moins empressé avec Mlle Briska du
Grand-Lazari, vous chuchotte au passage le cabaret à la
mode. Place à l'homme rangé ! vous siffle le club où
l'on a vu si souvent lever l'aurore. Nous te connaissons,
beau ténébreux, disent les mystérieux bosquets du bois
de Boulogne. Le lac, dont on admire à deux la transparence, vous murmure : J'ai déjà reflété bien des images
qui t'étaient chères ! Et l'on se prend à désirer que la
source se trouble et refuse de servir de miroir, quand ce
n'est pas la pureté qui s'y regarde. Sans compter les
amis qui vous attendent au coin des rues avec des félicitations meurtrières, et les indifférents qui se changent
en importuns. — C'est Gaston ! — Il est donc marié ? —
La justice informe ! — Et l'on dispute l'air que vous
respirez, la place que vous occupez ; il y a des télescopes
sur le boulevard pour examiner l'astre de votre avéne-
ment conjugal.

Au moins, à l'étranger, dans un pays inconnu, tout
restera nouveau comme nous-mêmes ; ce carrefour, si po-
puleux qu'il soit, ne sera pour nous qu'un Argus distrait ;
nous ne daterons pas de ces pierres que nous voyons
pour la première fois, c'est elles qui dateront de nous ;

3.

nous n'aurons connu ce palais superbe, ce site célèbre, que le jour où nous nous sommes aimés ; c'est un monde inédit qu'a fait éclore notre présence ; ces jardins fleurissent pour nous, c'est pour nous que ces édifices découpent sur le bleu de l'air leurs lignes élégantes ; c'est à nous que s'adresse la caresse de la brise ; tout nous chante avec une voix d'enchanteresse : Soyez les bienvenus ! Dans le lieu qui nous a vus si longtemps séparés, je ne sais quelle chimérique appréhension du ridicule aurait retenu notre mutuelle effusion ; nous eussions pensé qu'autour de nous quelque chose nous trahirait ; ici nous pouvons révéler notre secret à haute voix ; c'est une terre d'amour que nous foulons, rien d'elle ne nous dira ces paroles qui glacent : Je vous ai vu enfant, vous rappelez-vous le temps du collége ? ou bien : Quelle insupportable petite fille vous faisiez ! Ce sol d'élection qui ne nous aura connus qu'à l'état d'élus nous-mêmes, ainsi qu'il ne nous a pas vu grandir ne nous verra pas vieillir : mais ce passage nous laissera des impressions ineffaçables ; pour nous ce pays lointain restera toujours baigné de la douce clarté de la lune de miel.

Il était environ sept heures du soir quand la chaise de poste traversa la frontière. Gaston éprouva une sorte d'allégement égoïste en se sentant hors de France : et malgré l'affection profonde qu'Alice portait à M. et Mme de Tiberval, elle s'associa à la subite transformation de son mari. Sans doute ils laissaient au foyer natal une partie de leurs cœurs : mais, avant tout, ils étaient les émigrés de la jeunesse et de l'amour, et ils ressentaient comme une joie enfantine d'échapper à la surveillance de la mère-patrie.

Brisée par les émotions de cette nuit d'angoisses, la jeune épouse s'était endormie d'un sommeil angélique, la tête sur l'épaule de son compagnon de voyage, et Gaston, heureux comme un peintre de l'immobilité de son modèle, profitait de cette inconscience pour analyser à son aise cette nouvelle édition de la femme où il y avait tant à lire. On n'ose regarder qu'à la dérobée le visage de celle qui illumine tout de sa présence, pas plus qu'on ne regarderait fixement le soleil.

M. d'Ivrée se félicitait que la déesse qu'il n'avait fait que deviner devînt pour quelques heures une simple mortelle, afin qu'il eût le loisir de ne pas être dérangé dans son admiration. Alice avait une de ces beautés pleine de trésors latents qu'il faut savoir découvrir, comme on ne goûte qu'après plusieurs auditions tout le charme d'une fine harmonie dans une œuvre musicale. C'était cette dernière confession du prestige que provoquait Gaston en s'abîmant avec délices dans cette contemplation infinie.

Le parfum de cette fleur humaine, dont l'éclosion définitive lui était réservée, le pénétrait délicieusement ; c'était la senteur d'une vie nouvelle qu'il respirait autour de cette enfant, et, comme un air pur corrige l'atmosphère viciée, le doux souffle qui s'échappait de ses lèvres entr'ouvertes, écrin de perles à demi clos, chassait chez M. d'Ivrée ce qu'on pourrait appeler les miasmes de l'esprit. Il regardait avec une joie d'écolier le panorama des perspectives se dérouler aux fenêtres des portières, ondu-

ler les plaines, s'abaisser et se lever les collines, disparaître les grands bois, se creuser les vallées. Plus il y
aura d'espace entre le côté du passé et le côté de l'avenir,
plus je lui appartiendrai sans retour, se disait-il avec
cette première ferveur de loyauté qui anime les sceptiques
ébranlés. Les mauvais génies ne me poursuivront pas jusqu'ici, ajoutait-il en constatant la nature franchement
agreste du paysage qui l'environnait, car pour l'habitué
du boulevard, Paris ne commence pas au mur des forti-
fications : tel village qui semble naïf se trouve compris
dans la zone babylonienne, tel chemin perdu se raccorde
dans l'imagination avec une rue prolongée, et cette solitude suspecte garde encore le bruit de la foule. Les
abords de l'immense capitale s'annoncent de très-loin,
comme en navigation le voisinage des côtes se fait sentir
à de grandes distances ; il faut dépasser plusieurs villes du
parcours pour trouver la pleine mer de la province.

Si Gaston n'avait pas été en train de dépouiller le vieil
homme, l'état de sa compagne eût caressé plutôt que
mortifié sa fatuité ordinaire ; c'est lui qui venait de fermer
les yeux de cette Belle-au-bois-dormant ; il représentait
l'orage qui faisait pencher ce lis et l'obligeait à replier
ses corolles ; il pouvait suivre sur ce cher visage la trace
de ce qui avait été souffert pour l'amour de lui ; ce sillon
plus brillant sur cette pâleur mate, c'était comme le lit
desséché du torrent de larmes qu'il avait fait couler ; de
temps à autre un soupir gonflait encore la poitrine d'Alice,
comme si le rêve eût prolongé la réalité, puis un tressaillement parcourait tout son être : dernière influence de la

peur après le danger. Une fois elle murmura d'une voix
de détresse le nom de Gaston, et il n'osa la secourir par
un baiser ; mais il l'entoura de ses bras comme pour la
défendre et elle s'appuya plus fortement sur lui ; il ne s'é-
tait jamais senti plus léger qu'avec ce précieux fardeau ;
de même que le poids d'un sac d'or donnerait des ailes à
un avare.

Puis, par un retour instinctif que M. d'Ivrée opérait
sur ses antécédents, il ne pouvait s'empêcher de compa-
rer ces ridicules idoles, qui commandent tant de sacri-
fices absolus, avec ces divinités vraies pour lesquelles on
n'a que des hommages de politesse. Dans une situation
analogue, la plus compatissante même de cette meute
voyante qui se précipite à la curée des patrimoines,
Mlle Briska du Grand-Lazari, célèbre par son bon cœur
parce qu'elle avait fait un jour la charité à sa mère, n'eût
pas manqué d'essayer ce qu'on appelle *des mots* sur la
crise d'un de ses chevaliers risquant sa vie pour elle. La
fille d'une balayeuse se permet souvent des insolences que
ne connaît pas une duchesse, et Gaston éprouva comme
un sentiment de rage contre cette canaille en dentelles qui
usurpe les qualités et les rangs. L'égalité pour les hommes
est un paradoxe plausible ; l'égalité pour les femmes,
ce serait le code civil transformé en code pénal.

Ces souvenirs qui pourraient paraître inopportuns ca-
chaient leur utilité ; non-seulement Gaston brûlait ce
qu'il avait adoré, et il en jetait au vent les cendres amères ;
mais le repoussoir du passé profitait au présent. Ce sont
ceux qu'on méprise qui vous font le mieux apprécier ceux

qu'on estime. Mme d'Ivrée lui semblait plus belle en regard de toutes ces laideurs ; leur insupportable vulgarité ajoutait à sa distinction : leur dureté de cœur qui éblouit tant les imbéciles (car il y a des gens qui s'obstinent à demander des larmes aux cailloux) n'en donnait que plus de prix à cette sensibilité charmante. Chère femme! murmurait-il en résumant toutes ces impressions, faut-il que nous soyons aveugles pour jouer avec des partenaires qui ont les âmes biseautées! Quand je pense, ajoutait-il en regardant ces cheveux candides où la brise faisait passer comme des frissons de finesse, que Briska déjà nommée et qui en est à sa onzième vente, porte perruque depuis 1850, époque de sa grande majorité, et que ce respectable bouleau a des marquis en herbe à ses pieds!

Une ombre plus sérieuse contrariait cette perspective de rénovation. Mme de Juliamé, premier sujet de duel comme on est premier sujet d'Opéra, s'interposait parfois entre ces jeunes époux, que son plus cher désir eût été certainement de séparer. Cette redoutable personne avait exercé une véritable influence sur beaucoup de cerveaux de bonne volonté, entre autres sur la jeune tête de Gaston d'Ivrée. Tous tant que nous sommes, humbles ou puissants, nous avons toujours à nos côtés deux êtres qui personnifient la ruine ou le salut ; leur forme familière nous empêche de les reconnaître : c'est un camarade d'enfance qui, entre deux bouffées de cigare, éteint à plaisir une illusion quand nous allons lui demander un peu de feu sacré; c'est une étrangère que nous avons à peine entrevue et qui trouve le moyen, avec un serrement de main ou une bonne parole, de nous rendre tous les espoirs. La vie est une succession de routes qui bifurquent et sur lesquelles, tour à tour, des guides nous égarent et nous remettent dans le droit chemin. Mme de Juliamé représentait le génie du mal, comme Mme d'Ivrée figurait le génie du bien. Laissons pour le moment Gaston tout entier à l'invitation reçue pour le paradis ; il sera toujours temps de faire connaissance de Mme de Juliamé.

VIII

CE QUI RESTE DE L'AGE D'OR

Qu'elle était charmante dans son amoureux costume de voyage, la légitime maîtresse de Gaston d'Ivrée, quand, moins appuyée à son bras que presque réfugiée en lui avec cette grâce de tour penchée qui sied si bien aux femmes, elle traversait de son pied mignon les altières solitudes ! Trouver le motif d'une toilette de bal est un badinage pour la première valseuse venue ; mais savoir s'habiller pour la grande nature est moins facile que de s'habiller pour le monde. Les farouches glaciers et les sites primitifs ne connaissent point les complaisances de salon. Ce délicieux pêle-mêle de colifichets, qui semble le dernier mot du goût sur le boulevard le plus rompu aux vignettes de mode, deviendrait affreusement ridicule à deux pas du Righi par exemple ; ce qu'il y a de fragile et de faux dans l'élégance se trahirait devant la majesté du spectacle, comme une scène de proverbe jouée au milieu d'un désert, avec les rugissements des lions pour orchestre, précipiterait l'espèce humaine au-dessous du niveau de la poupée.

Il faut se faire sylvain avec la forêt, naïade avec l'onde, étoile filante avec le ciel. Mme d'Ivrée avait le sentiment juste de toutes ces harmonies; elle épousait si franchement le tableau où on l'introduisait en qualité de personnage, qu'elle paraissait participer de l'œuvre originale; elle devenait la reine de chaque création, et le torrent avec sa clameur comme le lac avec son bruissement, pouvaient tous deux l'appeler Majesté. Pour un blasé comme Gaston, cet instinct de transformation était précieux; Alice se diversifiait comme le paysage lui-même, si bien que ce mari occidental auquel une seule femme donnait l'illusion de la polygamie, disait un jour d'un ton mystérieux :

— Tu crois être ma souveraine unique, et il n'y a pas de jour que je ne te trahisse.

— Pour qui, seigneur ? répondait-elle avec une adorable moue d'incrédulité.

— Pour toi-même, Alice ! ce n'est pas ma faute si tu es plusieurs personnes en une seule. Tu devrais inscrire sur le livre des hôtels: *Mesdames d'Ivrée;* c'est elles toutes que j'aime en toi.

Et l'épouse multiple du sultan Gaston ne put s'empêcher de sourire, car elle se reconnaissait elle-même un certain nombre d'individualités: mélancolique hier, pimpante demain, recueillie deux jours après, puis *vaporeuse,* comme disait l'ancien tiers-état, évidemment elle résumait en elle des existences antérieures.

— C'est vrai, répondit-elle, j'ai recueilli quelques successions : on m'a reconnu à la fois le sérieux de ma bisaïeule et la sérénité de ma tante la chanoinesse, sans compter le tragique d'une héroïne dont tu as remarqué à Flavacourt le portrait menaçant; mais je ne veux rien garder pour moi, et tous ces héritages-là t'appartiennent.

Six semaines s'écoulèrent légères, radieuses, enchantées, pendant lesquelles l'esprit malin qui souffle du nouvel Opéra ne s'avisa pas une seule minute de déranger un de ses anciens possédés les plus militants. Il y a de ces accalmies universelles où la vie prend pour les plus battus de la tempête une douceur étrange : — comme l'Océan qui, pour tromper la barque timide, affecte la placidité du ruisseau; les blessures de l'idéal se cicatrisent, les illusions s'affermissent, le ciel n'a que des sourires, la terre n'a que des baisers. Les honneurs de toutes choses vous sont faits par des sirènes. M. d'Ivrée se voyait sincèrement devenu un autre homme, et puis le voyage qui rajeunit l'être physique vieillit vite les affections nouvelles. Il semblait à Gaston que le passé ne représentait plus qu'un mauvais rêve, et qu'il ne s'était éveillé à la réalité qu'aux côtés d'Alice; et comme on lui demandait son âge un jour qu'ils traversaient l'Apennin avec un vieux chapelain en voyage qu'ils avaient recueilli dans la voiture :

— Je vais bien vous surprendre, mon père, répondit M. d'Ivrée, en se tournant vers sa jeune femme, je suis né en 1868.

— Car jusque-là vous n'aviez pas vécu, n'est-ce pas?

Combien de gens qui passent pour avoir *vu le jour*, et qui n'ont jamais connu que la nuit ! Vous êtes des privilégiés, puisque la lumière vous arrive à temps.

— Prier Dieu pour les trépassés, reprit galamment Gaston, devrait s'entendre aussi des faux vivants chez qui tout est défunt; ainsi, j'ai perdu l'année dernière un de mes ennemis, décédé une seconde fois à l'âge de trente-sept ans sans avoir jamais admiré un coucher de soleil.

— Lire seulement les œuvres choisies de Dieu est une besogne au-dessus de bien des paresses humaines. Croyez-moi, mon cher enfant, ne vous arrêtez pas au tome premier; vous avez une lectrice qui vous aidera à tourner les pages.

Le vieillard mit pied à terre, et, saluant le couple d'un geste qui avait l'autorité d'une bénédiction, il prit un chemin de traverse qui le menait à sa destination, et bientôt la pauvre soutane usée alla se perdre derrière les mouvements du terrain.

Mme d'Ivrée se sentait plus rassurée à chaque étape; on lui avait fait peur avant son mariage de ces viveurs de club qui, accoutumés à un insupportable sans-gêne, arrivent à témoigner plus de déférence pour les chevaux que pour les femmes, et affectent l'accablement dès qu'ils ne peuvent plus traiter une fille de bonne maison en vulgaire camarade. Quoique Alice ne fût guère élevée à écouter les bruits d'un petit monde parisien qui fait quatre repas de scandale par jour, et se plaît à casser les vitres comme on casse les verres, cependant quelques échos amortis de ce tapage de brutalité élégante avaient frappé son oreille;

une de ses bonnes amies lui avait raconté qu'après quinze
jours de mariage, le marquis de Zamorès, l'homme aux
gilets le plus en cœur des cinq parties du monde, s'était
permis un soir, dans le boudoir de sa femme, d'allumer
un noueux cigare en mettant à l'américaine ses deux
pieds sur la tablette de satin de la cheminée, et que la
marquise s'était levée en lui disant :

— Est-ce que vous me prenez pour une écuyère du
Cirque ?

A quoi l'ineffable marquis avait répondu en se coiffant
de manière à faire impertinemment descendre son chapeau
sur le nez :

— Ma chère, si nous sommes encore en 1833, à cette
époque fabuleuse où les maris allaient fumer dans un pavillon, à plusieurs kilomètres du salon, il fallait me prévenir, je vais sonner Louis-Philippe. Il ne vous reste plus
qu'à me défendre de parler l'argot de mon siècle.

Après quoi il était allé achever, dans l'écurie à alcôve
d'une célébrité complaisante, son havane si outrageuse-
ment interrompu.

M. d'Ivrée était un de ces rétrogrades pour lesquels le
prestige féminin se compose encore de grâce, de délica-
tesse et de dignité. Toucher le bout des gants d'une jolie
femme de bien lui semblait parfois une volupté plus irrésistible que de disposer du buste tout entier d'une tapa-
geuse à la mode. Ce n'est pas notre faute, mon cher
Satan, s'il y a des dragons de vertu qui nous donnent
plus avec un regard ou un sourire que vos plus zélées
plénipotentiaires par l'abandon de toute leur personne;

et puis on n'a pas assez dit combien la mauvaise
société, neuf fois sur dix, est ennuyeuse; ne nous parlez
pas de ces gens qui ont le cœur et le palais brûlés, et
qui, moralement et physiquement, ne comprennent plus
que l'eau-de-vie; épicuriens qui feraient de la jouissance
un cilice, tant les roses qu'ils ne cueillent pas, qu'ils
arrachent, ressemblent à des épines! fermant l'oreille et
les yeux à tout ce qu'il est si doux d'entendre ou de regarder; bâillant à Beethoven comme ils bâillent à Ra-
phaël; ayant l'horreur des livres les plus exquis et inca-
pables de se plaire à échanger des idées; n'étant jamais
émus par le son d'une voix; supprimant le charme des
routes à force de brusquer l'arrivée; considérant les
nuances comme une servitude dont il importe de se li-
bérer; faisant sonner mécaniquement l'heure du berger,
et convaincus, parce qu'ils déflorent la vie avec l'aplomb
d'un sauvage ivre, qu'ils sont des êtres éminemment
pratiques : moutons de Panurge qui ne savent même plus
déguster l'herbe !

Gaston, comme nous l'avons dit, s'était toujours tenu à
une distance assez méprisante de ces fiers animaux, auxquels il ne manque que le silence, et dont la devise serait
volontiers : *Je ne pense pas, donc je suis;* mais il respirait
avec bonheur en se sentant tout à fait hors de leur domaine. Évadé de ce bagne du *high life,* où la règle est
si désespérément monotone, il traînait encore un peu le
pied; mais il n'avait plus peur d'être reconnu par un
ancien camarade de chaîne. Il lui semblait bon d'ôter ce
bonnet d'âne rouge qui lui avait été imposé pendant qu'il

faisait ses *inhumanités*. Il lui était permis de ne plus siffler une grande action, d'applaudir à une inspiration délicate ; il redevenait libre de ne plus chercher un motif
odieux à toutes les noblesses de conduite. Il goûtait la
joie d'échapper à ces Tarquins de fumoir qui prennent
plaisir à abattre avec leur badine les plus belles fleurs de
l'idéal, décrétant que le dévouement est le chantage du
cœur, l'honnêteté la crainte de la gendarmerie, la fidélité
une spéculation à terme, etc., petite manœuvre égoïste
destinée à noyer le dégoût de soi-même dans le mépris
universel. Tant de gens qui sentent leur propre laideur,
n'ont plus que la ressource de jeter du vitriol au visage
de l'humanité pour essayer de la défigurer !

La fraîche et fertile causerie de sa jeune femme reposait délicieusement Gaston du stérile ramage de ces per-
roquets du sarcasme. Il y a plus de profit à écouter les
fauvettes que les aras. Au lieu d'avoir affaire à ces cerveaux pareils aux instruments brutalisés et faussés qui ne
rendent plus que des sons rauques, mille accords neufs
et charmants captivaient son oreille de blasé. A ce contact
généreux, il reprenait des forces intellectuelles. La clarté
de ce regard limpide faisait honte aux infimes ténèbres
où son intelligence avait dormi. Appris à n'estimer
guère que les joies temporelles, il éprouvait comme une
mortification bienfaisante de s'entendre initier, par une
voix de dix-sept ans, aux jouissances de l'esprit, et s'é-
veillait avec un ravissement confus au monde des idées.
La pensée a, comme le son, une infinie combinaison mé-
lodique. M. d'Ivrée s'étonnait que les voluptueux tour-

nassent si souvent, de gaieté de cœur, le dos à la volupté :
L'exercice de la spiritualité centuple la richesse des sensations. La matière n'est que l'argile dont vous pétrissez
la représentation de la vie, bloc informe ou statue aux
lignes glorieuses !

Quelques lueurs de civilisation, conservées par bonheur
dans une jeune tête barbare, avaient suffi pour éclairer
la route conjugale de M. d'Ivrée. Que de Vandales parmi
les maris ! et combien détruisent avec une féroce sottise
les merveilles d'une organisation féminine qu'ils ne se
sont pas instruits à comprendre! Ils ont, avec un aveu-
glement si plat, cherché tant de fois dans l'autre sexe le
familier subalterne, que leur amour-propre s'irrite d'y
trouver le compagnon noble. Ce sont généralement ces
fiers dominateurs qui proclament l'infériorité de la
femme ; on le comprend sans peine ; ils prennent les vas-
sales pour type de l'espèce; ils ont si bien fait leurs délices du rebut que le sens de l'excellence leur échappe;
les trésors d'une nature ne frappent plus ces pionniers
qui interrogeaient la stérilité avec tant de zèle ; les délica-
tesses de l'âme offusquent leur épais tissu, comme un
rustre trouverait que les dentelles sont une injure à la
grosse toile; les finesses de sentiment déconcertent leur
intellect ; tout ce qui est dignité dans l'abandon et réserve
dans la grâce, inquiète ces convives habitués à mettre
les coudes sur la table de la vie.

Fort heureusement, M. d'Ivrée n'avait pas encore atteint cette période comique où l'on s'établirait volontiers
le Don Quichotte du strass contre les diamants. Outre

qu'à son âge les plis du célibat n'étaient pas encore définitifs, son éducation de lapidaire, ébauchée tant bien que
mal dans le salon de Mme de Guérannes, lui permettait
de discerner le prix des personnes ; il avait déjà balbutié
la langue du pays où il rentrait; il en connaissait les termes
essentiels ; et de même qu'on n'apprend jamais plus facilement le russe ou l'anglais que dans l'atmosphère de
Saint-Pétersbourg ou de Londres, de même ce tête-à-tête
de quelques semaines avec une jeune femme, qui était
le plus séduisant représentant de leur monde, valait à
Gaston dix années de bonne compagnie; le respect re-
naissait sur ses lèvres méprisantes ; l'amour reverdissait
dans ce sol desséché par le plaisir.

Et puis, s'il y a des volcans sous la neige, la nature
n'accepte pas avec tant de débonnaireté cette démission
de la jeunesse que donnent les renégats du printemps;
jadis lui aussi, le professeur de scepticisme, il avait eu
ses aspirations candides, ses expansions passionnées ; lui
aussi il avait rêvé, ce réaliste intraitable; mais semant sur
le grès toutes ces graines précieuses, il n'avait récolté
que des orties ; on aurait pu, au plus beau moment où il
abjurait la religion de ses instincts, lui dire par un pro-
cédé de polémique dont on a tant abusé :

— Voilà ce que vous écriviez en 1858 !

En effet, comme tant d'autres, lui qui plaisantait si ou-
trageusement la maladie épistolaire, il avait tracé de ces
lettres de quatre pages si respectueusement tendres, si
consciencieusement ingénues, où l'adolescent s'abandonne
au plaisir d'être aimant, comme plus tard l'homme fait

goûte de la volupté à haïr, et qu'on ne trouve ridicules dix ans après, que parce que les destinataires ne supportaient pas l'examen ; pur encens brûlé en l'honneur de monstres que cette fumée incommodait presque! prémices offertes à des ruines dont on n'apercevait ni la laideur morale ni la laideur physique.

Quelle désastreuse épreuve de se sentir au matin de la vie glacé brusquement dans sa séve, paralysé dans son élément le plus généreux ! et quelle reconnaissance pour celle qui sait vous guérir de ce mortel refroidissement de l'âme, comme un rosier refleurirait après avoir été gelé ! Prodige inespéré ! voir le fantôme de nos illusions prendre corps tout d'un coup et pouvoir se dire : Puisque l'Idéal répond enfin à nos aspirations, il n'y avait eu erreur que de personne. Vous adressiez à l'aquilon ce qui ne convenait qu'à la brise ; primevères du cœur, vous aviez mal choisi la date de votre éclosion, mais vous n'en étiez pas moins le plus légitime des bouquets !

Et M. d'Ivrée se rappelait précisément le premier petit roman qui avait donné lieu à une correspondance si émue de sa part, si sèche de l'autre ; il avait brûlé ces réponses sottes et cruelles, mais comme il eût désiré relire son œuvre de début pour s'estimer davantage et retrouver l'accent de sa juvénilité ! Je ne sais à quel objet sur le retour, un quatrième sujet de théâtre peut-être, s'étaient adressés ces hommages du départ, mais on n'aurait pu regarder l'image sans rire, ni le texte sans pleurer.

Un soir qu'ils revenaient tous deux d'une de ces excursions qui parlent si éloquemment aux souvenirs et

4

développent les forces vives de l'intimité, Mme d'Ivrée, prenant solennellement la main de son mari, lui dit d'une voix qui démentait ses paroles :

— J'ai un grave reproche à vous faire, Gaston, et j'en mérite ma part.

— Moi qui croyais ingénument approcher de la perfection à côté de vous, madame ; quel est donc notre crime ?

— Je ne t'ai rien dit de la surprise que tu me ménageais pendant ton absence, et elle tira de sa boîte de voyage un de ces délicieux petits coffrets de fer du XVIe siècle, qui ont l'air d'être la prison des secrets. Ton cœur est là sous clef, ajouta-t-elle avec enjouement ; je ne crains plus qu'il s'échappe.

— Je croyais le porter sur moi, fit Gaston assez intrigué.

— Si c'eût été de simples lettres, je n'aurais pas eu le droit de les lire, mais toute une correspondance à la fois devient presque un *journal de pensées;* après tout, c'est notre *livre bleu,* à nous autres femmes.

Par un rapide effort de mémoire, M. d'Ivrée venait de reconnaître ce coffret, un présent fait jadis par lui; il fit jouer un ressort et, avec un calme affecté, il prit un pli qu'il ouvrit lentement; c'était une des lettres dont nous parlions tout à l'heure et qu'il avait adressées à une personne fort indigne de les recevoir. Comment tout ceci était-il en possession de sa femme?

— Remercie-les, ces lettres, reprit Alice, car ce sont elles qui ont gagné ta cause près de moi. Quand on me disait : La grâce de l'amour ne peut plus le toucher, tu avais là des répondants qui donnaient caution pour ta jeunesse.

Gaston n'osait rien démentir et cherchait à pénétrer ce mystère.

— Te souvient-il de cette jolie marche de Chopin dont tu parles dans ces confessions quotidiennes ; c'est en la jouant un soir que je me suis sentie faire vers toi le premier mouvement ; veux-tu bien entendre ce mauvais conseil que m'a donné la musique ?

— Je t'en prie, répondit M. d'Ivrée, heureux de gagner quelques moments.

Alice se mit au piano, et se détacha de tout ce qui l'entourait pour s'abandonner en véritable virtuose à ce délicieux ressouvenir.

Pendant ce temps, Gaston jetait un regard dans l'intérieur du coffret, et découvrait tout au fond, engagé dans le satin de la doublure, un papier qui avait dû échapper à l'attention de sa femme. Il contenait ces quelques mots :

« Mademoiselle,

« Je crois bon de vous envoyer les épîtres amoureuses « de M. Gaston d'Ivrée ; plus heureuse que moi, vous « pourrez peut-être parvenir à les lire ; et je serai « charmée de vous éclairer sur le compte d'un amant « que je n'ai pas eu le temps de regretter. »

Une ennemie inexpérimentée avait servi d'instrument à une volonté malfaisante ; on avait cru faire un coup de maître en envoyant à Mlle de Tiberval ces pièces destinées à nuire à son futur mari ; ces lettres ne portaient point de dates et, par une coïncidence propice, n'avaient trait qu'aux sentiments généraux et aux situations vagues d'une inclination naissante. Il y était question d'un bal de souscription, d'une pièce jouée par Alice elle-même dans un château, d'une visite à un musée ; détails qui pouvaient s'appliquer aux deux héroïnes, et ce dont on avait voulu faire des charges contre Gaston devenait ainsi un certificat d'innocence.

M. d'Ivrée jeta au feu le papier accusateur ; mais Alice avait surpris son mouvement.

— Que brûles-tu donc ?

— Une page qui me semble tiède... amour-propre d'auteur, fit-il en lui baisant la main avec une ferveur de néophyte.

— Est-ce bien moi seule, reprit-elle, qui ai inspiré toutes les bonnes pensées qu'il y a là ?

La détromper eut été une cruauté et une injustice.

— En les écrivant, je ne pouvais avoir en vue qu'un ange comme toi, répliqua Gaston, qui saisissait cette occasion inespérée de rendre à ces chères lettres la destination qu'elles méritaient ; et son mensonge était si pieux que sa conscience daigna le laisser tranquille et qu'Alice put lui dire :

— Ce sont mes archives ; si jamais tu changeais, elles déposeraient contre toi.

— J'accepte pour elles cette bonne fortune, dit M. d'Ivrée en embrassant sa femme : je n'ai jamais aimé et je n'aimerai jamais que toi.

DEUXIÈME PARTIE.

I

LA GROTTE D'AZUR

Ce fut par un firmament deux fois sans nuages que M. et Mᵐᵉ d'Ivrée arrivèrent, vers la fin d'août, à Sorrente, point central autour duquel ils devaient faire rayonner leurs motifs d'excursions. S'il y a une terre nuptiale pour ceux qui viennent de s'appartenir, c'est bien cette succession d'enchantements qu'on appelle le golfe de Naples, — seconde corbeille fournie par la nature; l'hymen des choses est-il autre part plus harmonieusement disposé à recevoir l'hymen des êtres? Nuits qui ont l'éclat des jours; mer et ciel qui confondent amoureusement leur azur; flots qui arrivent à l'éternel rendez-vous du rivage avec les frémissements d'un tissu de soie, montagnes qui

4.

déploient dans leurs enlacements toutes les grâces de la jeunesse ; atmosphère qui a la suavité du baiser ; brise qui se joue des plus irritantes ardeurs, de même que les veilles brûlantes n'altéreraient pas la fraîcheur d'une haleine de seize ans ; lumineuse splendeur qui reproduit la beauté dans sa phase la plus égale ; nature qui souffle partout la caresse, comme une chère présence multiplie les délices ; sécurité légère du printemps de la vie qui se retrouve dans l'air qu'on respire.

Par une fiction que le hasard avait voulu créer, Gaston pouvait se figurer qu'il datait d'Alice, comme elle datait réellement de lui, puisqu'une puissance mystérieuse s'était chargée de rapporter au dernier amour les paroles du premier. Le temps écoulé entre ces deux grandes heures de la vie se trouvait presque aboli ; ainsi que ce hardi génie qui disait : Je fauche tout et ensuite je couvre tout de ma robe rouge, la jeune épouse couvrait de sa robe blanche les ronces déracinées du passé. Qu'on ne nous reproche pas si vite de faire d'un Parisien de la fin du xixe siècle un personnage trop poétique. D'abord les contraires s'attirent avec une éternelle énergie, et l'on ne sait pas assez quels excès d'innocence commettent parfois les vicieux ! Ensuite le mortel le plus positif n'éprouve-t-il pas le besoin féroce de sacrifier à la femme véritablement aimée les souvenirs les plus flatteurs pour la vanité ? Mariez, demain encore, quoique le soleil de l'idéal paraisse à son déclin, un de ces viveurs qui font les maquignons même dans un boudoir, et qui diraient volontiers : Belle créature ! comme on dit : Belle bête ! vous les verrez jeter au feu les plis coquets qui musquaient leur plus secret tiroir, et les fleurs séchées qui composaient l'herbier de leurs conquêtes, rapides comme la guerre moderne. Vous croyez que je les calomnie? Tenez, ce petit vicomte qui porte ses armoiries gravées sur ses boutons de gilet, comme s'il venait d'être anobli par son tailleur; ce jeune seigneur si cassant, si pratique et dont le ricanement vise à être un dépuratif d'illusions, lui qui disait un jour que le *Lac* de Lamartine était tout au plus bon pour patiner en hiver et faire la lessive en été, je vous le dénonce comme un traître au scepticisme; il a entretenu pendant la dernière année dramatique une correspondance sentimentale et éperdue avec une écuyère honoraire de l'Hippodrome, et pendant sa villégiature dans le Tarn ou dans la Lozère, il avait été stipulé à prix d'or qu'ils regarderaient l'*astre des nuits* à la même seconde. Si bien qu'*Indiana*, — un nom de cabinet de lecture devenu un nom de cabinet particulier—, disait un soir à ses complices : voilà neuf jours que le *temps couvert* règne sur toute la France; mame Phœbé ne brille que par son absence comme la femme Benoiton; c'est 50 louis que me coûte cet *impair*.

Tant il est vrai que nous avons tous en nous, depuis les indifférents de profession jusqu'aux haïsseurs jurés, une somme de force affective que nous sommes contraints de dépenser à une certaine phase de notre destinée. L'important est de ne jeter ni par la fenêtre ni dans le ruisseau cette fortune du cœur qu'on ne refait jamais. Puisque nous devons aimer, que ce soit la créature noble, belle et digne de nous, qui bénéficie de cette trêve à l'égoïsme, au lieu de dédier nos extases à ces épouvantails qui offensent encore plus le goût que la morale. Bafouer la Vénus céleste, c'est très-beau assurément, à condition de ne pas se laisser enchaîner par la Vénus hottentote. Il leur en coûte à ces esprits forts d'écouter librement une égale qui leur apporte le charme de toutes les aurores : il leur est doux d'être mené effrontément par une mégère fanée qui escompte leur papier à lettre. La passion les attendrit aussi, ces cœurs si durs qu'on en ferait du pavé pour les rues ; seulement, ils ressemblent à ces pierres bien closes dans l'intérieur desquelles on trouve un ignominieux crapaud. Où l'amour va-t-il se nicher ?

Qui ne connaît, au moins de réputation, près de la marine de Capri, ce dernier refuge des fées qu'on appelle *la grotte d'azur?* On n'y pénètre qu'en se couchant au fond d'une barque, et il semble qu'on va s'enfoncer dans l'horreur des enfers antiques ; mais quand cette passe difficile est franchie, un spectacle incomparable vous attend ; la lumière du jour qu'on vient de quitter paraît pauvre et pâle auprès de ces richesses de clarté, comme l'or à côté des pierres précieuses.

Une succession de voûtes qui paraissent de diamant surplombe un lac qui a l'air d'une dissolution de saphir transparent ; il est impossible qu'on garde là les préoccupations terrestres ; on sent renaître en soi, tant qu'on est sous l'influence de cet effet magique, les aspirations éthérées, les chimères adorables, tous les rêves du Paradis ; on dirait la caverne de l'Idéal ; le moindre souffle du vent vous en interdit l'accès, de même que la moindre agitation du cœur vous défend de goûter la sérénité des élus.

Cette illusion d'optique achevait de transfigurer Gaston à ses propres yeux. Ces teintes tendres et radieuses n'étaient-elles pas comme la réverbération des félicités pures? Ces eaux célestes ne lui en faisaient-elles pas toucher le port? Il se tournait vers Alice émue, presque tremblante, et lui disait :

— Chère femme, les autres ne peuvent regarder dans la glace que leur beauté extérieure, mais toi, tu peux sans coquetterie promener tes yeux dans ce qui t'entoure, c'est le miroir de ton âme; l'ébène plongé dans cet azur liquide prend la blancheur de l'hermine; mes plus sombres pensées, quand elles descendent en toi, n'ont plus que la couleur des tiennes.

Et Mme d'Ivrée lui répondait avec cette intonation indéfinissable que donne le pressentiment des bonheurs menacés :

— Je suis trop heureuse, mon ami.

— Comment, ce sont les talismans qui ont peur à présent! répond M. d'Ivrée en attirant sa jeune femme sur son cœur.

En ce moment, un pieux juron du batelier les rappela à la réalité. Déjà loin de la barque et perdus dans une anfractuosité, ils contemplaient une à une toutes ces merveilles, quand soudain la crypte lumineuse s'obscurcit; un gros temps se déclarait, et la mer bouchait hermétiquement l'ouverture de la grotte, où venaient de se

glisser d'autres embarcations désireuses de se mettre
l'abri.

L'équipage déclara à *leurs excellences* les voyageur
qu'on avait pour une bonne heure de quarantaine.

— Faites feu de tous vos cigares, mesdames et mes
sieurs ! cria un *nouveau* en qui l'on sentait l'ambition d
paraître un *vétéran*, on se croirait dans un tunnel. Encor
une réputation volée, cette huitième merveille du monde

— Si nous éreintions un peu la nature, pour tuer l
temps, hasarda un chercheur évidemment fatigué.

— J'aime mieux éreinter les gens, reprit le novic
enragé. Abîmons-nous nous-mêmes s'il le faut. Je n
connais que cette maxime : *Vous détesterez votre pro
chain comme vous-même.*

— Mais c'est l'emploi de Beaucléry, interrompit un
voix féminine dont le timbre fit tressaillir Gastor
d'Ivrée.

— Comme vous me calomniez ! chère madame, mo
qui allais justement vous dire du bien de quelqu'un.

— Je voudrais bien voir cela ! répondit le chœur
presque indigné.

— Oui, noble assistance, commença Beaucléry ave
une componction dérisoire, vous voyez en moi une mau
vaise langue repentante ; j'entre dès demain dans l'im
mense confrérie des *bénisseurs*. Depuis l'admirable spectacle dont j'ai été témoin hier à Sorrente, je ne peux plu
sans horreur me rappeler mes plus légères critiques ; j
m'en veux d'avoir pensé de Calino qu'il laissait à désire
comme pénétration et de Mandrin qu'il n'avait pas tout

fait bon cœur. L'âge d'or m'est réapparu sous la forme
d'un couple modèle, né pourtant dans nos murs. C'était
lundi, à sept heures du soir, sur cet irréprochable plateau
qui domine le golfe de Naples et la mer de Sicile ; *elle*,
un de ces anges qui ne voient pas plus loin que leurs ailes,
le regardait avec des yeux de pensionnaire qui contemple
son premier prix ; *lui*, faisant de son balai rôti une houlette pastorale, cueillait des simples pour en former un
bouquet. On ne connaît jamais que la décrépitude de Phi-
lémon et Baucis ; j'assistais à leur jeunesse, et j'éprouvais
une consolation ineffable à voir un mauvais sujet finir en
lauréat de l'Institut. Ils seront heureux et ils auront beaucoup de... collégiens. Que ferons-nous du fils aîné ?

— Le vengeur de sa race ; il aura peut-être une bonne
fortune, répliqua la voix de femme avec l'accent le plus
méprisant qu'elle put trouver.

Le féal auditoire applaudit ; l'humiliation d'un de ses
semblables est toujours la chose la plus douce au cœur
de l'homme, et les voûtes de la grotte retentirent d'un
hourrah sonore ; on eût dit que la tempête introduisait
son désordre dans ce sanctuaire du calme éternel.

Au début de cette séance de méchanceté, Alice s'était
pour ainsi dire abritée dans son mari ; elle sentait venir
le danger, et tous deux en écoutant malgré eux cette
misérable satire de leur bonheur, se tenaient enlacés comme pour mieux résister à l'ennemi ; aucune de ces paroles
ne les atteignait, et cependant une impression de pudeur
froissée leur causait un secret malaise ; puis il leur semblait que le charme de leur détachement terrestre était

rompu ; cette grotte tout à l'heure plus éblouissante qu
le jour et maintenant plus sombre que la nuit, c'était l
symbole d'une vie qui allait changer de couleur ; le deui
après l'azur.

— Quelle est donc cette femme? murmura Alice à l'o
reille de Gaston.

— Je ne la connais pas, répondit-il avec héroïsme.

Mais un frisson de dépit et le ton plus bref de sa voi.
avertirent Mme d'Ivrée de la présence d'une rivale.

Cependant la lumière rentrait peu à peu dans son do
maine favori, et le miracle se refaisait ; peu sensible '
ces enchantements de la nature, la bande joyeuse s'é
criait :

— On fait bien mieux au Châtelet ; ce sont les feux d
Bengale de l'antiquité. D'ailleurs, cela manque de génie
en maillot. Quittons les coulisses!

Et la flottille, profitant de l'issue reformée, se dissip
dans le golfe.

Quand Gaston et Alice sortirent à leur tour, elle n'étai
plus qu'un point blanc à l'horizon. Les deux jeunes gen
semblaient éviter le regard l'un de l'autre et ne rompaien
le silence qu'avec effort. Il reste toujours quelque chos
de la malveillance ; quand une chenille n'a fait que pas
ser sur la fleur qui vient d'éclore, l'éclat et le parfun
sont les mêmes ; mais je ne sais quelle invisible flétris-
sure a subie la plante immaculée, et l'on trouverait de
l'amertume jusque dans le calice d'une rose!

II

MADAME DE JULIAMÉ

Le monde a toujours eu ses agitatrices, mais au moins leur ambition s'exerçait de bas en haut ; il était réservé à notre époque de voir fleurir cette espèce de femmes du vrai monde jalouses de faire un simulacre de concurrence aux célébrités des sphères défendues.

Par l'audace de la mise, par l'éclat du train, par une certaine parité de goûts, elles s'établissent *les parallèles* de ces libres viveuses qu'elles ne daigneraient pas honorer d'une courbe, mais dont elles s'inquiètent avec une ferveur qui frise l'humilité. Ce sont elles qui courent à leurs ventes, où elles se disputent à prix d'or les *colis* de pierreries que ces spéculatrices ont failli porter, comme elles se disputent leurs avant-scènes aux *premières* des pièces défendues par les maris. On dirait que l'envie secrète de ces filles de bonne maison serait de tromper même les yeux exercés, tant elles observent avec symétrie les conditions de ressemblance extérieure. Elles usurpent parfois le ton de ces étranges modèles, elles prennent au besoin leur idiome, elles mènent sur une autre ligne une existence bruyante et voyante qui défraye les chroniques, où il ne leur déplait pas d'être mêlées aux reines du luxe et du tapage.

C'est par ce délassement affecté qu'elles fascinent ces petits jeunes gens qui se promettent bien de vieillir, et ces hommes faits qui entendent mourir dans le festival de la promiscuité. *Les parallèles* leur ménagent la transition entre le boudoir illicite et le salon régulier ; c'est pour eux une douceur incomparable que de retrouver chez des égales un peu du sans-gêne moral auquel ils sont accoutumés chez les inférieures. Une patricienne se servant de quelques-unes de ces locutions de petit théâtre qui composent le fond de la langue d'un Paris très-infatué de lui-même ; par exemple, l'ellipse classique : *Il ne faut pas nous la faire*, ou, à propos d'une sonate de Mozart, ce jugement résumé avec tant de grâce : *C'est un petit beurre*, leur causerait d'inexprimables délices. Leurs ancêtres eussent guetté une formule aristocratique sur des lèvres plébéiennes ; eux sont aux anges quand il leur est donné d'entendre sortir d'une bouche de grande dame un *risquons-tout* dont ne voudrait pas la femme du peuple qui se respecte.

Mme de Juliamé était chef d'emploi dans cette parodie involontaire où la vertu elle-même, heureuse de singer le vice, ne dédaigne pas de prendre un rôle. Que de fois vous l'avez rencontrée au bois, conduisant elle-même un panier très-bas, attelé de deux chevaux follement enrubannés! Peut-être votre compagnon de route murmurait en la désignant un de ces noms faciles comme la personne elle-même et qui font rêver les Babyloniens de la dernière heure. — Mais pas du tout, répondiez-vous en souriant, c'est Mme de Juliamé ! Et l'on pouvait s'apercevoir que cette confusion, saisie par elle du premier regard, flattait plus son amour-propre qu'elle ne blessait sa dignité.

Si peu que vous affrontiez un de ces gouffres de somptuosités qui, sous prétexte de bains de mer, se déclarent sur certaines plages, il est difficile que vous n'entendiez pas notre héroïne en costume de féerie, traitant le vieil Océan comme un camarade de planches, aux applaudissements de toute une petite cour caressée dans ses chétifs instincts, car Mme de Juliamé est encore une de ces suzeraines de la mode qui ont toujours l'air de voyager avec leur maison au complet, depuis les pages de l'adoration jusqu'aux soupirants de service.

Comme elle devançait leurs trivialités favorites, quand les vagues en fureur souffletaient d'écume le phare de la jetée et qu'elle regardait d'un air narquois ce spectacle grandiose en disant : *Ce bon Neptune, il croit que c'est arrivé !* Comme elle les charmait quand son yacht passant en vue du Havre, un des passagers de quart s'avisait de crier : *Patrie de Bernardin de Saint-Pierre*, et qu'elle répondait : « Ne prononcez jamais devant moi le nom de ce bébé fossile. C'est lui qui nous a affligés de ce type de sous-maîtresse qui nous poursuivra jusqu'à la fin des albums, Mlle Virginie, qui préférait mourir que de montrer le bout de ses omoplates, mais tout est découvert, on sait à présent qu'elle avait des humeurs froides. »

Ce serait lui faire tort du titre auquel elle tenait le plus, que d'oublier de la saluer comme reine des méchants. Ses sujets naturels se composaient de ces laborieux dés-œuvrés qui ont à peine le temps de tout ravaler et de tout flétrir, gardant aux lèvres le pli d'une moquerie insupportable de platitude et de monotonie; ignares avec une fatuité qui fait frémir ; toujours prêts à fusiller à bout portant une bonne pensée ou un sentiment avouable ; plus heureux de salir une hermine, qu'une ménagère hollandaise de faire reluire ses cuivres ; affectant avec une élégance gourmée, des façons de rustre, et si despotes pour tout ce qui n'est pas de leur coterie hargneuse, qu'ils *brimeraient* volontiers jusqu'aux bienséances.

Mme de Juliamé était l'incarnation, fort séduisante d'ailleurs, de leurs vilains petits rêves; majestueuse et familière en même temps, superbement coiffée de cheveux d'un haut prix, autrefois brune, aujourd'hui blonde à inquiéter les blés; Égérie des habilleurs en renom, douée d'une de ces physionomies qui rassurent tout de suite les égoïstes ; figure de grande dame du lac, pouvant sans trop de mésalliance, prendre sa place dans ces étalages photographiques qui remplacent aujourd'hui les *keepsakes;* maîtresse de ses actions au point de friser l'impunité, elle était de ces privilégiées dont le mari est toujours en congé extraordinaire ; imposant à la *gentry* et à la *nobility* par son nom et sa fortune, à ce qui n'est pas *le monde* par l'exagération de son propre principe, car à force d'initiative, la copie prenait plus de valeur que l'original ; ainsi Mme de Juliamé avait eu la gloire, dans la phase où elle aussi *faisait sa vente*, de voir une de ses parures passer, après de magnifiques enchères, sur les épaules les plus connues de Paris, et — délicieux renversement de la situation — elle savait que la haute galanterie daignait se préoccuper parfois de son existence ; il lui était plus doux d'apprendre qu'on parlait d'elle en disant *Julia*, par abréviation de *Juliamé*, que de s'entendre appeler Mme de Juliamé. Son triomphe datait du soir où elle s'était promenée habillée en homme dans un couloir de théâtre, et comme une tante à héritage lui demandait la raison de cette excentricité : « *Speranza*, aurait-elle répondu, on m'assurait que la pièce nouvelle était une *pièce d'hommes* ; je n'ai pas voulu y paraître en femme. »

Et le lendemain, dans un de ces soupers décisifs qui feraient presque dire diplomatiquement : *le cabinet du Moulin-Rouge*, comme on plaignait ces pauvres jeunes gens obligés de tenir quelquefois compagnie à ces femmes si déplorablement bornées, un oracle en matière de drôleries, le vicomte de Baume-les-Gardes, s'était écrié : Eh bien, mesdames, j'en connais une des nôtres qui est pourtant plus *amusante* que vous, et il avait nommé l'héroïne de la veille.

Chacun ici-bas — du plus riche au plus pauvre — a son mauvais ange ; Mme de Juliamé représentait la seule femme qui pût exercer une action sur un renégat de perversité — le genre d'apostasie qu'on pardonne le moins dans les enfers de l'élégance. Elle traversait la vie avec une telle auréole d'insolence et de défi, qu'elle semblait dire : « *Qui me hait me suive.* » On ne sait pas la force d'attraction qu'imprime aux êtres les plus vulgaires cette satisfaction à la loi parisienne par excellence : *être accepté* ; il y a des monstres que le succès couvre de fleurs jusqu'à ce que la terre en soit purgée ; il y a des types exquis que l'on ne songe même pas à regarder, l'attention n'ayant pas reçu de mot d'ordre ; esprits qui eussent donné les fleurs les plus rares, riches de fruits généreux auxquels on préfère les fruits pleins de cendres ; natures dignes de l'éclat et qu'un caprice brutal condamne à l'obscurité. Quelles élégies, tant de femmes dont on laisse sottement perdre la valeur et le parfum, pourraient faire sous ce titre : *les Refusées !*

Mme de Juliamé entraînait dans son atmosphère les réfractaires qui passaient à portée du tourbillon : toute personnalité absorbante est une planète qui compte aussi ses aérolithes. Il ne fallait pas respirer longtemps le même air que cette dévastatrice pour concevoir le dégoût des régions paisibles et tempérées. Près d'elle, on se sentait presque fier d'un mauvais mouvement, elle excellait à tarir la source des meilleures larmes, comme à tuer en germe jusqu'aux candeurs de l'arrière-saison. Sa présence causait un malaise indéfinissable à ceux qui connaissent encore l'affection et le respect, et une volupté secrète à ceux qui n'aiment personne et méprisent tout.

Son âge demeurait un problème comme sa beauté : la Vénus athénienne était faite de l'écume des flots ; la Vénus parisienne semble formée de l'écume d'une civilisation. On savait vaguement à Mme de Juliamé une grande fille élevée en province et mariée à un de ces chasseurs fauves qui ne donneraient pas un simple terrier pour le boulevard de Malesherbes ; elle lui écrivait une fois par an et lui recommandait de bien soigner ses confitures ; et son cœur de mère se sentait agréablement chatouillé quand une photographie envoyée par la poste lui disait naïvement : Votre fille est moins jeune que vous, elle est à son troisième enfant ; cette héritière dont vous ne vouliez pas ne compromettra pas votre prestige égoïste. Elle, la fringante aïeule, qui ne voulait pas entendre parler de ses petits-fils, narguait le temps et la destinée et, avec sa palette magique, ses parfums savants et ses trophées de chevelures, elle éclipsait les incarnats les plus printaniers. — A Paris, c'est la rose artificielle qui est la reine des fleurs.

III

LE MOUCHOIR DE DENTELLE

Il régnait alors au théâtre de San-Carlo un jeune ténor nommé Lamantini, qui faisait les délices des étrangers. Il était d'origine champenoise et avait fini par se croire Italien, tant il s'appliquait — sans trop d'efforts — à oublier le français. Lamantin — quoiqu'il ne faille plus l'appeler par son nom — se faisait à la ville et à la scène la tête de Mario, et, même avec ses nationaux, il affectait de ne point se servir de la langue maternelle; on l'eût fort étonné en lui rappelant qu'il était né, non à Capo di Monte, mais à Montmirail. Son chant, à la fois plein de fièvre et de langueur, de *brio* et de *smorfia*, participait du roucoulement et du hennissement; suivant qu'il lançait ou retenait la note, il semblait ou frémir comme un coursier qui a du feu dans les naseaux, ou se pâmer à la façon des tourterelles qui se rengorgent. Ce virtuose de la Marne ne possédait pas absolument le galbe d'Antinoüs; mais la beauté est-elle indispensable à celui qui donne le *si* ? Tel que la nature l'avait ébauché et que l'art l'avait repris en sous-œuvre, il tenait suspendues à sa voix magnétique les plus présomptueuses *ladies* et les matrones les plus romaines ; il faudrait aujourd'hui appliquer aux chanteurs ce que Platon entendait des poëtes et dire « Le haute-contre est chose légère, ailée et sacrée. »

Notre époque pressée ne connaît plus les grandes figures de séducteurs ; Don Juan, d'ailleurs, ne donnerait aujourd'hui de sérénades qu'au trois pour cent ; Lovelace courtiserait tout au plus la femme de Barême. D'un autre côté, le *personnage fatal* est un article radicalement démodé ; aucun mécontent ne s'aviserait, à l'heure qu'il est, de jouer le *jeune homme pâle au front rêveur*, qui inquiétait les *femmes incomprises*. Cette variété mélancolique a disparu elle-même. Il n'y a plus maintenant que des femmes comprises à ravir.

Le seul héros de roman qui nous reste — gardons précieusement ce dernier représentant d'un type fameux — c'est le mortel privilégié qui est appelé à chanter, en bottes molles et en pourpoint de velours noir avec large rabat de guipure, Zampa ou Edgardo. O vous, aïeux méprisables et vénérés, Valmont, Rastignac, Lara, de Marsay, Child-Harold, votre unique héritier, c'est le ténor moderne ; *faire des victimes*, ne se comprend plus qu'à propos des aventures financières ; l'humanité se range, et nous aurions à déplorer la perte du plus antique des végétaux, si le théâtre ne s'était fait la serre chaude du fruit défendu.

Mme de Juliamé eût cru manquer à son devoir en ne

5.

distinguant pas, dès les premières mesures, — en tout
bien tout honneur, nous vous le jurons, — ce suave mé-
nestrel. La *ténorolâtrie* comptait en elle une de ses plus
ferventes prêtresses platoniques. Qu'il était beau, suivant
l'expression consacrée, qu'il était beau, Lamantini, dans
la *Dona del Abisso*, quand il maudissait, avec force *appo-
giatures*, l'indigne conduite d'un mari qui ne voulait pas
se laisser tromper! Quelle âme! quelles notes! La salle
palpitait et la grande voyageuse, à demi penchée en dehors de la loge, jetait résolûment un bouquet à *Orlando*,
rappelé pour la sixième fois. Entre le troisième et le quatrième acte, Mme de Juliamé fit demander l'heureux artiste pour le complimenter. Lamantini devint le point de
mire général. Comme il demeurait à Portici, pour
échapper aux ovations, elle daigna lui offrir sa voiture.

— J'ai la mienne, madame, répondit le ténor en s'inclinant avec une humilité qui semblait faire la roue.

En effet, un splendide attelage piaffait déjà sur la place
en attendant l'illustre Lamantini, et Mme de Juliamé eut
l'orgueilleux affront de le voir monter dans une calèche
armoriée que quatre chevaux emportèrent avec la vitesse
du son.

Que de fois les enthousiastes, ne voulant pas laisser à
des inférieurs l'honneur et le soin de traîner le triomphateur, avaient remplacé de force ces impétueux ale-
zans! Flatteuse substitution qui arracha à Lamantini ce
magnifique cri du cœur :

— Ma haute écurie, c'est le public !

Le hasard et quelque démon aussi le poussant, avaient

fourni un spectateur inattendu à cette représentation
mémorable. Mme d'Ivrée, un peu abattue depuis quelques
jours, était restée à Sorrente. Une affaire appelait Gaston à Naples; ne pouvant repartir que le lendemain, il
était allé à San-Carlo, non sans le secret espoir d'y braver à son tour, au milieu de ses gardes du corps, ce visage de femme qui le troublait encore comme un défi
permanent à son bonheur.

Mme de Juliamé était, ce soir-là, belle avec une sorte
de rage; son profil de camée fatigué jouait l'effigie de
musée; costumée *en effet de neige*, elle semblait noyée
dans une savante blancheur; une poudre d'argent jetait
mille étincelles métalliques à travers ses cheveux cosmo-
polites, reliés par des guirlandes de perles qui se conti-
nuaient en triple rang autour de son col; ses épaules
savamment lactées s'élançaient avec audace d'une vapeur
de tulle et de dentelle; un bouquet de gardenia, noncha-
lamment posé sur le rebord de sa loge, attendait son bon
plaisir. Beaucléry déclarait à ses complices qu'il ne l'avait
jamais vue *si réussie;* elle eût certainement ébloui tout
autre que l'infascinable Lamantini.

Gaston d'Ivrée, perdu au fond d'une baignoire, contemplait cette remuante déesse que l'extase rendait immobile — comme un tourbillon pétrifié; il voulait tuer en
lui le dernier vestige d'une puissance funeste; mais chose
bizarre, si Mme de Juliamé avait pu voir cet étrange ennemi, elle se serait aperçue que ces yeux chargés de haine
n'arrivaient à lancer que de l'amour; il était venu pour
respirer de tout près le danger, et le danger le grisait;

lui qui se croyait en haut de la montagne, il se sentait
attiré de nouveau vers le précipice ; cette vivante image
de la perdition lui rendait presque maussade l'idée du
salut ; une façon de jalousie le mordait au cœur en surprenant l'attention qu'elle accordait à ce troubadour perlé,
en train d'établir, à force de vocalises, qu'il *fallait céder
à ses lois* ; Gaston avait beau se dire : Cette créature de
luxe, c'est la désolation, les illusions versées, le goût de
soufre à la place de l'arome, une voix diabolique lui répondait : « Oui, mais elle est l'orage, l'éclair, le coup de
foudre, le tressaillement inconnu ; toi, tu vas retarder
niaisement sur ton époque ; avec elle tu avancerais éter-
nellement sur l'heure de la mode. » Et comme tout pécheur a le vertige de la rechute, Gaston se plaisait à se
pencher sur les roses de l'abîme.

Croyant Mme de Juliamé et ses hôtes dans le salon de
l'avant-scène, il était monté au foyer, puis se rapprochant
insensiblement du point fatal, il s'engagea dans le couloir
des premières loges ; elle y avait laissé, en le traversant,
ce parfum subtil que les amoureux reconnaissent comme
une piste et qui enivre autant que la présence même ;
M. d'Ivrée arrivait déjà à la porte maudite quand en se
retournant brusquement il aperçut Mme de Juliamé qui
se dirigeait vers lui, suivie très à distance par son cortége
ordinaire ; on la laissait marcher seule pour ne pas gêner
le développement de ses jupes. Elle s'avançait lentement,
avec une démarche de reine qui entend faire attendre ses
sujets. Cependant Gaston n'avait pas eu le temps de
prendre, pour l'éviter, une issue dérobée sur un escalier

de service, qu'elle se trouvait juste devant lui et, par un mouvement involontaire, laissait tomber son mouchoir de dentelle.

Il y eut un moment d'hésitation; la courtoisie exigeait que M. d'Ivrée ramassât le précieux chiffon pour le remettre à son possesseur; mais Mme de Juliamé était la dernière personne envers laquelle il pût accomplir ce devoir, qui eût ressemblé à une profanation. Cependant il ne lui était pas permis de laisser une femme se baisser et passer outre; il se décida donc à ramasser le mouchoir, qu'il tendit à Mme de Juliamé; mais avec une hauteur provoquante et un sourire presque alarmant, elle répondit :

— Il est trop tard, gardez-le !

Cette scène n'avait demandé que quelques secondes; quand l'arrière-garde rejoignit Mme de Juliamé, M. d'Ivrée venait de disparaître sans qu'on l'eût reconnu.

IV

RESTE-T-IL ENCORE DES BRIGANDS ?

A quelques jours de là, Mme de Juliamé donnait un grand dîner à son personnel; la fête devait être complète, Lamantini avait promis de venir le soir se faire entendre, et l'on espérait presque l'apparition de M. de Juliamé, qui arrivait d'Asie-Mineure. Outre qu'on était assez curieux de connaître enfin ce mythe conjugal, une présence si inespérée rendait de la nouveauté et de la saveur à cette colonie déjà blasée sur elle-même ; enfin le passage de cette comète civile était de nature à tranquilliser les observations de la malveillance.

Tout allait à souhait, et Lamantini, après avoir jeté autour de lui un regard inspiré, se mettait déjà au piano, quand un télégramme daté d'Athènes parvint à Mme de Juliamé.

— Raoul nous manque encore, messieurs, s'écria l'aimable compagne de cet éternel absent; j'ai failli l'attendre.

— Décidément, madame, reprit Beaucléry avec le dédain du plaisir innocent, l'anneau nuptial de cet époux, invisible à Naples comme à Paris, est l'anneau de Gygès; votre mariage est une éclipse.

— Dites tout de suite que je vous trompe, monsieur de Beaucléry.

— Cher, lui glissa à l'oreille le petit vicomte de Baume-les-Gardes, avec ta réclamation, tu me fais l'effet d'un voleur sensible qui tiendrait à avoir le portrait des gens qu'il dévalise.

— Quelle calomnie ! gronda Beaucléry en haussant les épaules.

— Un peu de silence, messieurs, reprit Mme de Juliamé, il signor Lamantini n'a que quelques moments à nous dédier.

Elle frappa trois fois dans ses mains presque gantées de brillants, et Lamantini ouvrit solennellement la bouche. Il fut tour à tour élégiatique et dantesque, *chute des feuilles* et *Divine Comédie*. A la fin du premier morceau, Mme de Juliamé, qui n'appartenait plus à la terre, trouva une larme que Beaucléry contempla d'un œil stupéfait.

— J'ai envie de la ramasser, cette perle unique, fit-il avec un sourire forcé.

— Elle vous brûlerait les doigts, mécréant que vous êtes, répliqua Mme de Juliamé avec un regard de béatitude lancé vers le destinataire.

— Côté des anges ! murmura Beaucléry en exécutant une pirouette vers Lamantini qui repliait ses ailes aux clameurs de : *Tous ! tous !* adressées aux *caprices* qu'il venait d'exécuter.

— Vous m'avez d'autant plus comblé d'émotion, cher monsieur, que vous n'êtes pas un étranger pour moi. J'ai connu un Lamantin à Montmirail, où j'allais étrangler une faillite. Le cher homme, en allumant mon feu tous les matins, me parlait bien souvent de vous.

— Ma famille est à la fois française et italienne, répartit le ténor blessé au vif. J'appartiens à la branche toscane. Vous auriez pu être sous les ordres de mon aïeul, qui était gonfalonier de Sienne.

— Que faisons-nous demain ? interrompit Mme de Juliamé.

— Nous cueillons les roses de Pœstum, répondit le petit vicomte de Baume-les-Gardes.

— La route n'est pas sûre, madame, objecta Lamantini.

— Comment ! vous croyez encore aux brigands ?

— Mais dernièrement un négociant de Reggio, dont la famille n'a pas voulu payer la rançon, s'est vu couper les oreilles.

— Je ne serais pas fâchée que cette image, dont on se sert toujours, eût été exacte une fois ; mais je crois tout bonnement que c'est un bruit qu'on a fait courir ; Fra Diavolo et sa bande n'existent plus qu'à Paris ; ce ne peut être que M. Capoul et surtout M. Palianti qui profitent de leurs vacances pour infester le pays.

— Eh bien, madame, continua Lamantini qui avait une revanche à prendre, je me charge de vous faire voir demain un repaire de ces bêtes féroces.

— Vous êtes donc affilié à cette société secrète pour le détroussement des voyageurs ?

— Non, mais la compagne du capitaine, la farouche Romula, ne me voit pas d'un œil défavorable, et j'ai obtenu d'elle un sauf-conduit que je mets à votre disposition.

— Je m'invite à déjeuner chez ces monstres, dit Mme de Juliamé, et pour prouver que je ne crois plus à ces fables d'opéra-comique, j'irai avec tous mes bijoux. Beaucléry, vous vous munirez d'un panier de champagne. Je ne serais pas fâchée de griser des bandits ; notez qu'au fond ces sauvages sont tous des buveurs d'eau.

— Je suis votre sommelier tout dévoué, madame, répliqua en s'inclinant Beaucléry, qui flairait un piége à retourner contre un intrus déjà très-mal dans ses papiers.

Le lendemain matin, par une de ces matinées qui tiennent encore plus qu'elles ne promettent, la caravane s'ébranla pour le double pèlerinage. Lamantini, excipant de sa qualité de *ciccrone*, avait tenu à ce que Mme de Juliamé acceptât sa calèche; ses chevaux connaissaient si bien l'itinéraire ! Un jockey en casaque améthyste et en culotte de peau gris-perle, conduisait cette Daumont, comme s'il eût été au bois; une simple voiture de louage contenait les autres voyageurs qui n'avaient pas voulu s'asseoir sur les coussins de l'heureux ténor.

Le voyage s'effectua tout d'abord sans encombre; seulement Mme de Juliamé se plaignait à chaque instant de la sécurité de la route.

— Dans une contrée réellement pittoresque, nous aurions déjà été attaqués, répétait-elle.

— Rassurez-vous, madame, répondait Lamantini de sa voix la plus mélodieuse, les retardataires ne sont plus loin.

Après avoir déjeuné gaiement à une hôtellerie de village, on s'était dirigé vers Salerne, la première étape de cette expédition, lorsqu'en traversant le bois d'Annunziata, Lamantini fit remarquer à Mme de Juliamé une forme rouge et blanche qui apparaissait et disparaissait à travers les arbres.

— C'est Romula! dit-il à voix basse; elle m'avait demandé une entrevue pour aujourd'hui, mais je suis trop heureux de vous sacrifier ce tête-à-tête.

— Désolée, cher monsieur, de vous priver d'une telle bonne fortune, fit Mme de Juliamé, quelque peu foissée de la préférence.

Une femme s'avançait rapidement en faisant craquer les broussailles. Bientôt on put la voir distinctement. C'était une brune de dix-huit ans à peine, avec une peau bistrée par tous les soleils et des yeux noirs à faire trouver grisâtre le nègre le plus foncé; des amulettes de toute espèce pendaient à son col rond et pur ; son costume, conforme à la mode napolitaine, était relevé par des broderies d'or. On aurait dit la madone du crime.

— Je la reconnais, fit Beaucléry, c'est l'ancien modèle de Gérôme.

— Je ne crois pas, riposta aigrement Lamantini : vous

voyez les Batignolles partout; c'est un travers, mon cher monsieur.

Romula, debout dans une attitude de statue, regardait avec une fixité terrible cet homme dont elle avait fait son idole et qui semblait venir lui présenter une rivale ; Lamantini, comprenant cette pantomime, essaya de parlementer, mais la jeune louve poussa un cri sauvage et disparut comme l'éclair.

— Nous sommes perdus ! laissa échapper Lamantini. Fuyons.

— C'est trop fort, répondit intrépidement Beaucléry, vous avez peur de votre ombre.

Il n'achevait pas qu'une nuée d'hercules à figures sinistres enveloppait le groupe des touristes en brandissant des pistolets.

— Ce sont des choristes sans ouvrage; nous allons bien rire, s'écria le petit vicomte de Baume-les-Gardes, en faisant siffler sa cravache.

M\ :sup: me\ de Juliamé s'était évanouie en murmurant : Merci, mon Dieu !

V

UN NID DE VAUTOURS

Les divers chevaliers de Mme de Juliamé songèrent d'abord à organiser la résistance. Élèves de Lecour, aucun d'eux n'était étranger à la noble science de la boxe, mais quinze lames d'un acier si luisant brillèrent de si près sur leurs plastrons de fine batiste, qu'ils résolurent de ne plus demander qu'à la douceur ce qu'il eût été puéril d'espérer de la violence. Après avoir vainement offert des cigares à leurs ravisseurs, qui refusèrent avec mépris, ils marchèrent, devenus bien sages, vers une destination inconnue. Le chef de la bande, Stupetta, qui avait pu à peine se commencer un nom, tant les autorités faisaient bonne garde, imposa son bras, avec une galanterie farouche, à Mme de Juliamé, que soutenait, au sortir de sa légère syncope, une exaltation fiévreuse. Lamantini, tout pâle, réclamait l'indulgence du public. Le petit vicomte de Baume-les-Gardes proféra ces paroles mémorables :

— Nous sommes les girondins des touristes, sachons marcher dignement au supplice.

Au bout d'un quart-d'heure de détours à travers la fraîcheur des bois ténébreux, le convoi des condamnés se trouva subitement en présence d'une haute montagne, tellement à pic par la base et surplombant si énergiquement par le sommet, qu'elle avait l'air d'une pyramide renversée ; nul système d'échelle n'aurait permis d'atteindre à cette cîme, tout au plus faite pour les vautours, et cependant Lamantini dit mystérieusement à sa compagne d'infortune :

— C'est là-haut que perchent ces hommes de proie !

Une étroite fissure masquée par un hérissement de plantes barbues servait de porte secrète à ce domicile aérien ; une fois qu'on avait pénétré par cette ouverture invisible, on trouvait une série d'aspérités s'étageant de façon à former escalier, non sans que de grosses pierres ne fissent menace de rouler sous un pas imprudent ; enfin pour récompense de cette ascension abrupte, on parvenait à une vaste caverne creusée naturellement dans le roc à deux cents pieds au-dessus du sol, et aérée par des crevasses insaisissables d'en bas ; c'est là que Stupetta et ses gens défiaient les investigations et les battues ; en se penchant à une de ces épaisses meurtrières qui avaient servi plus d'une fois à précipiter le voyageur récalcitrant (il y avait le saut de Stupetta comme il y a le saut de Tibère), on apercevait l'abîme béant. Deux hommes de bonne volonté portaient Mᵐᵉ de Juliamé qui eût été incapable d'une escalade aussi compliquée ; Romula avait

précédé les captifs avec l'agilité d'un fauve. L'économe de
la compagnie était allé remiser en lieu sûr les voitures et les
chevaux ; les bandits pouvaient donc s'appartenir en toute
sécurité ; Beaucléry commençait à regretter son cercle ;
le vicomte de Beaume-les-Gardes murmurait tragique-
ment : *Je la trouve mauvaise;* mais cet écho parisien
détonnait dans ce lieu d'horreur qu'on avait baptisé le
Mont-Noir ; on n'apprivoise pas plus certains sites que
certains animaux.

Ce fut presque avec une impression de soulagement
que les transfuges du boulevard en finirent avec cet exercice de chèvres, et pénétrèrent dans la crypte suspendue,
où fumait une lampe alimentée avec de la résine ; des
dépouilles opimes pendaient çà et là comme des *ex voto;*
quelques manteaux conquis sur l'ennemi remplissaient
l'office de tapis ; deux ou trois planches grossièrement
ajustées séparaient le reste de l'antre d'une cellule qui
était le *buen retiro* de Romula ; une entaille oblique
faite dans la paroi la plus mince laissait descendre un
jour timide qui gardait la pâleur d'une aube ; il laissait
voir pourtant une image de la Vierge et se reflétait dans
un miroir placé au-dessus d'une étroite couchette.
Mme de Juliamé fut invitée à passer dans cette chambre
d'honneur pour se débarrasser d'une amazone rubis brodée
de fleurs en brillants, avec une ceinture russe tout en or
et qui devait évidemment la gêner ; elle revêtit un simple
peignoir de percale mauve à raies noires qui faisait partie
d'un butin opéré la veille même à Sorrente ; pour la première fois de sa vie, elle était condamnée à la simplicité;

Romula, après l'avoir déshabillée avec l'habileté d'une
camériste consommée, lui ôta des épingles en diamant
qui retenaient des boucles factices, et Mme de Juliamé fut
réduite à ne se coiffer qu'avec ses propres cheveux, suffisants d'ailleurs, et qu'elle arrangea en un nœud coquet
derrière sa nuque éperdue. Romula eut un instant l'idée
de crever les yeux à cette mortelle ennemie, mais la
crainte de Stupetta retint sa jolie main sanguinaire, et
les deux femmes rentrèrent paisiblement dans la salle
commune.

Pendant ce temps, Lamantini avait été également tro-
quer, contre le vieil uniforme du capitaine, un très-élégant
costume du matin : Stupetta ne dédaignait pas quelquefois de s'habiller en *civil*, et il avait besoin de remonter
sa garde-robe. Ainsi affublé, le ténor ressemblait d'une
manière si frappante à Fra-Diavolo, que Beaucléry et ses
amis le supplièrent de régaler les personnes qui l'envi-
ronnaient d'une barcarole flatteuse pour leur amour-
propre ; Stupetta, qui n'était pas plus mauvais musicien
qu'un autre, joignit ses instances à celles de ses captifs.
Lamantini se fit longtemps prier : la fatigue, l'émotion
avaient, disait-il, paralysé ses moyens ; enfin, sur un
geste significatif du chef, il s'exécuta, et commença cet
air tout à fait en situation :

> Je vois marcher sous ma bannière, etc.

À mesure qu'il chantait, la physionomie sombre de
Romula se rasérénait. Lamantini recouvrait sur elle ce
pouvoir magique qui avait fait braver à la jeune fille tous

les périls pour venir entendre à San-Carlo cette voix pourtant plus blanche que la blanche hermine. Les yeux de Stupetta suivaient le regard de sa maîtresse : il avait tout d'abord commencé par parler de cent piastres pour la rançon des prisonniers, puis la somme s'était graduellement augmentée avec sa jalousie. Quand Lamantini, croyant attendrir ces êtres féroces, se lança dans des points d'orgue qui amenèrent des larmes aux longs cils de Romula, on entendit le terrible dictateur s'écrier : Cinq cents piastres !

— Mais, dit le vicomte de Baume-les-Gardes, je suis interdit, j'ai un conseil de famille, on ne voudra pas croire à ma détention.

— Moi, répliqua Beaucléry, on me doit beaucoup d'argent de la partie de cet hiver, et mes débiteurs ne sont pas à Paris.

— Je suis brouillé avec mon père, objecta un troisième, il ne me reste que la ressource d'écrire à mon tailleur.

— Le télégraphe a supprimé les distances, dit magistralement Stupetta qui n'était pas sans quelques lettres; je vous donne vingt-quatre heures pour vous exécuter, sinon j'enverrai vos cadavres à vos conseils de famille.

— C'est moi qui vous ai perdus, c'est à moi de vous sauver, s'écria Lamantini. Qu'on me laisse partir, je promets d'être de retour ici demain avec la somme exigée; je donnerai une représentation à votre bénéfice, vous avez des otages suffisants, laissez-moi regagner mon théâtre.

— Soit, dit Stupetta. Après-demain, à six heures du

matin, une barque avec un pavillon rouge, en face de Capri, attendra ta recette. Ne nous fais pas de méchante surprise, car tes amis répondront pour toi. Quant à révéler notre cachette, ce serait peine inutile : nous émigrons en Calabre. Une fois l'argent touché, tu partiras immédiatement pour l'étranger.

— Mais j'ai un dédit de cent mille francs, soupira Lamantini.

— Aimes-tu mieux le payer en nature ? reprit Stupetta d'une voix de l'autre monde.

— Nous vous demandons au moins la grâce immédiate de madame, dit le vicomte de Baume-les-Gardes qui n'était.pas fâché de jouer un rôle de sauveur.

— Nous sommes gens de précaution, répondit ce bandit d'avenir, deux des nôtres conduiront la signora en sûreté à une autre de nos résidences ; il faut assurer notre hiver.

— Laisse-toi fléchir, fit Romula que la jalousie mordait à son tour.

— Leorsi et Nueblo auront mes instructions, conclut Stupetta d'un ton sans réplique ; en route !

Mᵐᵉ de Juliamé, plus morte que vive, jeta un regard de martyre du côté de Beaucléry et de la haute-contre, mais tous deux ne relevaient plus la tête ; bientôt elle se sentit enlevée sur des bras vigoureux, et, une demi-heure après, une barque, surmontée d'une forte voile latine, la poussait à d'autres destinées.

Quelques instants après, le chanteur préféré était reconduit jusqu'à la première station du chemin de fer

6

avec les honneurs dus à son rang, et le soir même on lisait sur de grandes affiches qu'on promenait dans les rues de Naples : *Représentation extraordinaire au bénéfice d'il signor Lamantini ; le prix des places sera du seizième de l'abonnement.* L'idolâtrie napolitaine ne devait pas discuter ce tarif exceptionnel ; l'illustre ténor promettait d'égrener les perles de son répertoire.

VI

Pendant que s'accomplissait cette première partie du programme, Mme de Juliamé voguait en silence sur la bleue Méditerranée, et pour la première fois de son existence elle se disait: « Si je pouvais rencontrer mon mari!» Néanmoins, les figures relativement novices des nerveux criminels auxquels elle se trouvait confiée la rassuraient un peu; tantôt ils souriaient en la regardant, tantôt ils semblaient se courber sous leurs rames avec une déférence marquée; évidemment, son charme opérait même sur ce rebut, fort présentable d'ailleurs, de l'espèce humaine, et il y avait des minutes où elle ne s'abandonnait pas sans quelque douceur à l'angoisse de ce formidable imprévu; en réalité, la mission de ces aides-brigands était de conduire leur précieux dépôt chez un de ces recéleurs de personnes qu'on appelle des *manutengoli*; là, on attendrait patiemment l'envoi des fonds nécessaires. Mais l'homme propose et la mer dispose. Une brise assez impétueuse, au lieu de mener l'embarcation vers Procida, la poussa vers Sorrente, où la police, sur pied depuis le vol de la veille, se tenait en observation sur le rivage; Leorsi et Nueblo reconnurent à distance des visages suspects pour eux, et s'adressant à Mme de Juliamé, qui était une trop fidèle abonnée de la salle Ventadour pour ne pas comprendre l'italien :

— Vous pouvez être libre si vous le voulez bien, signora ; nous ne serions pas fâchés de nous établir pour notre compte, nous en avons assez de Stupetta.

— Que faut-il faire? qu'exigez-vous ?

—D'abord vous allez nous remercier publiquement comme de bons bateliers qui vous ont fait faire une excursion de plaisance ; ensuite vous nous donnerez votre parole, quand nous irons à Paris, de nous remettre mille scudi à chacun pour nos frais de déplacement.

— Voici mon gage, dit la grande voyageuse, heureuse d'en être quitte à si bon marché, et elle présenta aux deux complices une croix en diamants que la piété de Stupetta avait respectée

Puis, mettant pied à terre, elle congédia d'un geste si amical les coquins qu'elle eût dû faire pendre, que les limiers eux-mêmes rirent de leur méprise. Brisée d'émotion, toutefois, Mme de Juliamé se traîna au plus prochain hôtel ; c'était précisément la *Villa-Réal*, qui venait d'être le théâtre d'un exploit nocturne. Les malles de Mme d'ivrée, qui était presque le seul hôte de cette maison déserte, avaient été pillées ; et la jeune femme inquiète était partie pour Naples au-devant de Gaston.

Il revenait, tout entier au souvenir de cette compagne, sa nouvelle vie, qu'une courte séparation lui avait appris à

mieux aimer encore. Un instant un souffle mauvais avai
essayé de le détourner d'elle. L'homme est un esquif qui
a aussi ses vents contraires. Ce mouchoir de dentelle,
qu'on lui avait jeté en le lui laissant, il l'avait d'abord res-
piré avec une sensualité rétrospective ; son léger parfum
résumait pour ainsi dire toute l'émotion du passé : le boudoir favori, l'atmosphère ambiante, la suavité communi-
quée à tout ce qui vous entoure et à tout ce qu'on touche.
Puis, saisi d'un bon mouvement, il l'avait lancé dans les
flots, non sans le suivre des yeux ; et cette épave, portée
jusqu'à la côte, devait édifier sur la disparition de sa
pensionnaire le vigilant Stupetta, à qui ses hommes
avaient fait savoir que Mme de Juliamé s'était noyée pendant la traversée.

— En effet, s'écria Beaucléry en vidant un verre de
Sillery à la santé du *Mont-Noir*, ce sont bien ses armes
et ses initiales. Voilà Juliamé tout à fait veuf.

En approchant de Sorrente, sur le yacht qu'un viveur
de l'élément liquide avait mis à sa disposition, Gaston se
sentit battre le cœur ; le jour tombant assombrissait les
objets qui se teintaient de lueurs violettes ; dans cette
ombre chaude et colorée, il aperçut de profil, accoudée
mélancoliquement à la balustrade d'une terrasse donnant
sur la mer, une forme féminine à laquelle il ne pouvait
sa méprendre ; il connaissait ce peignoir mauve, à raies
noires, qu'il avait lui-même choisi dans un petit village
de Toscane un jour où Mme d'Ivréc avait voulu donner à
de pauvres gens l'argent consacré à quelque étoffe rare.
Cette modeste toilette, qui rappelait un trait touchant de

6.

sa jeune femme, valait plus pour lui qu'une parure de prix ; elle signifiait si éloquemment qu'Alice était bonne comme une belle action.

Puis c'était bien sa façon si simple et si fière de nouer sur le cou ses beaux cheveux blonds que ne touchait jamais une main étrangère ; pensive, elle semblait interroger ces vagues insoucieuses qui ne ramenaient pas assez vite celui qu'elle aimait; sa petite main, toujours dédaigneuse des bagues, semblait, posée derrière elle, froisser avec impatience une fleur cueillie en l'honneur d'un absent.

Gaston toucha le sol sans être vu, monta d'un bond rapide jusqu'au jardin de la *Villa-Réal*, et s'approchant à pas de loup, il saisit cette délicieuse main et y imprima un baiser qui avait tout le feu d'un remords.

La silhouette si longtemps caressée du regard se retourna : c'était Mme de Juliamé.

— Vous, monsieur! fit-elle en se cambrant d'une façon défensive et d'un ton où l'on sentait plus d'orgueil blessé que de véritable indignation. Depuis quand certains morts se permettent-ils de ressusciter, et que signifie cette galanterie d'outre-tombe ?

Le premier mouvement de M. d'Ivrée avait été de s'enfuir comme un écolier pris au piège ; mais le rapide instinct de la situation l'avertit que ce serait s'avouer coupable, et que d'ailleurs, se trouvant chez lui à la *Villa-Réal*, il se donnerait le ridicule d'*une fausse sortie*, comme on dit en style de régisseur.

D'un mot, cependant, il pouvait se justifier; mais une

mauvaise honte le retint. Comment avouer à cette femme
dont la présence le troublait encore, que cet hommage,
qu'elle prenait pour une injure, était destiné à une autre?
N'avait-elle pas beau jeu, s'il arguait d'une confusion de
personnes due à une similitude d'apparence, à lui dire :
Je ne suis pas dupe d'un prétexte? La fatuité n'admet
pas de gaucheries. Après tout, Mme d'Ivrée n'avait point le
monopole de la percale mauve à raies noires. Il y a bien
des tissus plus rares qui se rencontrent. Gaston crut
donc se tirer d'embarras par cette réponse à double sens:

— Je vois que je me trompe, madame, veuillez m'ex-
cuser.

Mais en murmurant ces paroles à voix basse de peur
d'être trop entendu, il avait légèrement pâli; Mme de Juliamé devina que le poison réabsorbé par mégarde circulait
déjà dans les veines d'un adorateur mal guéri; elle prit
un malin plaisir à éloigner l'antidote.

— Qu'espériez-vous donc, monsieur? dit-elle d'une
voix musicale qui ôtait de la sévérité à l'interrogation.

— Rien qui pût vous offenser, madame.

— Mais vous êtes plus qu'un étranger, vous êtes un
ennemi.

— Si vous me croyez en guerre avec votre souvenir,
regardez cette démonstration comme un baiser de paix.

— On pourrait mieux voir là une reprise d'hostilités.

— Je vous assure que je ne mérite pas votre blâme.

— Aussi je ne vous reproche que de ne pas vous con-
tenter de votre béatitude, tant d'autres seraient flattés
d'être si heureux!

— Il manque quelque chose à ce contentement de moi-même, madame, puisqu'il y a si peu de jours vous me jugiez indigne de plaire.

— Franchement, ce n'était pas à moi à vous décerner un brevet d'irrésistible : un peu de dépit est bien permis à qui vous perd sans retour.

Et une ombre de rêverie sembla passer dans son regard, plus positif que les chiffres.

Quelque expérience que M. d'Ivrée eût de cette nature réfractaire au *genre sensible*, il ne put s'empêcher d'être déconcerté par une expression aussi insolite dans la physionomie de Mme de Juliamé ; cependant au lieu de se dérober à la situation, il se rapprocha pour mieux braver le souffle du malin.

Mais, rentrant ses griffes roses, la coquette émérite s'étudiait à faire patte de velours à sa malveillance ; en réalité, il lui paraissait doux d'arracher même un mécréant à une rivale légitime ; la seule chose qui désaltère bien ces élégantes damnées, c'est de boire les larmes des innocents. Mme de Juliamé se souciait fort peu de Gaston, mais elle exécrait cette petite pensionnaire qui s'était permis de se trouver sur sa route ; en même temps, ce n'était pas sans un chatouillement de vanité qu'elle ressaisissait de la domination sur un cœur qui se croyait libéré.

— Ce qui me console, reprit-elle avec une langueur admirablement jouée, c'est la certitude que, plus favorisé que moi, vous avez trouvé le vrai calme, le port où les tempêtes n'arrivent pas.

— Qu'en savez-vous ?

— Ah ! je ne veux rien apprendre ; si le hasard nous met en présence, nous ne devons plus nous revoir.

— On me maltraite fort autour de vous.

— Peut-être sait-on que vous êtes de ceux qu'on ne remplace pas.

— Vous raillez toujours.

— Moi, je suis une bonne femme bien près d'en terminer avec le monde et de *faire une fin* comme vous.

Et elle appuya perfidement sur ce mot triste comme un *ci-gît*.

— Ne m'accablez pas encore de couronnes d'immortelles ; mais est-ce que vous allez décidément adopter votre mari ?

— Insolent ! pensa Mme de Juliamé. Mais elle se contint et ajouta :

— Quitter la vie factice, ce n'est pas décéder, c'est renaître, et, tenez, la preuve que je suis sans prétentions, c'est que vous pouvez me rendre ce chiffon que vous avez gardé, n'est-ce pas ?

— Je l'ai déchiré.

— Vous me haïssez donc bien ?

Comment avouer qu'il avait volontairement perdu ce trophée ?

— Si les femmes, comme dit le philosophe Joubert, ont une *âme de dentelle*, c'est presque une exécution en effigie.

— C'est vous qui vous condamnez.

— Je dois paraître à vos yeux si chargée d'iniquités...

— Votre plus grande est celle qui me concerne.

— Peut-être n'ai-je pas su vous apprécier comme vous le méritez ; mais il est trop tard.

Ce mot rendit à M. d'Ivrée toute sa présence de cœur : il pensa à sa jeune femme que la fatalité avait empêchée de recevoir sa première visite, et il allait s'éloigner quand un domestique portant un flambeau accourut et lui remit une lettre ; elle était de l'écriture de Mme d'Ivrée ; soupçonnant quelque incident néfaste, Gaston n'attendit pas qu'il fût dans sa chambre pour ouvrir le pli et lut ces quelques lignes :

« Je ne suis pas en sûreté ici ; ton absence se prolonge ; je préfère aller te rejoindre ; si ma mauvaise étoile veut que nous nous croisions en route, reviens immédiatement me prendre à ton hôtel, où je descends avec ma femme de chambre. »

— Je vous quitte de toute façon, madame, dit-il, heureux de rompre le tête-à-tête, il faut que je me rende à l'instant même à Naples.

— Vous partez seul ? fit-elle en devinant un contretemps favorable.

— Sans doute, répondit étourdiment M. d'Ivrée.

— Eh bien, je vous élève à la dignité de *bon samaritain* et, en qualité de voyageuse en détresse, je réclame de vous une gracieuseté.

— Je suis à vos ordres, madame, répliqua Gaston assez intrigué.

— Obligez-moi donc, monsieur, de reconduire à Naples une victime éplorée.

Et Mme de Juliamé raconta brièvement à M. d'Ivrée les péripéties de cette journée féconde en émotions ; elle ne voulait plus, ajoutait-elle, s'exposer à rencontrer des figures suspectes qui devaient rôder dans le voisinage ; sa tête était peut-être mise à prix.

M. d'Ivrée se consultait comme un homme qui ne veut pas tomber de Charybde en Scylla.

— Vos ancêtres auraient dit : Partons ! reprit-elle en parodiant un mot fameux.

Il répondit en donnant l'ordre de tout disposer pour aller rejoindre le chemin de fer à Castellamare.

Mais les étoiles les plus paresseuses brillaient déjà depuis longtemps, la dernière barque et la dernière voiture avaient disparu ; et force était d'attendre jusqu'au lendemain matin.

Ils rentrèrent au salon commun ; un de ces souffre-douleurs en palissandre qui sont obligés de marcher à toute réquisition et qu'on serait tenté d'appeler les *fiacres de piano*, présentait son clavier résigné. Mme de Juliamé daigna y promener ses mains dont le délié faisait voir la délicate morbidesse ; de même qu'une des prétentions des gens qui laissent tout à désirer du côté du cœur est d'avoir *beaucoup d'âme*, elle se disait parfois, jouant à la Frezzolini, douée pour remplacer la *voix* par l'*accent ;* elle se mit à exprimer la banale tristesse d'une de ces élégies qui font si bien entre la bisque et le parfait, quelque *Ay Chiquita* nouvelle ; et par un de ces mirages dont les

plus expérimentés ne peuvent se défendre, Gaston crut
entendre dans ces sons tour à tour stridents et voilés le
bruit d'une existence qui se brise.

Mme de Juliamé se détacha de l'instrument martyr avec
le découragement d'un ange de romance forcé de redescendre des nuées.

— Vous êtes une grande artiste, fit Gaston en essayant
de ménager la transition.

— Laissez-moi ! dit-elle, comme si les vains bruits de
la terre ne la concernaient plus.

M. d'Ivrée ne la connaissait guère dans ce rôle éthéré
qu'elle jouait à ravir quand le partenaire était sentimental. Décrivant autour de lui une ellipse d'une nonchalante
langueur, jamais cette orfraie de la coquetterie n'avait été
plus près de ressaisir sa proie, quand l'attention de Gaston se trouva ramenée vers le plumage inusité de cette
beauté carnassière.

En se renversant un peu pour *avantager* sa taille,
Mme de Juliamé venait de découvrir à son corsage d'occasion une petite fleur rouge brodée en relief, de façon à
faire illusion.

L'historique de ce mystérieux ornement, deux personnes seulement le savaient. Un mois auparavant, Gaston
traversait l'Apennin avec sa jeune femme : en côtoyant
un sentier à pic, elle avait aperçu, à quelques pieds au-
dessous d'elle, une merveille végétale inconnue en France
et qui semblait la pourpre de l'abîme. Sur un cri d'admiration jeté par Alice, M. d'Ivrée, malgré ses supplications,
était descendu, s'accrochant aux aspérités du rocher, pour

cueillir cette fleur défendue ; et elle, voulant perpétuer ce souvenir à la fois cher et cruel, avant que la plante fût fanée, l'avait reproduite de ses doigts habiles et fixée au vêtement qu'elle portait ce jour-là.

— Je veux rester décorée de votre héroïsme, monsieur, disait-elle en montrant cette surprise.

Et il répondait :

— Chère aimée, c'est pour toi qu'on a fait le mot : *toujours*.

Ainsi, comme si quelque chose venant d'elle avait voulu protéger la jeune femme en s'interposant entre deux désirs coupables, Mme de Juliamé se présentait sous l'une des plus éloquentes images d'Alice ; chaque pli de cette robe était sacré pour M. d'Ivrée. Comment oublier qu'il avait senti ce cœur de dix-huit ans battre de plus près sous ce léger tissu quand, pour franchir un pas difficile, il entourait la taille frémissante de sa femme ? Cette petite fleur brodée gardait vaillamment la place de l'absente. Rendu à lui-même par cette apparition providentielle, Gaston n'appartint plus qu'à un seul désir : délivrer ses armes d'amour, pour ainsi dire tombées dans des mains profanes, et donnant le change sur la pensée de sa convoitise, il dit avec une pieuse hypocrisie à cette conquérante, qui ne crut jamais sa domination plus assurée :

— Approcher de vous est un rêve que je ne dois pas former ; tout nous sépare, promettez-moi de ne pas refuser une dernière prière.

— Qu'avez-vous donc à me demander ?

7

— Quelque chose qui me rappelle cette soirée d'adieux ; tenez, ce *licinia*, qui pare si bien votre ceinture.

— Mais je crois vous l'avoir dit, ce fourreau de grisette n'est pas à moi.

M. d'Ivrée se mordit les lèvres ; c'était Alice qu'on attaquait.

— Possession vaut titre.

— Cette fleur est une étrangère.

— Elle vous a touchée.

— Je ne puis disposer de ce qui ne vient pas de moi.

— Voulez-vous donc que je la dérobe ? s'écria Gaston avec une voix que la colère faisait vibrer.

— Comme il m'aime ! se dit Mᵐᵉ de Juliamé. Venez la prendre ! fit-elle d'un ton de défi des plus encourageants.

M. d'Ivrée se mit à ses genoux.

— Vous aurez donc toujours douze ans, lui dit-elle avec une douce commisération.

Et détachant le joli travail de Mᵐᵉ d'Ivrée qui ne tenait que par quelques épingles, elle jeta la fleur à Gaston qui y imprima fiévreusement ses lèvres, en s'élançant déjà pour sortir, quand une voix presque inconnue pour lui lui cria :

— A nous deux, monsieur, s'il vous plaît !

VIII

DEUS EX MACHINA

Cette scène de *trompe-l'œil* venait d'avoir pour témoins invisibles deux personnages qu'on supposait bien loin : d'abord Beaucléry, nouveau Régulus, détaché du groupe des prisonniers pour remuer tout Naples au cas où le dévouement de Lamantini laisserait à désirer ; ses amis lui confiaient en même temps la mission de surveiller les mouvements du ténor. Beaucléry était méconnaissable ; pour une minute d'insubordination, l'un des hommes de Stupetta l'avait, sans considération aucune et en le menaçant de continuer, amputé de deux énormes favoris à l'américaine, des favoris d'angle qui représentaient dix années de religieuse culture. Or, la barbe jouait pour Beaucléry le même rôle que les cheveux pour Samson.

Le second de ces spectateurs inattendus était... nous le donnons en mille... M. de Juliané lui-même, le mari de la reine des bals, qu'un héritage princier laissé à sa femme rappelait en toute hâte à Paris. Je ne sais quel patriarche du million, heureux de frustrer les siens, laissait sa quotité disponible à cette Égérie de tous les âges. Or, quand on a été aimé à quatre-vingt-cinq ans, il ne faut pas être ingrat, et il avait naturellement oublié son vieux domestique, qui le servait depuis trente ans. M. de Juliamé s'était d'abord rendu à l'hôtel du Vésuve, où il pensait rejoindre ce dixième qu'il appelait en riant *sa moitié*. L'hôtesse lui répondait que le numéro 3 *bis* manquait depuis le matin ; mais le sagace époux présumant qu'une représentation extraordinaire à San-Carlo ne pouvait se passer de la présence de sa femme, s'était philosophiquement rendu au théâtre San-Carlo, lequel, illuminé comme pour une fête nationale, *brillait de tous les feux*, à l'instar des palais d'opéra-comique.

Grand tumulte ! rumeurs ! indignation universelle ! Lamantini, pris d'une subite extinction de voix, avait été obligé de faire annoncer qu'on *rendrait l'argent*, à moins qu'on ne se contentât d'une simple pantomime ; quoiqu'on payât à bureau ouvert, les *lamantinistes* n'en gardèrent pas moins l'attitude menaçante de créanciers devant la faillite du talent ; M. de Juliamé se croisa dans la foule qui grondait sur la place, avec un particulier auquel il entendit dire en bon français :

— Ils sont perdus, je ne trouverai jamais les capitaux nécessaires.

— Mais c'est le timbre de Beaucléry !

— Juliamé ! Quelle surprise ! Dans mes bras ! doublement dans mes bras, mon pauvre ami.

—Qu'y a-t-il ? un malheur !

— Tous les malheurs, et le premier vous regarde,
Juliamé. Votre femme, si parfaite, trop parfaite peut-être
pour cette terre....

— Je tremble de comprendre.

— Elle est au ciel, mon respectable compatriote...
Prise par des bandits, elle s'est tuée pour échapper au
déshonneur.

— Ah! vous ne savez pas tout ce que je perds, laissa
échapper M. de Juliamé.

— Ses mérites m'étaient connus : causeuse si élégante, si bonne musicienne....

— Il ne s'agit pas ici d'oraison funèbre ; ce suicide
me coûte quinze cent mille francs : le legs fait à sa
personne et dont la communauté profitait devient nul.

Et M. de Juliamé expliqua le motif de son brusque
retour.

— Mais vous, mon cher Beaucléry, que parliez-vous
de capitaux ?

Beaucléry mit à son tour M. de Juliamé au courant
de la situation.

— Il n'y a que vous qui puissiez les sauver, dit-il.

— Je ne suis pas en fonds dans ce moment-ci, fit le
mari avec une physionomie de deuil.

— Ils vous rembourseront; Baume-les-Gardes et Noléville sont bons ; et puis, ne suis-je pas là? ajouta-t-il
avec l'autorité d'un homme ruiné. Si demain, à dix heures
du matin, Stupetta n'a pas ses vingt-cinq mille francs
d'honoraires, ce sont des hommes morts.

Le nom de Stupetta avait éveillé l'attention de deux

jeunes seigneurs du parterre qui causaient à quelques pas
des deux Parisiens ; tous deux portaient le costume du
guappo ; le *guappo* à Naples, est le *lion* de la populace ;
il a le chapeau sur l'oreille, une cravate rose autour du
cou, un gilet de velours où resplendit une chaîne d'or
empruntée à un voyageur distrait, une redingote d'un
drap bien luisant, un pantalon de garçon de noces, et il
fait le moulinet avec un jonc d'imitation. Les deux élé-
gants n'étaient autres que nos deux vieilles connaissances,
Leorsi et Nueblo, les transfuges du *Mont-Noir*, ouvriers
en banditisme résolus à devenir patrons ; un macaroni de
premier ordre les avait disposés à la bienveillance ; le
premier s'approchant de Beaucléry qu'il devina malgré
sa métamorphose, lui dit presque à l'oreille :

— Excellence ! j'ai une confidence à vous faire. Vous
savez bien, cette *signora* qui était avec vous...

— La mer a-t-elle rendu son corps ?

— Elle est tranquillement à Sorrente, à l'hôtel *Villa-
Réal.*

Et il raconta l'aventure.

— Dis-tu vrai? s'écria M. de Juliamé électrisé par l'idée
de retrouver sa femme qu'il croyait perdue à jamais.

— Je le jure sur la Vierge.

— Voilà ma montre, mon ami, prends en souvenir de
moi.

— Merci pour ma collection, répliqua Leorsi.

Et ayant aperçu une figure d'alguazil, les deux complices disparurent comme par enchantement.

— Si ce récidiviste ne nous a pas trompés, mon cher

Beaucléry, fit M. de Juliamé, s'il m'est donné de revoir
vivante ma bien-aimée Lélia, qui me devient plus chère
que jamais, je vous ouvre mon portefeuille ; ne perdez
pas une minute ; il est sept heures, il faut que nous arri-
vions à Sorrente avant la nuit.

Beaucléry, devenu un fidèle Achates, suivit M. de
Juliamé avec une soumission exemplaire. D'une part,
il lui semblait piquant de renouer avec un revenant,
car la mort avait déjà fait une croix sur son essai
de roman avec Mᵐᵉ de Juliamé ; de l'autre, ainsi que le
fléau le plus cruel se plaît parfois à épargner quelques
points d'un pays, ce monstre civilisé n'était pas sans un
certain faible pour le jeune vicomte de Baume-les-Gardes,
son disciple et son flatteur. Enfin, un joueur qui refuse-
rait cent sous à ses créanciers les plus faméliques trouve
cent mille francs quand il s'agit d'une dette contractée
autour du tapis vert : délivrer les deux ôtages de Stupetta, c'était retirer sa signature.

Le train direct du chemin de fer, et des chevaux de
poste, jaloux de gagner leur avoine, conspirèrent de vitesse, et neuf heures sonnaient à peine à la montre de
Leorsi, quand les deux explorateurs se trouvèrent au
pied de Sorrente ; se rendre à pied à la *Villa-Real* leur
faisait gagner du temps ; l'hôtel était plongé dans l'obscurité ; on ne voyait que la réverbération sur les flots d'une
pièce éclairée ; ils poussèrent une porte entr'ouverte et
se dirigèrent du côté de la lumière ; la fenêtre donnait
sur un large balcon tapissé de pampres ; ils allaient pénétrer quand le son de deux voix connues les retint cachés

derrière ce rideau de feuillage ; ils observèrent et écoutèrent.

M. de Juliamé était fort mal à l'aise ; la fâcheuse présence de Beaucléry l'obligeait à un éclat, ne fût-ce que par respect humain. D'un autre côté, cette surprise mettait le *sigisbée* de fort mauvaise humeur ; il poussa donc du coude M. de Juliamé en lui disant rapidement :

— Montrez-vous ; notre honneur l'exige.

C'est alors que M. de Juliamé apostropha Gaston, comme on l'a vu plus haut.

— Quelle tarentule vous pique donc, monsieur, dit Mᵐᵉ de Juliamé à son mari, avec un ton de surprise hautaine.

— Je n'ai pas affaire à vous en ce moment, madame, mais à monsieur, à qui je demande raison de ses pastorales.

— Mon ami, dit Lélia, avec la mansuétude de l'inculpabilité vénielle, je vois encore que vous vous méprenez.

— Les apparences me condamnent, monsieur, ajouta M. d'Ivrée.

Mais le Juliamé, saisissant la petite fleur que Gaston venait de cacher dans sa poitrine, la foula aux pieds avec la rage d'un Sganarelle révolté.

M. d'Ivrée bondit sous cet outrage qui l'atteignait deux fois.

— A demain, donc, monsieur... à Naples, car je n'ai pas ici de témoins.

— Voici toujours le mien, reprit M. de Juliamé en présentant Beaucléry, qui s'était tenu jusque-là à l'écart.

— Quel est ce personnage ? demanda Mme de Juliamé.

— Mais vous le connaissez bien, M. de Beaucléry.

— Quoi, c'est vous ! dit-elle, avec un rire qui vengea M. d'Ivrée ; laissez-moi une illusion ; ne reparaissez que dans dix ans, quand vos avantages seront repoussés.

Tout le monde se sépara, et la nuit fut trop agitée pour porter conseil ; le lendemain matin, Baume-les-Gardes et Noléville étaient restitués à la France, et l'on prenait la route de Naples.

Au moment de partir, un télégramme parvint à M. d'Ivrée ; il annonçait l'état désespéré de sa grand'mère et réclamait son retour immédiat. Il fallait remettre au retour en France l'heure de vider la querelle.

— Nous nous battrons sur le bateau, dit M. de Juliamé, qui avait besoin de rafraîchir sa considération, car il faut que nous aussi nous embarquions sans perdre de temps.

— Un devoir plus sacré m'interdit de me mesurer avec vous avant mon arrivée à Paris ; votre inimitié me fera bien crédit de quelques jours.

— Soit, dit M. de Juliamé, qui était de première force à toutes les armes.

Deux heures après, le *Parthénope* ramenait en France tous les personnages de cette histoire, y compris le ténor qui fuyait la redoutable colère de Stupetta.

7.

IX

UNE RÉSURRECTION

Lorsqu'après les émotions contrariées de cette journée des dupes, Gaston s'était retrouvé en présence d'Alice,
il avait éprouvé un surcroît de malaise au lieu de toucher
à une délivrance. La fatale nouvelle qu'il apportait glaçait
sur ses lèvres une confession fortifiante ; c'eût été pour
M. d'Ivrée un baume à toutes ses blessures, que d'apprendre à la jeune femme la double victoire remportée
par elle dans sa personne ; son cher souvenir avait fait
à la fois le péril et le salut ; qu'importe s'il allait souffrir
pour l'amour d'elle !

Mais comment s'occuper d'eux-mêmes, quand leur
cœur était atteint de plus haut. Alice connaissait la profonde tendresse de Gaston pour sa grand'mère et l'épouse
s'effaçait devant la petite-fille ; il y a de ces douleurs
saintes que la plus innocente des caresses exposerait à
rougir.

La traversée fut triste ; le ciel sombre, la mer hou-

leuse, une pluie froide forçaient les passagers à ne pas
quitter le salon; Alice et Gaston ne paraissaient guère;
au lieu du sourire de toutes choses dont leur venue avait
été accompagnée, tout semblait deuil et larmes; en sentant le bateau tressaillir sous le vent et la vague, ils
pouvaient se dire : C'est bien au pays de la douleur que
nous allons.

Des soupçons involontaires traversaient de temps à
autre l'esprit de la jeune femme; quelques mots furtifs
où son nom avait été prononcé, de singuliers regards
jetés par Mme de Juliamé à Gaston et surpris dans une
glace, l'embarras de son mari dès qu'il se sentait observé;
enfin, ce subtil instinct qui est comme l'odeur du lointain
péril, l'avertissaient qu'il entrait de l'orage dans la pâleur de M. d'Ivrée; lui, s'abîmait dans un accablement
silencieux. Agneau revêtu par hasard de la peau du loup,
il se demandait comment conjurer ces fatalités d'apparences : s'il déclarait que ces deux baisers qui auraient dû
le rafraîchir et qui le brûlaient s'adressaient à une autre,
il aurait l'air d'avoir peur. Puis, Mme de Juliamé était
femme à répondre, ne fût-ce que pour ne pas affronter
le dessous avec une rivale qu'elle devait haïr : « Vous
mentez ! vous savez bien que vous m'aimez, voici vos
lettres ! » Quelles épreuves l'attendaient à l'avenir ! Si
bien qu'à cette mer d'incertitudes et d'angoisses, il n'en-
trevoyait plus de port favorable.

Tout était, au contraire, paisible autour d'eux. Mme de
Juliamé relisait *Fanny*; son maître responsable se délec-
tait à des rectifications de budget; il entendait désormais

jouir un peu de la vie pour lui-même; Beaucléry exami-
nait dans les miroirs la crue trop lente de sa barbe; Noléville et Baume-les-Gardes profitaient de leur cabine
pour se *chambrer* réciproquement et se gagnaient tour à
tour cent mille écus au baccarat; les assiettes dansaient
dans les armoires, les suspensions grinçaient, des cra-
quements atroces ébranlaient la charpente.

— Aujourd'hui dimanche, mauvais temps pour les
courses de la Marche, disait Noléville en faisant les
cartes.

Lamantini s'exerçait à fournir l'*ut* de poitrine et laissait
déferler ses gammes sur le piano du bord.

Quarante-huit heures après, ces mortels adversaires
réunis par la traversée se séparaient à la gare de Lyon;
M. et Mme de Tiberval, venus au-devant de leurs enfants, interrogeaient du regard chaque compartiment. La première
pensée de Gaston en les apercevant fut de lire sur leurs
physionomies le sort de sa grand'mère; des larmes rou-
laient dans les yeux des deux excellentes gens; mais on
y devinait encore plus de douceur que d'amertume. Grâce
à Dieu, Mme de Guérannes respirait encore, et Mme de
Tiberval disait à son gendre en lui donnant la main :

— Du courage! elle vous aime tant que cela lui a
donné la force de vous attendre.

Une voiture emmena immédiatement à Flavacourt ces
quatre cœurs, heureux un moment de se trouver en force
pour venir au secours d'un être cher.

Quand le pavé de la cour résonna sous les roues, Gaston ressentit une commotion cruelle, comme si la réalité à laquelle il se dérobait jusque-là le touchait enfin.

Il monta l'escalier, soutenu par Alice, puis, amortissant autant que possible le bruit de ses pas, pénétra dans la chambre de la malade.

La pauvre vieille femme reposait dans un lit du temps jadis, aux formes gracieuses comme elle, à l'étoffe d'un ton délicieusement passé; on aurait dit qu'elle voulait mourir dans les bras d'un ami de sa jeunesse et que ce contemporain devait lui mieux ménager le terrible passage; un dernier rayon de soleil éclairait sa face amaigrie, mais il paraissait plutôt dire *au revoir* qu'*adieu*.

Gaston s'agenouilla en étouffant un sanglot; et comme dans un rêve de cette affection qui n'est déjà plus de la terre, l'agonisante murmurait le nom de son petit-fils, M. d'Ivrée se releva insensiblement. Les yeux à demi éteints de Mme de Guérannes se rallumèrent.

— Enfin! dit-elle avec un soupir.

Et, avec beaucoup d'efforts, elle tendit sa main, plus blanche que le linceul, à son enfant chéri, qui la baisa avec une fervente piété.

La sérénité reparut sur ce front déjà glacé; pour la première fois depuis dix jours, elle s'endormit d'un sommeil calme.

Le médecin, en venant le matin, fut stupéfait de ce changement; et se tournant vers Gaston :

— Votre présence aura peut-être déterminé un miracle; je n'ose rien promettre, mais j'espère.

Alice s'était installée au chevet de Mme de Guérannes

et ne voulut plus la quitter d'un instant. Quand on dit si légèrement en parlant des femmes : *Fille d'Ève*, on oublie d'ajouter : *Sœur de charité ;* on ne songe pas que la plus grande volupté de ce monde pour les plus jeunes et les plus charmantes est de se dévouer et de souffrir. Une blasée comme Mme de Juliamé ne fait pas sacrifice d'un *lunch* à son enfant en danger ; à voir cette jeune femme envers qui la vie avait mille promesses à tenir, s'oublier si généreusement pour une étrangère, Gaston sentit la différence qu'il y a entre une païenne et une chrétienne ; et quand, à quelques jours de là, et traversant le boulevard en voiture avec Alice, qui venait chercher à Paris un fauteuil de malade, il entendit un loustic dire en regardant le visage fatigué de sa femme :

« Voilà une petite dame qui doit au moins en être à son quinzième bal de ce mois-ci », il sourit et jeta un regard tout humide sur les yeux adorablement cernés de sa femme.

— Vous m'aimez donc un peu ? demanda-t-elle.

— Chère preuve vivante de Dieu, comme les croyants aiment le ciel.

Au bout de trois semaines, Mme de Guérannes pouvait faire un tour dans sa chambre ; huit jours après, par une charmante après-midi de novembre, elle descendait au jardin au bras de Gaston, et cueillait les dernières roses.

— Enfant, dit-elle, tu as si bien fait que je t'ai frustré de mon héritage.

— Que vous êtes méchante, grand'maman.

— C'est bien pour cela que le bon Dieu n'a pas voulu de moi.

X

L'ÉCOLE DES ARBRES

La paix semblait redescendre sur cette maison, si menacée dans son bonheur ; il y avait là sous ce toit deux convalescents, dont l'un recouvrait la santé du corps, tandis que l'autre revenait à la santé spirituelle. Pendant ce mois béni l'ennemi ne s'était plus révélé ; une chute de cheval de M. de Juliamé, en éloignant forcément l'échéance d'une rencontre, permettait presque de penser qu'on étoufferait cette sotte affaire, mais c'eût été compter sans l'ébruitement qui la rendait inévitable ; Beaucléry et ses amis venaient de dénoncer au public parisien l'admirable revirement du Philinte conjugal déterminé à redevenir Alceste ; il n'était bruit dans les réunions d'hommes que de cette future passe d'armes ; à ce scandale d'honnêteté, Mᵐᵉ de Juliamé trouvait un regain de vogue, et la petite armée du vice qui avait déjà dégradé Gaston lui rendait ses galons.

Quand M. et Mᵐᵉ d'Ivrée se montrèrent à Paris, où ils

n'avaient fait jusque-là que venir incognito, ce fut une rumeur générale d'intérêt; on déclara le couple charmant. Car il y a trois mariages pour certaine catégorie de gens du monde : le mariage religieux, le mariage civil et le mariage de l'opinion. L'église et la mairie sont contrebalancées par le club. Mais une auréole romanesque corrigeait si à point ce spectacle bourgeois, que les célibataires et les demoiselles endurcies consentirent à cette union. Puis l'on savait que Mᵐᵉ de Juliamé étouffait de rage du silence incompréhensible de son ex-adorateur. Elle aurait voulu jouer le rôle de Discorde et la représentation n'avait pas lieu ; si bien qu'elle en arrivait à souhaiter que son mari tuât ce récalcitrant.

Alice et Gaston se promenaient un jour aux Champs-Élysées quand, en faisant halte sur des chaises de fer disposées tout autour d'un square, ils s'adossèrent légèrement au tronc d'un arbre nouvellement planté. Un frissonnement de feuilles, mélodieux comme une symphonie de baisers, leur fit lever la tête. C'était un hardi peuplier qui inclinait sa tête à chaque brise comme s'il eut salué ses connaissances au passage. Un hasard malin l'avait placé entre un cabaret d'une renommée européenne et un jardin fameux par ses soirées dansantes ; il semblait humer avec délices cet air parisien vaguement chargé à certaines heures de senteurs de truffes et de musc. Les yeux de M. et Mᵐᵉ d'Ivrée tombèrent sur l'écorce, où ils aperçurent un A et un G entrelacés. Plus de doute, c'était l'arbre du bois du *Bon-Motif*, que les vicissitudes de l'existence végétale avaient amené à Paris.

Cette découverte leur causa un léger serrement de cœur; le chiffre ainsi exposé à tous les regards ressemblait à une lettre d'amour tombée sur la voie publique ; ils s'informèrent; un remaniement allait être nécessaire sur ce point de Paris; ils prévinrent les ouvriers, firent enlever l'arbre nuitamment, et deux jours après le peuplier se trouvait réintégré à sa place ordinaire, où ils se promirent de l'aller visiter.

Huit jours après, comme la Provence semblait nous avoir prêté son soleil, ils voulurent revoir leur cher confident : une bande joyeuse de chasseurs et de chasseresses déjeunaient autour de l'arbre ; les bouchons du champagne sautaient dans les branches où étaient accrochés ces tronçons de plumets enrubannés qui aujourd'hui tiennent lieu de chapeaux.

— Je ne me trompe pas, disait Noléville, c'est bien l'excellent peuplier des Champs-Élysées ; je le reconnais. Je le cherchais partout; il me manquait bien : il était si commode pour un rendez-vous, quand je disais à ces dames : Vous savez, ce grand flandrin d'arbre qui verdoie entre Mabille et le Moulin-Rouge, c'est là que vous attendra ma voiture. L'écorce porte un A et un G : Ardeur Garantie. Buvons à la santé de ce Parisien renvoyé; il semble heureux de nous revoir.

En effet, chose bizarre, le peuplier qui, depuis son retour, dépérissait à vue d'œil, semblait reprendre à l'aspect de ses anciens habitués. Faut-il le dire ? cet enfant de la nature regrettait le gaz, les ritournelles de coups de pieds de figure, les vapeurs des cabinets particuliers.

Quand une fauvette prétendait se poser sur ses branches, il la faisait envoler par un brusque balancement. Si un moineau s'avisait de lui confier son nid, il prenait un malin plaisir à se secouer pour le précipiter par terre et entendre les œufs se casser.

Au contraire, à cette heure mémorable, les refrains de *l'OEil crevé*, les *racontars*, comme on dit maintenant, les *mots de la fin* lui redonnaient visiblement une vie nouvelle; il se redressait, ses feuilles flétries se rouvraient; on lui rapportait la patrie.

M. et Mme d'Ivrée avaient été, à distance, témoins de ce changement, et je ne sais pourquoi Gaston voyait là, dans ce végétal perverti, quelque chose comme un arbre de malheur.

Quand les convives eurent disparu, M. d'Ivrée dit à des bûcherons qui se trouvaient dans le voisinage :

— Abattez-moi ce drôle-là ; nous indemniserons la commune.

Il avait deviné juste, car tout ce qu'on fit avec ce bois maudit introduisit la désolation là où régnait la tranquillité ; les couchettes virent des époux se séparer; les secrétaires renfermèrent des lettres criminelles; des bûches faillirent mettre le feu ; enfin, il ne restait plus, dans un chantier près de Vincennes, que quelques planches du *peuplier perverti,* et personne n'osait y toucher.

XI

LE DANGER DES SPECTACLES

Cependant M. de Juliamé avait reparu au bois, et l'on s'étonnait de cette longue remise apportée au divertissement que devait offrir sa vengeance; il se résolut à convoquer ses témoins, qui se rendirent chez M. d'Ivrée.

Il fut convenu qu'on se battrait au pistolet, à vingt-cinq pas, en ayant le droit de marcher cinq pas l'un sur l'autre; les cartons de tir du mari voyageur promettaient des émotions.

Aussi ce duel à grand spectacle avait-il tenté Mme de Juliamé, qui ne manquait jamais *une première*; elle était de celles qui se font un régal d'une exécution, et qui passent toute une nuit sur une place publique pour avoir la douceur de voir une tête tomber; comment ne l'eût-on pas trouvée cette fois sur le terrain?

On choisit un endroit désert près de Vincennes; une masure abandonnée devait au besoin servir d'ambulance; le rez-de-chaussée seul était ouvert; une persienne en

bois vermoulu tenait close la fenêtre du premier étage.
C'est là que's'était installée bien avant tout le monde
Mᵐᵉ de Juliamé, en fermant après elle la porte d'un esca-
lier rustique.

On plaça les deux combattants en présence. Un poteau
indicateur, dont la tige brisée avait été raccommodée avec
un anneau de fer, marquait la place assignée à M. d'Ivrée,
qui devait essuyer le premier le feu de son adversaire.

Au signal donné par les témoins, M. de Juliamé tira;
sa balle rasa les cheveux de Gaston, rencontra l'anneau
de fer, puis elle rebondit obliquement et alla transpercer
la fenêtre de la masure.

On entendit un grand cri qui fit suspendre la lutte; on
força la porte, on monta, et l'on trouva Mᵐᵉ de Juliamé
étendue roide morte avec une balle au cœur.

On eut à peine le temps d'aller chercher un médecin
pour les constatations légales, que déjà la décomposition
se produisait.

Un cercueil provisoire fut fait avec des planches qui
se trouvaient là; c'était tout ce qui restait du peuplier
perverti.

Avec cet être de perdition qu'il voyait s'éloigner dans
cette enveloppe maudite comme lui, Gaston sentit mourir
sa dernière tentation des joies malsaines; il avait le droit
d'être heureux à la barbe des méchants. M. de Juliamé
porte un deuil des plus voyants; cela se conçoit; il hérite
de la femme la plus répandue. Beaucléry a entrepris un
voyage de long cours; il ne veut pas rentrer en France

sans que ses favoris soient repoussés. Lamantini est devenu
presque basse-taille, ce qui lui a fait manquer un
mariage superbe ; sa belle-mère putative lui a écrit :

« Monsieur,

« Vous donniez le *si*, vous ne donnez même plus le *fa*,
je vous prie de cesser des demandes qui pourraient com-
promettre notre fille. »

LA MORT QUI SAIT VIVRE

I

Cinq ou six fois pendant votre vie, il vous apparaît
une de ces femmes pour lesquelles le platonique sobri-
quet des romances et des lettres d'amour est l'expression propre : placées plus haut qu'elles sont sans doute
dans l'échelle des êtres, leur regard réfléchit la clarté
d'un autre monde ; la noblesse contagieuse de leur personne relèverait de roture l'élu qu'elles feraient ; la
suavité de leur voix a le timbre du paradis ; ce n'est plus
l'effet brutal de la beauté plastique qu'elles produisent,
quoique leur perfection physique dégoûterait du reste de
la terre et qu'elles soient les Vénus de la vertu. Certes,
jamais chevelure d'une plus odorante finesse et d'un

jaillissement plus impétueux n'a ondulé autour d'un front
plus exquis, n'est tombée sur un cou d'une plus voluptueuse rondeur ; certes jamais la ligne courbe n'a défini
avec plus de grâce une enveloppe humaine, et le souffle
du verrier habile ne creuse ou ne renfle pas avec plus de
bonheur le cristal en fusion, que le feu de la vie n'a
soulevé et rabaissé avec amour ces chairs immaculées.
Mais il leur est donné, à ces Èves avant la pomme, de ne
pénétrer que de délices immatérielles les plus matéria-
listes ; elles feraient croire à l'âme un interne des hôpi-
taux ; elles feraient oublier le corps à un hobereau de
département ; on sent à les voir que la création a voulu
offrir un chef-d'œuvre au Créateur, et que de telles merveilles, destinées au ciel, ne peuvent que passer sur la
terre ; elles ont, en effet, la durée des rosées, des aurores
et des éclairs. Elles sont ce que cherchent les poëtes
dignes de porter une lyre, ce que bafouent platement ces
nains moraux qui mesurent tout à leur petitesse ; elles
sont l'idéal, et, sur leur route lumineuse, les manants et
les gens distingués n'ont que le même cri d'adoration, —
un cri souvent noté par Paul Henrion : Ange !

II

C'était cette enivrante lueur, — car il y a des éclats
capiteux, — que projetait depuis une saison Mlle Anne
de Keldern, une Bretonne transplantée comme par ordre
pour embellir Paris ; il faut les larges espaces de la province, la grande vie de château, les fiertés de la solitude,
le cru spécial de la race, l'épuration du même sang,
pour enfanter ces types uniques qui, dès la première
minute, éclipsent les curiosités ingénieuses de la beauté
parisienne ; ils apportent avec eux la poésie de leur
milieu. Anne de Keldern gardait dans ses yeux d'un bleu
vert la portée de son horizon patrimonial ; elle exhalait
l'amertume de ses bruyères, elle recélait le frémissement
de son Océan, et le dernier des parvenus ne se serait pas
permis de rêver un salon barbouillé d'or à cette jeune
châtelaine faite pour le manoir commandant dix lieues de
terres.

Ce n'était pas que Mlle de Keldern montât sur les
planches de l'admiration à la façon de ces poupées du
monde, dont douze douzaines de Dangeau transmettront à
la postérité les moindres mouvements ; qui, mues unique-

8

ment par le grand ressort de la mode, jettent sur tout ce
qui souffre et ne reluit pas un regard de faïence; qu'on
voit chaque après-midi, avec une fougue chronométrique,
faire exécuter le tour d'un petit lac à des chevaux en
passe de devenir des Narcisses; qu'on retrouve chaque
soir usant trois robes, trois bals et deux premières représentations; qui donnent au public leurs meilleurs instants, leurs meilleurs sourires, ce qu'elles peuvent de leur
personne et réservent le reste à leurs maris; chez lesquelles
enfin, comme chez leurs sœurs de chez Giroux, on ne
rencontre que du son quand on transperce l'épiderme.

La descendante des Keldern, les fidèles du roi Arthur,
méprisait ces exhibitions d'une si plate vanité; elle avait
la pudeur de son prestige, et sa petite bague de saphir
possédait la vertu de l'anneau de Gygès : il fallait la deviner
dans cette calèche qui l'emportait éblouissante comme le
tourbillon des roues; elle recherchait au théâtre la
loge la plus obscure, se plaisant à imposer à sa splendeur un cadre de ténèbres; l'église ne servait pas de
montre à sa mondanité, et dans l'hôtel de la rue de la
Ville-l'Évêque où elle vivait entre le marquis et la marquise de Keldern, le père et la mère de l'âge d'or, les
fenêtres de son appartement donnaient sur un jardin où
les rosiers eux-mêmes étaient séculaires, — sanctuaire
de verdure où nul regard profane n'aurait su pénétrer.

Qu'on ne se représente pas cependant Anne de Keldern
comme une fleur féodale s'étiolant dans le XIXe siècle.
Infiniment compréhensive et tendre à la façon des rares
dépositaires de l'essence celtique sans mélange, elle

accueillait le présent avec la plus hardie charité; aucune
fange ne pouvait l'atteindre : elle se sentait diamant; elle
aimait à effleurer le haut des idées comme ces oiseaux
de mer qui aiment à donner à leurs ailes le frisson de la
cime des vagues; il lui plaisait de se balancer dans la
rêverie, à l'exemple de ces flocons de duvet qui, détachés
à la moindre brise de la fleur en graine, oscillent avec
sécurité dans le bleu de l'air, — trop denses encore pour
le ciel, mais trop impondérables pour le sol.

Ne croyez pas que cette organisation résonnât à l'instar
d'une harpe éolienne; et je souhaite à certaines femmes
de ménage, si vantées parce qu'elles sont plus arides que
l'algèbre, ce sens pratique d'une justesse si enchanteresse. On ne se méfie pas assez de ces natures raison-
nables qui ont toujours l'oreille fausse à l'endroit du
diapason de la vérité, et dont la vie, malgré les accor-
deurs, peut être une harmonie pour le vulgaire, mais reste
une cacophonie pour l'élite. Mlle de Keldern eût empêché
Dieu de se repentir d'avoir créé l'homme; c'est l'horreur
du mal et du laid qui avait donné à sa physionomie cette
impérieuse perfection. Auprès d'elle c'eût presque été un
devoir de corriger une définition fameuse et de dire : *Le
beau est ce qui plaît à la patricienne honnête femme.*
La petite main de Mlle de Keldern — si blanche qu'on l'eût
crue évanouie — était de velours pour caresser la souffrance vraie, mais elle était d'acier pour souffleter les douleurs factices; cette mondaine solitaire eût donné des
leçons de naturel à une plébéienne, d'ordre à une bour-
geoise, de grandeur à une duchesse; c'est assez dire

qu'elle ne voulait épouser ni l'infériorité de ses inférieurs, ni celle de ses pairs ; cette petite inanité hargneuse qui caractérise une caste dont les rangs s'éclaircissent tous les jours ; l'oïdium de la nullité comme on pourrait l'appeler, n'avait pas prise sur cette plante sachant s'amputer pour garder sa séve.

III

Avoir trente ans, un vieux nom avec une personnalité
vierge, une âme d'artiste dans un corps d'athlète, par-
dessus tout cela une fortune radieuse, et, ainsi armé de pied
en cap contre l'adversité, avoir trouvé cette autre pierre
philosophale qui fuit les alchimistes de l'amour, la compagne définitive à qui notre matière et notre esprit
peuvent se rendre à discrétion ; se sentir accorder par
Dieu celle que Satan refusa à Don Juan, ce Diogène élégant qui, une lanterne magique à la main, cherchait une
femme,— et, au moment où l'on vient en frémissant de
réaliser son idéal, de toucher l'impalpable, — faire naufrage au port dans l'arche même de Noé ; — se voir
retirer ce trésor, nié jusque-là par tout le monde, et dont
la moitié devrait bien appartenir aussi à l'inventeur,
c'était, pour ainsi dire, l'infernal supplice d'élu que goûtait
le comte Jean de Chavry.

Mlle de Keldern était sa fiancée ; elle devait être sa
femme avant une semaine et elle n'avait plus six jours à
vivre.

Lui seul savait ce terrible secret facile à cacher pour

tout le monde. La mort voulait cueillir Mlle de Keldern dans toute sa grâce, dédaignant de l'initier à sa venue par des préludes sinistres : il y a des têtes qu'il en coûte de défigurer; elle eût pu jeter l'ombre de la tombe sur cette victime de demain; elle avait préféré lui laisser tout le soleil de la vie. D'ailleurs comment les yeux de Mlle de Keldern auraient-ils pu devenir plus grands? Ces attaches si fines, comment les diminuer sans les briser? cette pâleur adorable, comment y ajouter avant la lividité; est-ce qu'on blanchit la blancheur? — La mort a ses favoris, c'est pour ceux-là qu'elle doit dire : *Je n'égra-tigne pas, je tue.*

Seulement, Mlle de Keldern avait ce charme effrayant des organisations qui se consument vite : on éprouve à les regarder cette volupté fatale que cause un incendie; chez elles la parole brûle les idées, l'activité dévore les actes. Je ne sais quelle réverbération dans la beauté annonce non plus le foyer régulier, mais la flamme obtenue aux dépens de la substance. C'est à ce symptôme fascinateur qu'un jeune grand médecin avait un soir discerné l'horrible vérité; et comme son ami, le comte Jean de Chavry, lui disait en l'entraînant dans le fumoir pour mieux lui parler d'elle :

— Tu ne connaissais pas ma chère Anne? Que de vie dans cette enfant de dix-huit ans!

— Oui, répondit le docteur Jansems, — elle vit un an en une heure.

Le ton de son interlocuteur frappa le comte.

— Est-ce une menace? reprit-il en essayant de sourire.

— C'est une prédiction; as-tu tes poltronneries comme tous les braves?

Ce pauvre cœur d'amant battit si fort qu'il étouffa d'abord la réponse.

— Je suis chrétien, murmura enfin M. de Chavry.

— Cher Jean, — pour elle tu t'es conservé pur dans la plus troublante des atmosphères, Paris; tu n'as donc pas besoin de me dire combien tu l'aimais.

— Tu parles déjà d'elle au passé; — je ne puis donc plus dire encore qu'elle est toute mon existence; — je n'ai plus de mère ou de sœur à chérir, tu le sais; sans Mlle de Keldern, la foule est un désert pour moi.

— Eh bien! tu peux préparer ta robe de moine. — Nous sommes aujourd'hui lundi, j'ai peur qu'il ne te la faille pour dimanche.

— Mais jamais Anne ne s'est plainte.

— Il n'y a pas un mois qu'elle est prise.

— Quelle est donc cette maladie qui procède comme l'assassinat?

Le docteur articula tout bas à l'oreille de M. de Chavry un nom implacable.

Jean se leva vivement.

— Et rien ne peut la sauver?

— Crois-tu aux miracles?

— N'est-elle pas elle-même un miracle vivant?

— Ne nous demande rien, à nous autres.

On appela le docteur Jansems; le comte de Chavry l'embrassa comme on embrasse le bourreau et rentra dans le salon; — il voulait regarder Anne; il n'osait plus;

avec sa longue robe blanche elle lui faisait l'effet d'u
fantôme.

— On dirait que je vous fais peur, Jean, lui dit-ell
avec une étrange expression dans les yeux.

— Cher danger ! voilà ma réponse, répliqua-t-il e
baisant cette petite main où il croyait déjà sentir le froi
de la mort.

— Nous irons dimanche au cimetière, n'est-ce pas
reprit Mlle de Keldern. — Je veux renouveler les fleur
de la chapelle où dort votre mère.

Jean sentit monter de son cœur à ses paupières deu
larmes qu'il bénit. Le motif était en même temps u
prétexte.

— Merci, chère Anne, et maintenant je puis vo
quitter ; avec vous les absents n'ont jamais tort.

— A demain ! dit Mlle de Keldern.

Le comte de Chavry ne sortit pas, il s'enfuit.

IV

Le lendemain matin à neuf heures, après une nuit de condamné à mort, Jean déjà en grand deuil se présentait chez la somnambule le plus en renom de Paris.

Il y a des libres penseurs : le comte de Chavry avait la libre foi ; les incrédulités de parti pris lui répugnaient. Le magnétisme a pu servir à des mystifications extatiques, mais il a été plus souvent le thème d'ineptes persifflages. N'y eût-il qu'une étincelle à tirer du caillou le plus brut, pourquoi le mépriser ? Où Socrate disait : *Je ne sais rien*, une humble fille endormie perce les ténèbres humaines, et le phénomène apprend à la science.

Jean apportait avec lui une petite rose séchée qui avait paré tout un jour la chevelure de Mⁿᵉ de Keldern ; talisman conquis quelques années auparavant, quand il était parti pour un pèlerinage en terre sainte. — Ce fut avec une sorte d'anxiété jalouse qu'il laissa l'opératrice se mettre en contact avec cette relique, — suffisante pour recomposer un monde.

La seconde vue a sa cécité, et Dieu seul en est l'oculiste. Les ténèbres furent lentes à se dissiper, quand soudain, franchissant, sur un pont fait d'un atome, l'abîme de l'objet à la personne, la somnambule s'écria :

—Les beaux cheveux blonds!—Ils la fatiguent! Quelle majesté coquette! elle brille, elle est sombre! Qui gronde, ainsi dans son être? — Oh! la céleste transparence! Quel orage sur cette organisation! Voilà la foudre, je la vois; elle éclatera dimanche. — Comme il est aimé, comme elle aime! — Ses pieds ne tiennent déjà plus à la terre! — Quelle merveille de destruction!

La visionnaire se tordit dans une crise qui aboutit à une placidité lucide; elle énonça alors distinctement le mal qui allait fondre sur Mlle de Keldern. Jean eut froid jusque dans la moelle des os. — C'était bien le nom déjà formulé par Jansems. — Mais le remède qu'elle indiqua était tellement obscur que le comte haussa les épaules.

— Qu'il s'enferme, disait-elle, demain soir dans l'hôtel qu'il s'est fait bâtir pour elle et lui : sur la table de la chambre nuptiale, il trouvera un livre; à la dix-septième ligne de la dix-septième page, une ligne qu'il lira tout haut. — Sa destinée dépend de lui.

Sur ces dernières paroles, les limbes de l'intuition se reformèrent, et tous les efforts de M. de Chavry ne réussirent qu'à écarter davantage du point précis cette optique à jamais brouillée. — Qu'importait d'ailleurs la réalité qui lui avait apparu inexorable? pourrait-elle avoir pour correctif une chimère? Mlle de Keldern allait être emportée par ce fléau que la médecine a défini avec une familiarité si terrible : la *phthisie galopante.*

V

Quand, l'après-midi qui suivit ce mystérieux entretien, le comte Jean souleva le marteau de l'hôtel de Keldern, il sentit le coup lui briser le cœur ; retrouver lieu de tortures cette maison qu'il avait quittée lieu de délices, voir au front d'un père et d'une mère une sérénité qui vous clôt les lèvres, être irrévocablement dégrisé du plus enivrant des prestiges par la mort qu'on sent proche, c'était une épreuve féroce à affronter.

Jamais métamorphose n'eût été moins prévue ; c'était la vérité qui semblait mentir, c'était le mensonge qui paraissait dire vrai. Anne venait de faire un bouquet dans le jardin, et jouait avec une énergique langueur la plus suave des rêveries de Schumann ; M. de Keldern lisait, Mme de Keldern brodait à la fenêtre ; un rayon de soleil narguait ces personnages d'une scène de bonheur apparent. Le comte de Chavry fut accueilli par un tel sourire de toutes choses, que, malgré lui, les idées funèbres s'envolèrent un instant.

Mme de Keldern n'interrompit pas son morceau : on aurait dit qu'elle voulait enchanter la mort. Le comte

eut le temps d'examiner religieusement cette physionomie où il n'avait lu jusqu'ici que les longs avenirs. Ce
masque de santé était impassible ; soudain Anne se mit
à chanter ; le son de cette voix était tellement mordant
que M. de Chavry comprit tout : la vie s'en allait avec
chaque note.

Mme de Keldern eut comme un pressentiment.

— Vous ne savez pas, Jean, dit-elle au comte, voilà
huit jours qu'Anne ne dort plus.

— La veille ne me fatigue pas, chère mère.

— Si près du dernier sommeil, pensa le comte, l'in-
somnie n'est-elle pas une loi ?

— Je ne suis pas content d'Anne, mon cher Jean,
reprit à son tour M. de Keldern ; elle prétend que l'ina-
nition est un préjugé.

— C'est depuis que je ne mange plus que les gens
sérieux me trouvent engraissée, dit gaiement Mlle de Keldern ; on devrait bien supprimer ce compliment ridicule.

En effet, Anne se nourrissait de sa sève, ainsi que le
peut un instant la plante détachée du sol. Le père et la
mère venaient chacun, avec une seule observation, de
prononcer l'arrêt de mort de leur fille ; et comme le
comte s'abîmait dans une contemplation d'adieu...

— Silencieux Jean, fit la vivace agonisante, — je savais
bien que j'avais à vous remettre les clefs d'une ville,
comme les échevins aux rois. — Notre hôtel est terminé
de ce matin ; voici le petit bijou qui en ouvre la porte
secrète, et la lourde clef destinée à la serrure d'honneur.
Emportez cette masse, et laissez-moi cette bagatelle.

J'observerai la foi jurée, mais il me paraît doux de porter sur soi le passe-partout de son bonheur.

Une lueur extraordinaire traversa l'esprit du comte ; il se ressouvint de la prescription de la somnambule.

— Donnez et gardez, chère Anne, dit-il, en affectant de s'emparer avec tranquillité de la clef tout à l'heure encore dans des mains étrangères. — Il prit lentement congé de ces trois êtres qu'il enveloppait d'un regard sauveur, et s'élança dans la rue.

Le jour tombait, et il se répétait tout en marchant cette énigme à laquelle il se raccrochait, comme un noyé à l'ombre d'un rameau :

Dix-septième ligne, dix-septième page.

VI.

N'avez-vous jamais rêvé ce complément de félicité : installer une existence nouvelle dans un logis sans précédents lui-même ; faire débuter ensemble l'hôte et le domicile ; savoir que la première voix qu'entendront ces murailles ce sera la vôtre, que le premier bruissement de robe de soie qui mettra l'escalier en éveil sera dû à votre jeune et charmante femme ; — donner le baptême de l'amour à ces pierres assemblées d'hier : — n'est-ce pas se dérober à tout cet appareil de mortalité qui nous rappelle trop que nous ne sommes qu'un peu plus que des éphémères ?

Ne répugne-t-il pas au moins poëte de se dire : Ce salon qui retentit aujourd'hui de nos rires a connu tant de gémissements avant nous !—ce boudoir, qui est à présent un nid de douceur, qu'était-il antérieurement ? l'antre d'une agonie. — Un être humain s'est débattu dans les tortures de la fin à cette même place où nous goûtons les joies du commencement. — Le secret de vos prédécesseurs ne vous importune-t-il pas, vous, dernier occupant ?

C'est à cet ordre d'idées qu'avait amoureusement obéi le comte Jean de Chavry ; — son mariage avec Mlle de Keldern était son entrée officielle dans la vie ; il avait voulu que leur habitation, de l'ensemble aux plus minutieux détails, datât du jour de leur union ; il entendait mettre les Pénates dans la corbeille. — Déjà l'adoption d'une rue traversée par les siècles eût troublé cette soif de huis-clos inédit qu'ils ressentaient tous les deux ; — c'était dans le quartier le plus féeriquement improvisé du Paris moderne qu'il avait bravement choisi l'emplacement de sa demeure. — Succéder à la vie de la nature, et non pas à la vie humaine, offre à l'esprit jaloux de son bonheur une fraîche sécurité. Le comte et la comtesse de Chavry pouvaient se dire : Ici le passé ne nous verra pas !

L'hôtel du futur ménage était l'œuvre personnelle des deux époux. Mais Anne y avait collaboré sans le savoir : c'était de deux années de causeries, d'aspirations, de confidences, de traits de lumière, que devait sortir ce palais d'hyménée dont Jean comptait faire la surprise à Mme de Chavry ; il s'était imposé l'honneur de la deviner et de la traduire ; l'oiseau ne construit pas son refuge avec une patience plus savante qu'il n'en avait déployé pour que l'inspiratrice se reconnût dans l'œuvre, et que le style fût la femme ; cet intérieur modelé sur elle reflétait ses nuances favorites, reproduisait l'économie de sa grâce, exécutait ses moindres caprices ; il n'y avait pas là une bagatelle que l'art le plus irréprochable n'eût centuplée de valeur, de même que le vrai amour donne un prix inestimable à la plus effacée des caresses. L'hôtel de Chavry était fait pour aller à la comtesse comme une robe qui *va à ravir*.

Depuis un mois Jean n'avait pas voulu mettre les pieds dans sa création ; il attendait que ses derniers ordres fussent remplis pour jouir du présent qu'il réservait à sa femme, comme Dieu se plut à offrir à l'homme l'univers sans lacune.

Il était écrit que ce berceau devait être une tombe, et, ramené là par une impulsion surnaturelle, Jean s'introduisit dans cette propriété, qui perdait son maître réel, avec le frisson d'un malfaiteur.

Neuf heures du soir sonnaient à l'église russe du boulevard Malesherbes, quand le comte s'enferma avec rage dans ces appartements vides comme le néant. Il lui était si doucement poignant autrefois de s'enamourer d'elle dans cette solitude qu'elle devait peupler ! Aujourd'hui il pouvait être encore Saint-Preux dans la chambre de Julie, mais de Julie morte.

« Pauvre salon, pensait-il en marchant à grands pas, tandis que le flambeau faisait autour de lui danser de longues ombres, tu ne la verras pas ; elle ne s'accoudera pas sur cette cheminée où aucun feu ne s'allumera pour elle ; cette glace ne la réfléchira jamais.

« Clavier impatient, orateur muet auquel elle devait restituer l'éloquence, jamais ses doigts svelts n'interrogeront ta sonorité. »

Puis franchissant un seuil d'amertume plus sacré encore :

— Chère chambre nuptiale! ajoutait son pauvre cœur. C'est ici que nous devons baiser la terre, misérables Tantales que nous sommes! Il se laissa tomber sur la chaise longue où les pieds de l'épouse auraient pu poser; — il s'enveloppait comme un enfant des rideaux de ce lit, au fond duquel un blanc crucifix faisait contraster la souffrance divine avec sa mondaine détresse. Il touchait avec fureur, puis avec résignation, cette corbeille de noces inutilement resplendissante : O diamants! disait-il, redevenez charbons !

Il errait d'un angle à l'autre, ayant oublié le motif qui l'avait fait venir : une recette de charlatan contre le trépas; — quel livre se fût échappé de cette bibliothèque rare comme une essence, et où il avait condensé pour elle, sous la forme la plus ravissante, tout le suc de l'esprit humain?

Tout d'un coup, ses yeux égarés se portèrent sur un volume à couverture bleue, qui dans l'ombre se détachait à peine sur un bleu tapis de table. Il saisit machinalement cet intrus; c'était quelque chef-d'œuvre de cabinet de lecture évidemment oublié là par quelque tapissière romanesque.

Il fit voler les pages jusqu'au chiffre 17, compta comme l'éclair les seize lignes, et lut cet admirable texte :

« *Je donnerais dix ans de ma vie pour la sauver...* »

« C'est là tout son secret, s'écria-t-il en rejetant l'in-octavo; ah! s'il ne fallait que ce sacrifice-là pour être entendu!

« Moi aussi je donnerais bien dix ans de ma vie pour sauver ma bien-aimée ! »

Au même instant, un coup sec retentit à la boiserie ; la pendule s'arrêta ; le piano rendit une vibration douloureuse ; les rideaux s'agitèrent.

— Entrez ! fit avec stupeur le comte de Chavry.

VII.

Une jeune femme de l'extérieur le plus prévenant, habillée d'un costume Watteau de velours gris-perle et coiffée d'un toquet cerise surmonté d'une aigrette de diamants, ouvrit, d'une petite main finement gantée, le bouton d'une porte sous tenture.

— Qui êtes-vous, madame ? demanda le comte Jean en reculant devant cette incroyable apparition.

— Je suis la Mort, monsieur, répondit une voix aussi douce que le regard était perçant.

— Quelle est cette extravagance ? murmura M. de Chavry, qui crut avoir affaire à une raison perdue.

— Remettez-vous, monsieur ; je suis bien la Mort, mais une Mort *qui sait vivre*. Ne vous étonnez pas de ma mise. Je serais inexcusable de ne pas être à la mode, puisque je suis forcément du monde et de ses plaisirs : — j'ai deux bals ce soir. Je n'ignore pas, continua la jeune dame, qu'on m'a toujours représentée sous la forme d'un squelette hideux. Fi, l'horreur ! On m'a confondue avec le *Décès*. Moi, je suis la Mort souriante, celle qu'on regarde en face, non plus avec désolation, mais avec amour ; je suis la Mort du champ de bataille, du duel, du martyre. C'est moi qui souffle encore le calme aux grands capitaines, la courtoisie aux gens d'honneur, comme je soufflais autrefois l'enjouement magnanime aux patriciennes qui montaient sur l'échafaud. — Voilà pourquoi, ajouta-t-elle avec une fierté toute mondaine, je puis regarder Worth en face. Je porte même aussi des faux cheveux.— Quand les veuves belles et inconsolables coupent leur chevelure pour la déposer dans le tombeau de leur mari, c'est un trophée dont je me pare. Vous me voyez brune aujourd'hui ; demain, je serai blonde. — Si vous en doutez encore, fermez un instant les yeux, ajouta-t-elle en revenant à sa gravité première, et regardez comme en vous-même.

Le comte, subjugué par ce ton de vérité, mit la main sur son front.

En moins d'une minute, il vit sur tous les points du monde des épées qui se croisaient allègrement, des poitrines traversées de part en part sans que le visage perdît de sa sérénité, des pardons sublimes donnés d'un geste à des assassins, et plus loin encore, des veuves qui montaient en chantant sur le bûcher, des missionnaires qui, la joie dans les yeux, bravaient les supplices.

M. de Chavry n'avait plus à douter, il tendit bravement la main à l'inconnue.

— Que voulez-vous ? demanda-t-il, je suis des vôtres.

— Je le savais, répondit la jeune dame. Mais asseyons-nous. Venez là, près de moi, sur ce canapé.

Le comte obéit sans répliquer ; il ne s'assit pas, il s'affaissa.

La Mort, qui jusque-là avait gardé un aspect de femme, reprit sa rigidité de statue.

— Vous avez dit tout à l'heure que vous donneriez dix ans de votre vie pour sauver votre fiancée.

— Et je le répète devant vous, s'écria le comte, pénétré d'un ineffable enthousiasme.

— Les précédents m'encourageraient peu à une telle visite, reprit la dame gris-perle. Je ne vous en sais donc que plus gré de cette faveur : il y a longtemps que j'attendais le moment où je pourrais voir s'abolir la plate moralité de *la Mort et du Bûcheron*. — Un homme qui appelle la Mort et qui ne la supplie pas de s'éloigner quand elle se rend à son appel, — voilà qui console de bien des lâchetés. — Il y a donc sur la terre des êtres qu'on peut prendre au mot ! — Savez-vous ce que vous m'offrez pour obtenir la grâce de votre fiancée ? Ce n'est pas dix ans de votre vie, c'est votre vie tout entière. — Il vous restait dix ans et quarante jours à vivre.

— Quarante jours ! balbutia le comte.

— Vous hésitez !

— Je vous appartiens, reprit-il en se redressant.

— Je ne veux de votre parole que tout à l'heure. — Je tiens à ce que vous sachiez bien tout ce que vous allez perdre. N'interrompez pas.

La Mort se déganta, ouvrit le piano du salon voisin et commença une fantaisie qui était une épreuve. — Elle chantait les joies de la vie, les liens terrestres qui enlacent, la douce puissance des habitudes, — tout ce qui précisément la rendait elle-même odieuse.

Ce n'était plus un piano qui résonnait, c'était un instrument tentateur faisant l'effet d'un chœur de sirènes.

Le comte écoutait avec l'oreille d'Ulysse.

9.

VIII.

Anne de Keldern avait eu la même pensée que le comte : — aller faire une heure de retraite d'amour dans cette maison inconnue, — où elle devait tout reconnaître du premier coup d'œil, comme l'âme reconnaîtrait les mille harmonies de l'enveloppe choisie pour la recevoir. — C'était la première parole qu'elle violait de sa vie; elle avait promis à Jean de ne pénétrer que conduite par lui dans l'hôtel de Chavry, mais je ne sais quel pressentiment la dominait depuis le départ de son fiancé. Une voix d'en haut lui disait : « Parjure-toi : il y a des innocences coupables. »

Une vieille amie de la famille, qui était pour elle une sœur aînée, consentit à être sa complice : par ses soins un coupé fut amené à quelques pas de l'hôtel de Keldern. Toutes deux, enveloppées d'une mante qui les déguisait, y montèrent furtivement. Anne n'aurait jamais osé avouer à sa mère, de peur d'un refus, le viril enfantillage qui la faisait agir. Son évasion était un devoir.

Arrivée à la petite porte dont elle avait la clef, elle laissa dans la voiture son ange gardien de tous les jours, se rendit maîtresse en un instant du secret de la serrure, et se trouva enfin dans un grand jardin où elle alluma une miniature de lanterne vénitienne.

Une lune, d'un éclat amorti et doux comme celui d'un verre dépoli, eût rendu presque inutile n'importe quel luminaire ; on touchait au milieu d'avril ; la nuit était déjà tiède ; le feuillage des lilas annonçait qu'ils allaient fleurir ; aucun obstacle n'arrêtait les pas de Mlle de Keldern ; tout semblait lui dire :

— Vous êtes la bienvenue, ô notre châtelaine !

Au détour d'un buisson, Anne aperçut deux fenêtres éclairées ; elle monta les marches du perron, entendit deux voix et surprit deux ombres.

Son fiancé était dans la chambre nuptiale avec une autre femme, jeune et belle.

L'idée d'une trahison ne vint pas même à l'esprit généreux d'Anne de Keldern ; soupçonner le comte Jean, même à tort, eût été jeter une tache originelle sur cet amour, qui ne se fût pas relevé d'une déchéance.

Une prostration physique seule la cloua à cette vitre, derrière laquelle aucun mouvement, aucune parole ne pouvaient lui échapper.

Elle assista à cette entrevue sainte dont elle était l'objet, elle savoura jusqu'à la dernière goutte cette rare ambroisie : être aimée jusqu'à la mort ! Elle vit cette jeune femme, qui avait l'air d'une rivale, se lever en quittant le piano et demander au comte :

— Voulez-vous toujours mourir pour elle ?

— Oui, dit le comte.

— J'accepte, répliqua la Mort.

IX.

— Et moi je refuse, s'écria Mlle de Keldern, qui apparut inondée de larmes d'admiration; puis se précipitant au cou du comte :

— Cher héros, s'écria-t-elle, que je t'adore! que je serai heureuse de mourir pour toi! Et elle l'étreignit avec une passion qui eût pu la tuer, si l'effet magique n'avait pas déjà opéré.

— Il est trop tard, prononça la Mort, le pacte est conclu.

— Je puis le rompre, dit Anne en saisissant sur la cheminée un poignard oriental qui n'était là que pour le plaisir des yeux.

La Mort lui fit tomber l'arme des mains.

— Faut-il que ce soit moi, la Mort, qui vous empêche de mourir! Vous, une sainte, commettre un crime! Vous ne changeriez rien à l'arrêt des choses. — Il reste au comte quarante jours à vivre, c'est à lui à bien employer ce temps.

— Tu ne seras pas ma femme, dit Jean de Chavry, je t'aime trop et tu m'aimes trop.

La Mort détourna la tête. — Je crois qu'elle eût pleuré volontiers.

— Trouvez-vous donc, dit-elle au comte, dimanche matin, à sept heures, à cheval, au rond-point des Champs-Élysées; j'aurai peut-être à vous faire une communication qui vous intéressera tous les deux, mais je ne réponds pas du succès. Vraiment, je laisse vivre tant de gens qui ne le méritent pas, qu'il me serait agréable de ne pas séparer les deux seuls êtres les plus charmants que j'aie rencontrés depuis plus d'un siècle. Je vais pour vous, comte, forfaire à mon devoir, et quant à vous, comtesse, je voudrais vous dire adieu et non au revoir.

X.

Quand le docteur Jansems, le samedi soir, alla en tremblant demander des nouvelles de mesdames de Keldern, il fut bien surpris d'être appelé par une voix qui avait comme changé de timbre; c'était Mlle de Keldern, qui lui fit l'effet d'une ressuscitée.

— On ne veut donc plus que je croie à la médecine, se dit gaiement Jansems.

C'était seulement Dieu qui voulait que le médecin crût un peu en lui.

Précisément Anne venait prier le docteur Jansems de trouver pour ses parents un prétexte qui servît à retarder la cérémonie.

— Je devrais vous donner un certificat d'immortalité, mademoiselle; vous renversez mes habitudes, moi qui suis obligé de dire aux gens qui vont mourir : Vous ne vous êtes jamais mieux portés.

Le mariage fut remis à quarante jours de là. Et pourtant Anne ne vivait plus pour son propre compte; mais la vie agissait en elle.

Cependant le dimanche matin, le comte fut exact au

rendez-vous ; la Mort l'attendait en amazone violette ; ils firent siffler leur cravache et partirent au galop. — Chose bizarre, ils rencontrèrent deux enterrements ; au premier, le cercueil ne bougea point ; — au second, on entendit distinctement ces mots retentir sous le drap noir :

— Chère mère !

Le premier défunt était un égoïste qui périssait par les truffes : *un décès.* Le second, était un noble enfant qui s'était battu pour sa mère : *une vraie mort.*

— Vous voyez, dit-elle au comte, que je ne vous ai pas trompé.

Cavaliers et chevaux bondirent sous l'arc de triomphe dont les bas-reliefs semblèrent respirer un instant, — il n'y avait là sculptés que des héros, — puis dévorèrent l'avenue de l'Impératrice et se perdirent dans une allée ténébreuse.

— Cher comte, reprit la Mort, on prétend que je suis *implacable,* je ne puis pourtant pas changer le cours des choses ; moi-même je mourrai : le jour du jugement dernier ne sera-t-il pas mon dernier jour ? Quant à vous, vous n'avez qu'un moyen de vous tirer d'affaire : il faut qu'un homme qui a résolu de se suicider vous donne sa vie. Vous lui épargnerez un forfait et vous lui ferez faire une bonne action.

— Un condamné à mort ne pourrait-il pas me rendre ce service ?

— Sa vie n'est pas à lui. Cherchez parmi les gens riches qui sont fatigués de vivre et les pauvres gens qui sont las de ne jamais exister. Vous avez quarante jours à

vous, c'est plus qu'il n'en faut pour trouver un moura
de bonne volonté. Sur ce, adieu !

Le comte n'eut pas le temps de remercier sa bienfa
trice ; elle s'était évanouie dans l'air, et à peine s'il pe
çut un écho de galop invisible.

— Cherchons, fit-il.

XI.

Soixante-seize heures s'étaient écoulées depuis ce bou-
leversement dans la vie de M. de Chavry, sans que la
réaction se fût même produite pour la forme.

Seulement, le comte devait avoir la grippe le 14 avril
1876 ; — or, comme on se trouvait le 14 avril 1866, et
que son séjour terrestre était diminué de dix ans juste, il
n'avait pas le droit de s'opposer à tout ce qui devait arriver à cette échéance.

L'avenir devenait pour lui le présent.

M. de Chavry avait donc déjà perdu trois jours quand il
put penser à se mettre en campagne.

Il y a des hasards taquins : — pour la première fois de
sa carrière le comte était du jury.

On déserte un simple devoir, mais comment se sous-
traire à deux obligations de conscience à la fois ? un pauvre diable de garde-chasse, de l'innocence duquel il était
sûr, le suppliait de ne pas manquer aux assises. M. de
Chavry, qui savait par lui-même ce que vaut la vie d'un
homme, s'exécuta civiquement.

Au beau milieu de la plaidoirie, il réveilla, avec un

peu de rusquerie peut-être, un juré qui dormait depuis le commencement de la session. — Quelques propos vifs s'échangèrent à voix basse; rendez-vous fut pris le surlendemain. — L'offensé était un ancien bretteur devenu père de famille, et pour qui se battre, après avoir laissé treize ans ses fleurets au repos, fut un véritable délire.

Le comte, très-pressé, désarma son adversaire à la seconde passe, et posant la pointe de l'épée sur une poitrine qui paraissait avoir le souffle long, lui demanda sa vie.

N'était-ce pas là la plus courtoise occasion de se substituer légalement à un défunt volontaire? La victime choisie n'avait rien pour elle, — elle était obèse et mal élevée.

L'action se passait dans une clairière du bois de Vincennes. Je ne sais pas trop ce qui allait être répondu, quand deux ravissantes petites jumelles sortant d'un fourré s'écrièrent en chœur :

— Tiens, père qui fait des armes !

M. de Chavry ne dit que ces seuls mots :

— Je vous retrouverai quand elles seront mariées.

Il remercia les deux soldats qui lui avaient servi de témoins, s'élança dans sa voiture, et commanda au cocher de brûler le pavé. A partir du 20 avril, ç'eût été pour lui un remords de ne pas au moins vivre double.

Le comte rentrait à peine chez lui qu'il reçut la visite d'un de ses amis qui était bien de tout le globe l'être le plus ingrat envers le Créateur.

— Mon cher Jean, fit en entrant le seigneur de Fleurac

et autres moins bons lieux, je viens vous prévenir de ne pas trop vous étonner si, après-demain jeudi, on vous apprend que je me suis brûlé la cervelle. Vous connaissez cette abominable affection morale qui consiste à se dire *à quoi bon tout ?* c'est la mienne, et je me sens incurable.

— Allons donc, Raoul ! répondit M. de Chavry en lu tendant la main.

— Ne me touchez pas ! Je suis le lépreux de la philosophie : l'amour me dispose à la haine, le plaisir me peine, l'amitié me pèse, le vin me dégrise, la santé me vexe ; la musique, qui adoucit les mœurs, me rend farouche. Vous voyez bien qu'il faut que je rende au diable une âme dont je fais si mauvais usage.

— Ainsi, reprit le comte qui crut avoir trouvé son homme, vous ne tenez pas du tout à voir l'année prochaine.

— Le jour de mon trépas sera le plus beau jour de ma vie.

— Permettez-moi de vous faire quelques représentations sur le forfait que vous allez commettre.

— Épargnez-vous des frais d'éloquence inutile. Le parfait scélérat ne discute pas, il agit.

— Eh bien, Fleurac, si c'est un parti irrévocable chez vous, j'ai un cadeau à vous demander.

— Je n'éprouve aucune espèce de bien-être à donner, mais je ne découvre pas non plus pourquoi je vous refuserais quelque chose.

— A quelle heure comptez-vous nous quitter jeudi ?

— A midi précis.

— Veuillez me faire savoir, à midi moins un quart, vous consentez à me céder votre existence.

— Ce n'est que cela! accordé; mais je ne puis com prendre...

— *A quoi bon* comprendre, mon cher Fleurac ?

— Pardon, je m'oubliais. Je veux que vous me succédie sans que je raisonne.

— Prenez votre temps ; j'aime que les choses se passe en règle ; vous m'investirez après-demain à l'heure dite

— A jeudi donc !

— A jeudi !

XII.

Le 19 avril, à midi moins un quart, un coup de sonnette retentissait ponctuellement à la porte de M. de Chavry.

Un domestique en livrée noire fut introduit dans la chambre à coucher du comte, auquel il apportait une missive de M. de Fleurac, sur papier de deuil.

— Pauvre Raoul ! s'écria M. de Chavry quand il se sentit seul, ceci est le testament de ta personne ; à l'heure qu'il est — la petite aiguille de la pendule abordait le chiffre XII — mon bienfaiteur n'existe plus.

Et il décacheta en tremblant cet envoi d'une résurrection ; voici ce qu'il lut :

« Mon cher ami,

« A l'heure où vous recevrez cette lettre j'aurai cessé — de penser à mourir ; je ne sais pas ce qui s'est passé en moi depuis que je vous avais vaguement promis ma vie, mais il m'est arrivé un malheur pour vous : j'ai retrouvé toutes mes illusions ; — je crois de nouveau aux hommes : je relis *Picciola*. Je viens de réentendre avec béatitude *le Mariage Secret* ; le champagne communique mieux que jamais son pétillement à mes idées ; je me sens d'un optimisme insensé ; c'est à vous que je dois cette métamorphose ; vous m'avez rendu le service de me faire chérir la vie ; si par hasard, vous aviez trop de la vôtre, j'en ai le placement.

« Agréez, cher comte, avec mes sincères regrets, l'expression de mes plus affectueux sentiments.

                                    « Tout à vous,
                            « RAOUL DE FLEURAC. »

— Tout à vous ! l'impertinent ! fit le comte en chiffonnant le billet.

Un effroyable vacarme qui s'éleva subitement coupa court à l'indignation de M. de Chavry, qui se précipita hors de son appartement.

C'était un de ses piqueurs qui, atteint depuis quelques jours d'une névralgie aiguë, voulait, pour la seconde fois, se jeter par la fenêtre. — Il logeait au sixième. — Tout le personnel de la maison ne pouvait plus contenir ce forcené qui, se tordant dans un vieil habit de chasse de son maître, appartenait déjà en partie à l'espace.

D'un bond, M. de Chavry se trouva sur le lieu de la scène, étreignit le malheureux qu'il força à s'asseoir, et lui fit honte de son peu d'énergie.

— Je voudrais vous y voir, monsieur le comte, hurla le piqueur; si vous souffriez comme je souffre ! Je donnerais bien ma vie pour cent sous, allez !

— Je te l'achète, dit le comte, qui espérait le prendre par la douceur ; et il lui remit un louis que l'autre saisit avidement.

— Ce sera pour mon camarade Antoine, fit-il avec une

grimace de possédé ; et maintenant laissez-moi me détruire.

Il s'échappa de l'étau que formaient les bras du comte et courut à la fenêtre. Ce fut une lutte d'hercules ; mais les forces du piqueur, centuplées par la douleur, le rendirent maître du terrain, et il se lança comme une pierre dans le vide.

En voyant s'abîmer dans le gouffre cette forme humaine qui, à cause du vêtement, lui faisait l'illusion de son propre suicide, le comte recula d'horreur et ferma les yeux.

— Autant lui qu'un autre, lui murmura son égoïsme.

Une première clameur de délivrance lui fit lever la tête.

Le piqueur était tombé sur un passant à qui un oracle venait précisément de dire : « Vous, vous vivrez cent ans. » Le piqueur l'avait tué raide, tandis que lui-même rebondissait sain et sauf : l'émotion l'avait guéri.

— Si monsieur le comte veut que je recommence, dit-il en se remontant ; je ne souffre plus, mais je n'ai qu'une parole.

— Garde ton louis, imbécile, fit le comte en haussant les épaules.

Le lendemain on lui annonça que le piqueur venait de succomber à un anévrisme.

— Encore un péril auquel je ne pensais pas, se dit le comte. Si j'allais maintenant prendre une vie de quinze jours !

XIII.

Le 24 avril se leva rose et blanc comme une mariée dans sa parure de noces : l'amandier aux fleurs lisses comme le gant, le pommier neigeux comme le voile, les prés brodés comme la robe, tout parlait d'union aux yeux et à l'âme.

Le comte n'avait plus que trente jours à vivre ; il ressentait déjà les signes avant-coureurs de la fin. — C'était la réouverture d'une blessure reçue en Crimée qui devait l'emporter en quelques heures. Découragé des fausses avances du destin, il se résolut à aider le Ciel pour que le Ciel l'aidât, et ayant lu le matin même dans les gazettes ce touchant début de statistique : « Cette année aura été fertile en suicides pour la Normandie, etc., » il partit immédiatement pour le Havre.

Là il acheta un yacht, dans le dessein de sonder le moral des populations de la côte ; poussé en pleine mer par un fort vent, il recueillit vers je ne sais quel degré de longitude une bouteille soigneusement cachetée qui flottait à la surface de l'eau ; il fit sauter le bouchon, plongea l'œil dans l'intérieur, aperçut un diamant gros comune olive, et fit tomber du goulot un petit morceau de parchemin portant cette inscription en portugais :

« L'*Indus* a péri corps et biens le 30 janvier 1864. Ce diamant appartient à M. Léonard. »

Une tempête surgit, le yacht sombra, et le comte eut du bonheur de pouvoir être recueilli par un vaisseau qui se dirigeait sur Nantes.

— Paris, se dit-il, est le meilleur centre d'opérations pour les recherches. J'y serai d'ailleurs, plus à même de découvrir le possesseur de cette fortune. —Le diamant valait, à son calcul, plus de cinquante mille écus.

Le soir même de son arrivée, 1er mai, bien avant l'heure officielle de la poste, — car le comte était gâté par les facteurs, — il lui fut remis une lettre qui paraissait bien à son adresse :

« Cher ami, disait-elle, à l'heure où tu recevras ces lignes, le n° 34 de l'hôtel de Blois aura terminé ses misères. Tu devines déjà l'excuse de mon désespoir. Je t'embrasse une dernière fois. »

Le comte examina la suscription : elle portait un nom analogue au sien, *Cauvry*. Il fit toutes les maisons de la rue, aboutit au destinataire qui n'était pas chez lui, et crut devoir voler d'office à la désignation indiquée.

Dix minutes après, M. de Chavry se trouvait au milieu d'un de ces cabinets mansardés où le mal vient en dormant. Le n° 34, comme il s'appelait humblement, étendu dans le linceul de ses draps, attendait avec une suprême angoisse le terrible dénouement : il venait de s'empoisonner.

Le comte expliqua brièvement la raison de son inter-

10

vention anticipée, et demanda au n° 34, jeune encore, pourquoi il voulait mourir.

— J'ai usé mes yeux à tailler des diamants, dit le moribond ; il me restait quelques mille francs avec lesquels un ami et moi nous avons tenté une dernière fois la fortune, tout a tourné contre nous. Il a disparu de ce monde, je vais le rejoindre. Ce que j'ai pris, et il se mit la main sur l'estomac, m'en répond.

— De quel poison vous êtes-vous servi ?

— Vous ne le saurez pas ; je ne veux pas être sauvé. Si la poste faisait son devoir, personne n'aurait été averti à temps.

— Soit, dit le comte devant cette inébranlable résignation ; mais moi, voulez-vous me sauver ?

— Je suis curieux de savoir comment.

— En me passant votre existence.

Le lapidaire crut rêver.

— Prenez, dit-il, et grand bien vous fasse ! Elle devait être longue, mon existence, à ce que disaient les médecins ; elle aurait été belle, si l'*Indus* n'avait pas jugé à propos de faire naufrage.

— L'*Indus*, reprit le comte qui eut comme un éblouissement.

— Un grand vaisseau portugais qui a péri corps et biens avec mon ami Rodolphe et un diamant de deux cent mille francs qu'il avait trouvé sur mes indications dans un terrain du Chili.

— Et vous vous appelez ?

— Léonard !

— Ah! malheureux! fit le comte, combien y a-t-il de temps que vous avez pris votre poison?

— Une demi-heure.

— Qu'était-ce?

— De la poudre d'émail.

— Votre diamant est retrouvé, reprit le comte; dépêchez-vous d'avaler ceci.

Il présenta au graveur un reste de fruit oublié dans une assiette.

Dans ce cas, les végétaux enveloppent le poison, qui n'agit alors que mécaniquement; un vomitif délivre ensuite le malade. Il y avait justement de l'eau chaude sur le feu.

— Vous me trompez, dit le lapidaire anéanti.

Le comte raconta l'histoire de la bouteille.

— Maintenant, buvez, ajouta-t-il.

— Je veux vivre, maintenant! s'écria le donateur, qui se souvint.

— A Dieu ne plaise que je vous prenne au mot! Attendez-moi le temps qu'il faut au remède pour agir.

Le malade était guéri quand le comte reparut avec la bouteille, qu'il brisa, et d'où s'échappa la pierre étincelante.

Le lapidaire lui baisait les mains. Le comte frissonna en pensant combien il serait facile, s'il n'y avait que les lois humaines, de commettre une mauvaise action.

— Encore du temps perdu, fit-il en redescendant l'escalier.

XIV.

M. de Chavry redoubla d'économie dans l'emploi des heures qui lui restaient. — Déployant une activité suprême dans l'intervalle de ses perquisitions, il lisait tous les livres qu'on doit décemment connaître avant d'expirer, — réglait son courrier en retard depuis six ans et quadruplait encore son stage de fiancé auprès de Mlle de Keldern, qu'il flattait habilement de l'espoir de lui être conservé.

Du 3 au 8 mai, le comte passa toutes les nuits sous les ponts de Paris pour guetter la classique jeune fille qui, tous les trimestres, se précipite dans la Seine. Il surprit quelques débutants qui passaient une jambe hors du parapet et en restaient là.

Le 10 mai, à deux heures du matin, par un beau clair-obscur d'étoiles, il entendit, à la hauteur de l'île Saint-Louis, le bruit d'un plongeon ; il se jeta à la nage et repêcha une jolie enfant de quinze ans au plus, qui lui déclara vouloir se donner la mort parce qu'elle avait été grondée par ses parents.

— Lâchez-moi ! cria-t-elle.

— A condition que tu me donneras ta vie.

— Oh! elle est à vous et de bon cœur!

On ne prend pas la vie d'une enfant de quinze ans. Le comte la ramena chez ses parents qu'il gronda à leur tour et qui, après avoir bien pleuré, promirent d'être bien sages.

Du 8 au 12 mai, M. de Chavry fit tous les garnis de la capitale pour découvrir un réchaud de suicide ; le 13, à six heures du matin, l'inspection d'une fenêtre soigneusement calfeutrée l'attira dans un corridor, et il enfonça la porte d'un petit employé qui humait, avec un rire convulsif, les vapeurs du charbon. A côté de lui, un pauvre ange, dans son berceau, avait déjà les yeux voilés par l'agonie.

— Pourquoi vouliez-vous mourir? demanda le comte en cassant un carreau.

— Quand on n'a plus de place, autant *se périr*.

— Si j'assurais l'avenir de votre enfant, consentiriez-vous à mourir pour moi?

— Oh! oui, dit le père.

On ne prend pas la vie d'un homme qui veut *se périr*. Le comte déposa sur la cheminée trois billets de mille francs et laissa l'adresse de ses héritiers.

Quand il sortit, une bonne vieille criait dans la rue : A trois sous l'angleterre!

— Où avais-je la tête, se dit le comte, moi qui cherche des suicides et qui oubliais le pays du *spleen !*

10.

XV.

A la veille de cingler vers cette terre promise, M. de Chavry eut l'amertume de constater par une correspondance spéciale de l'étranger qu'il n'y avait plus de *Werther* en Allemagne, ni d'*Obermann* en Suisse ; on lui certifiait bien qu'il restait encore un nombre imposant de Japonais prêts à s'ouvrir le ventre, — mais il n'y a pas même de télégraphe électrique jusqu'à Yeddo.

Par contre — toutes les chroniques constataient la permanence du *spleen* chez nos voisins, et ces vers charmants du poëte, lesquels allaient s'appliquer à sa traversée, confirmaient ces bavardages :

> Plus pâle que le ciel livide,
> Je vais au pays du charbon,
> Du brouillard et du suicide :
> Pour se tuer le temps est bon.

Le matin de son départ, on vint apprendre au comte qu'une insupportable célébrité galante, qui logeait au-dessus de lui, venait de s'administrer une fiole de laudanum.

— On ne m'y reprendra plus, s'écria le comte en endossant son pardessus de voyage : je serais capable de la sauver, — j'ai tant de chance !

Grâce aux voies de fer qui divisent le sol anglais, le comte, en moins d'une semaine, put battre en tout sens les comtés d'Angleterre.

Il trouva les Anglais très-joyeux, fort contents de vivre, et bien décidés à faire attendre leurs neveux. Il n'y avait plus de *spleen* à la réserve même. Le comte avait stupidement subi l'influence de ce préjugé français qui veut que le brouillard décourage plus d'exister que les noirceurs morales. Quoi de plus gai que les aveugles ? Faut-il être funèbre parce qu'on voit un peu moins clair ?

— Mon cher comte, dit au voyageur désappointé lord Butler, un des observateurs les plus perspicaces des cinq parties du monde, puisque vos compatriotes s'amusent encore à encenser le Midi et à caricaturer le Nord, voulez-vous que je vous dise où est le *spleen* maintenant ? Il est à Naples, où l'on danse toujours sous un volcan. Notre croûte de gravité en a imposé depuis le blocus continental sur notre vraie nature ; au fond nous en remontrerions aux pinsons comme solidité d'allégresse. J'ai remarqué aux lieux où fleurit l'oranger des gens d'une jovialité navrante. Tenez, ajouta-t-il en montrant un fashionable qui traversait Piccadilly, vous voyez bien cet homme ?

— Cet Anglais ?

— C'est un gentleman de la Chiaja ; il ne se plaît qu'à

Londres. Nous l'avons guéri de la nostalgie du soleil ;
il est de tous nos clubs. Cependant, voilà quelques jours
qu'il se déride moins que nous, et cela m'inquiète. Il fait
trop beau ici. Croyez-moi, partez en hâte pour Naples.

— Trop tard, pensa M. de Chavry. Je n'ai plus que le
temps d'aller faire mon testament.

Le soir même il couchait à Folkestone. En mettant le
pied dans l'hôtel Dorridon, la première personne qu'il
vit ce fut le Napolitain de Piccadilly. Il occupait la chambre contiguë à la sienne. Vers dix heures du soir il entendit un grand soupir à travers la cloison, suivi de ces
quatre mots prophétiques proférés par l'habitant de
Naples :

— Voir Paris et mourir !

Une dernière espérance rattacha le comte à ce compagnon de route qui lui avait été déjà signalé. Il se promit
de l'observer à distance, et, le 20 mai, ils traversèrent
ensemble le détroit.

Le comte n'avait plus que quelques jours à vivre.

XVI.

En voyant son fiancé partir, Mlle de Keldern avait senti s'évanouir en elle le dernier mirage de l'espérance ; l'éternelle séparation commençait : il y a des présences qui font accepter des chimères : il y a des absences qui rendraient incrédules, même à ce qu'on touche. Tant que ce ferme son de voix, tant que ce brave regard lui avaient ordonné la confiance, Anne s'était enorgueillie d'obéir ; et puis, quarante jours pour des affamés de bonheur, n'était-ce pas l'infini ?

Ils sont si doux les premiers jours d'un sursis pour les condamnés du destin ! la volupté du malheur auquel on échappe vous saisit seule, on n'est pas encore attentif à la menace du malheur futur. M. de Chavry, si pieux comédien qu'il se fût improvisé, ne pouvait esquiver le dénoûment. A une volontaire pression de main, Mlle de Keldern avait compris que le comte était à bout de son rôle.

Quelques jours encore auparavant, elle jouissait sans remords de cette vitalité robuste qui s'était intrépidement greffée sur sa tige épuisée ; le sang d'autrui qui enrichissait ses veines n'était qu'un échange. Aujourd'hui elle se reprochait les plus innocentes joies de la santé ; elle en voulait à ses yeux de redoubler d'éclat, à son front de ne pas pâlir, à son corps, enfin, de ne plus être à l'unisson de son âme.

Son visage avait pris l'expression fixe des veuves pour qui n'est point faite la consolation vulgaire : elle ne sortait de sa torpeur que pour prier, avec l'épouvante de ne plus être exaucée. Le marquis et la marquise avaient d'abord voulu l'interroger ; mais Anne ne pouvait rien dire, et depuis ce temps tous deux faisaient silence autour de cette douleur qui, à mesure qu'elle causait plus de ravage moral, embellissait davantage cette étrange victime. La seule consolation de Mlle de Keldern était ce demi-jour qu'on ménageait à son cœur meurtri ; il y a des pieds brutaux qui se plaisaient à se faire un tapis de sensitives ; M. et Mme de Keldern s'interdisaient presque le bien-aimé contact de leur fille.

Jansems, consulté, avait déclaré que l'état de Mlle de Keldern n'était pas du ressort de la science.

La nuit qui marqua le retour du comte, Anne qui venait à peine de reposer, fut réveillée par la violence du vent. L'hôtel craquait comme un navire et l'eau battait les vitres. Un éclair lui montra le jardin qui, tout blanc sous un ciel noir, se jonchait des débris de la floraison des arbres ; on eût dit un bouquet de mariée déchiré par une rivale.

Anne s'agenouilla, baisa de toute sa ferveur un petit

reliquaire qui lui avait été, la veille, rapporté de la Terre-Sainte, récita les prières des morts et se remit au lit.

Un sommeil angélique la prit ; quand ses yeux se rou-vrirent, l'ouragan n'était plus qu'un murmure ; elle de-vina que son sort avait dû se décider cette nuit-là même, et le lendemain, le marquis et la marquise la virent sou-rire une fois : Dieu l'avait visitée.

XVII.

Pendant ce temps, le comte, qui s'était fait l'ombre invisible du Napolitain de Piccadilly, descendait en même temps que lui, comme un simple étranger, à l'hôtel Chatam, visitait avec lui les merveilles de Paris, et étudiait soigneusement son personnage, dont le registre des voyageurs lui avait appris le nom.

Le prince Cigola était un homme de trente ans environ, dont les traits accusaient bien l'origine méridionale, mais qui semblait s'être appliqué à commuer sa nationalité; ses habitudes étaient tout anglaises; il ne portait que les modes de Londres, eût pris volontiers des bains de thé, et ne s'exprimait que dans l'idiome d'outre-Manche. Il était curieux de suivre ce travail d'une lenteur d'acquis, remplaçant la volubilité naturelle; un vrai fils d'Albion eût été fier de cette nouvelle extension de l'anglomanie. Il faut ajouter que les gamins de la Tamise eux-mêmes s'y fussent trompés et eussent salué le prince Cigola comme un de leurs lords.

Distrait visiblement par une pensée intérieure, le Napolitain ne pouvait remarquer ce qui se passait autour de lui. C'était à peine s'il interrompait sa léthargie pour admirer le Louvre ou la Sainte-Chapelle. Il ne lui serait jamais venu à l'idée qu'aucun de ses pas n'échappait à la vigilance d'un intéressé.

Le 22 avril, à huit heures du soir, le comte de Chavry vit le prince Cigola payer la note de l'hôtel, brûler des papiers, sortir d'un air inspiré et se diriger vers le pont de la Concorde. Il le suivit.

Le prince s'arrêta à égale distance des deux rives, s'examina des pieds à la tête comme pour savoir si sa tenue était irréprochable, et parut vouloir se rendre compte de la bienséance du fleuve.

Le comte se rapprocha.

L'eau encore mal reposée des agitations de la nuit était restée limoneuse. La Seine avait l'air de charrier du nankin liquide, — couleur évidemment *shocking*.

— Oh! dit avec flegme le Napolitain, *water is not nice enough*.

Le comte eut presque en même temps une joie et une déception ; il avait deviné juste quant aux projets du prince ; mais il tremblait pour l'exécution.

— S'il faut qu'on filtre l'océan pour que cette altesse se noie, se disait-il, sa mort par immersion est bien problématique, et il reconduisit au second plan son chef de file qui retournait froidement à l'hôtel.

Le lendemain 23 avril, après avoir lu le *Times* et le *Galignani's*, le prince se rendit chez Devismes. Le comte entra avec lui sous prétexte de prendre un abonnement

11

au *Journal des Chasseurs*. — Le Napolitain maniait méthodiquement divers pistolets qu'on lui présentait; son choix se fixa un instant sur un révolver dont le mécanisme fonctionnait avec toute l'urbanité désirable, mais bientôt il demanda si l'on n'avait pas l'arme nouvelle qui faisait alors fureur à San-Francisco.

— *Too old system!* reprit-il en posant le révolver.

Le comte ne s'abonna que pour trois mois, et manqua de se trouver mal : on crut devoir lui offrir comme prime un verre d'eau sucrée.

Le prince alla se promener au bois de Boulogne, dîna au café Anglais, et passa la soirée au théâtre du Palais-Royal, où il prit sa part de l'hilarité générale.

Un seul spectateur dans la salle ne riait pas, c'était le comte qui occupait la stalle voisine du Napolitain. Hyacinthe regarda de travers M. de Chavry.

Le prince dormit agréablement. — Le comte ne put fermer ces yeux qui le lendemain devaient se clore pour jamais.

Le 24 avril — date inexorable — était arrivé : à minuit M. de Chavry devait être rayé du nombre des mortels, et, sanglante ironie, à trois heures, à la Bourse, le prince Cigola achetait du nouvel emprunt. On lui recommandait bien de ne pas oublier de passer le lendemain aux transferts.

— Tout est perdu ! pensa M. de Chavry, à qui un philosophe du péristyle, dit en passant :

— Vous devez être baissier, vous !

Il restait au comte neuf heures pour faire son salut.

XVIII.

A quatre heures, rue Saint-Florentin, M. de Chavry vit le prince Cigola monter en coupé, mais il n'entendit pas l'adresse qu'il donnait au cocher.

Le comte prit à son tour un cocher à qui il recommanda de ne pas perdre de vue le premier. — C'était compter sans les embarras de voitures.

Pendant cinq minutes la piste du prince demeura introuvable, le comte fut obligé d'opter entre quatre rues que le premier coupé avait pu enfiler également.

Par bonheur il avait retenu le numéro: c'était le 17; et, mettant la tête à la portière, il recueillit ces propos entre deux commissionnaires :

— Encore le 17 qui va au Lyon: c'est la troisième fois d'aujourd'hui.

Le comte promit cinq francs de pourboire au cocher, et Rossinante, prenant une fois de plus le galop, arriva au chemin de fer de Lyon juste au moment où le train allait se mettre en marche.

— Votre billet, s'écria l'employé.

M. de Chavry était déjà installé dans un wagon où il avait reconnu le prince Cigola.

A huit heures 42 minutes le Napolitain mit pied à terre à la station de Vougeot. — Le comte descendit. — Le prince sembla un instant marcher vers le village : puis, revenant sur ses pas, il suivit la ligne du chemin de fer jusqu'à un demi kilomètre environ de la station ; il remonta sa montre, alluma un cigare et se coucha en travers du rail où allait passer l'express qui amène à Paris la malle des Indes.

Tous ces mouvements avaient été observés par le comte qui, se penchant vers lui avec un cigare à la bouche, lui dit enfin :

— Permettez-moi, Monsieur, de vous demander un peu de feu.

— Volontiers, répondit horizontalement le prince, mais dépêchez-vous.

— Que faites-vous donc là, Monsieur? reprit d'un ton insinuant M. de Chavry.

— Ah pardon ! fit l'Anglo-Napolitain avec hauteur, vous ne m'avez pas été présenté.

Le comte faillit s'emporter, ce qui aurait tout gâté ; puis, en homme qui prend son parti :

— Je suis le comte Jean de Chavry, articula-t-il avec une dignité glaciale.

— Des Chavry-Blamont? s'écria le prince.

— Précisément, ajouta le comte intrigué.

— Et moi je suis le prince Cigola. — N'y avait-il pas, Monsieur, en 1761, à Naples, il y a cent ans, un Chavry?

— C'était mon arrière-grand'père.

— Eh bien, il sauva la vie à ma bisaïeule, la duchesse

d'Idolfo, qui s'était imprudemment aventurée dans la grotte d'azur. Parbleu, Monsieur, j'eusse été bien heureux de reconnaître avant de mourir un service rendu à ma famille.

— La chose vous est facile, prince : vous n'avez qu'à me donner votre vie.

— Quel plaisir vous me faites, comte ! — Je mourrai donc moins mécontent.

— Oserai-je vous demander la cause de votre détermination qui paraît irrévocable ?

— Je n'aurais plus le temps de vous la dire.

— Serait-ce un revers de fortune ?

— J'ai cinquante mille guinées de rente.

— Je comprends : vous êtes blasé ?

— Il n'y a plus de gens blasés...

— Infirme, peut-être ?

— Je tuerais une locomotive.

Au même instant un coup de sifflet se fit entendre. — Le comte se gara instinctivement. — Le prince se croisa stoïquement les bras. — Rien ne parut. Le coup de sifflet était un signal d'alerte : l'express avait trois heures de retard.

— Quel contretemps ! fit le prince quand le comte lui apprit cette mauvaise nouvelle ; aussi comment ai-je commis l'imprudence de partir un vendredi !

M. de Chavry frémit.

— C'est que maintenant, reprit le Napolitain, je n'ai pas envie le moins du monde de me faire hacher par un train-omnibus, — et de plus je me sens un appétit d'enfer.

Je n'ai pas dîné. — Il est près de neuf heures, je n'irai jamais jusqu'à minuit.

— Prince, dit M. de Chavry, si nous retournions jusqu'à la première auberge de Vougeot, nous souperions ensemble si cela vous est agréable, car je vous l'avouerai, je n'ai pas plus dîné que vous, et à minuit moins un quart vous reprendriez votre position.

— Vous allez me faire regretter la vie, comte, puisque j'ai la bonne fortune de rencontrer un si galant convive.

Le comte eut peur de prendre à son tour quelqu'un au mot : quelques minutes après ils étaient installés dans la plus belle chambre du *Lion d'Argent*. Un bon feu pétillait dans la cheminée, le couvert reluisait sur une nappe bien blanche, et l'hôtelier ébahi apportait en grande cérémonie un faisan et une bouteille de Clicquot.

XIX.

Le repas fut cordial, on passa gaiement en revue tous les événements à l'ordre du jour ; le prince raconta sa campagne des Indes ; le comte l'initia en retour à ses aventures de Crimée. Du domaine des faits on retomba naturellement dans la métaphysique ; on porta des toasts à l'inconnu, puis l'heure qui s'avançait les ramena de force au connu. Le Napolitain, jusque-là tout d'une pièce, se détendit dans une causerie personnelle ; le comte écoutait avidement cet interlocuteur presque posthume.

— Maintenant que nous sommes de vieux amis, prince, lui dit-il, me serait-il permis de connaître enfin votre secret ; croyez que ce n'est pas à une vaine curiosité que je cède ; mais je ne voudrais pas, puisque je dois chérir votre mémoire, qu'il y eût un point obscur pour ma reconnaissance.

— Elle s'appelait miss Nigdale, répondit le prince d'une voix éteinte, elle s'appelle aujourd'hui M\ :sup[me] de Réménès ; c'était bien la perle du Devonshire ; l'anglais, cette langue si douce dans la bouche des femmes, vibrait si mélodieusement sur ses lèvres! on aurait cru entendre le bruissement d'une abeille qui sort d'une rose ; vous eussiez dit Ève, si Ève avait été un instant jeune fille. Ses yeux étaient de ce bleu septentrional qui repose mieux les yeux que le bleu de notre pays; elle avait si bien la coquetterie de la pudeur, elle ne faisait rien qu'avec grâce! Le serpent fut un Indien. Le père de miss Nigdale, un Anglais dégénéré, la sacrifia platement à ce Jupiter, qui aurait pu pleuvoir l'or pendant quarante jours. Que pouvais-je faire, moi, presque un indigent, en face de ce déluge d'opulence? Miss Nigdale obéit en victime soumise, et depuis deux mois elle habite Calcutta, où a eu lieu le mariage. Vous comprenez bien que je n'ai plus qu'à mourir.

La pendule sonna onze heures et demie.

— Partons, dit le prince.

Absorbés tous deux par ce récit, l'un comme narrateur, l'autre comme auditeur, les deux amis n'avaient pas entendu une voiture s'arrêter à la porte du *Lion d'argent*, et une personne entrer dans la pièce voisine de celle où ils se trouvaient.

Le prince ouvrait déjà la porte, quand une divine voyageuse en grand deuil se précipita dans ses bras.

C'était Mme de Réménès qui, veuve le jour même de ses noces, arrivait en droite ligne de l'Inde ; elle avait pris à Marseille précisément l'express qui avait rencontré à une heure de là, à Corgoloin, un encombrement de voie, et fatiguée d'une traversée déjà longue, elle s'était décidée, en profitant d'un cabriolet de campagne, à aller coucher à Vougeot.

Ainsi peu s'en était fallu que le prince ne choisît pour se faire écraser le train qui portait celle qu'il croyait avoir perdue.

— Je suis bien à vous maintenant, s'écria Mme de Réménès qui n'avait deviné qu'une partie de la vérité.

— Ma vie ne m'appartient plus, répondit le prince avec un détachement qui l'absolvait peut-être devant Dieu, je l'ai donnée à mon noble ami que voici, le comte Jean de Chavry.

— Reprenez-la, dit le comte avec une impétuosité de grandeur; je vois bien que Dieu a voulu m'éprouver et que la vie n'est plus faite pour moi; il n'y a pas de suicides volontaires; il n'y a que de terribles malentendus. J'ai servi à les réparer, mais je subis l'irréparable. Joignez vos instances aux miennes, Madame, ajouta-t-il en se tournant vers Mme de Réménès.

L'Anglaise ne répondit que par un sanglot déchirant, et s'évanouit.

Ce débat de générosité allait continuer quand un nouveau personnage parut sur la scène.

C'était la Mort en costume de voyage elle-même; il était temps, déjà la blessure du comte commençait à se rouvrir.

XX.

— Oh ! *lady Death !* fit le Napolitain qui l'avait connue
en Angleterre.

— C'est moi qui vous départagerai, Messieurs, dit-elle
d'un ton sans réplique ; vous vous plaignez tous deux d'un
sort que vous ne méritez pas : je veux qu'une fois par
hasard deux hommes, nés sous une mauvaise étoile, con-
jurent la fatalité. En consultant le registre des existences
humaines, j'ai heureusement découvert que le prince
Cigola devait être un exemple de longévité : cent vingt
ans lui étaient promis ; il lui restait donc encore quatre-
vingt-dix ans à vivre. Gardez-en la moitié, et donnez
l'autre au comte de Chavry.

Les deux amis baisèrent respectueusement cette main
qui fermait pour eux la tombe et s'embrassèrent comme
deux passagers échappés au naufrage.

— Je n'ai pas fini, dit la Mort ; si, après bien des instances, j'ai obtenu l'ordre de vous conserver à la terre,
ce n'est pas seulement par considération pour votre chevalerie mutuelle, que j'apprécie, c'est aussi pour être les

instruments des desseins de la Providence. Vivez ! — Et elle disparut.

Ce fut sur ce dernier mot que Mme de Réménès revint à elle.

Presque au même moment Mlle de Keldern apprenait par une dépêche électrique que tout était sauvé. Quelques heures plus tard, le marquis, la marquise et les deux futurs couples, se trouvaient réunis dans cette petite auberge qui ne s'était jamais vue à pareille fête.

Le lendemain ils partaient en poste pour Paris.

Huit jours après, deux mariages se célébraient en même temps à la paroisse de Sainte-Clotilde. Le comte de Chavry et Mlle de Keldern, le prince Cigola et Mme de Réménès, recevaient le baptême de l'amour. — Dans le groupe des assistants on remarquait à peine une jeune femme en costume gris perle qui priait sous son voile ; il sembla seulement que pendant le temps de l'office, les sujets religieux des vitraux cessèrent d'être inanimés.

Une heure après, le comte et la comtesse de Chavry entraient enfin dans leur hôtel, tandis que le prince et la princesse Cigola partaient pour le Devonshire.

XXI.

Si vous voulez savoir aujourd'hui, 4 mai 1876, pourquoi depuis dix ans tant de bonnes actions, qui sont des
prodiges, ont renouvelé pour ainsi dire la face de l'humanité, — regardez ces deux héros qui sont unis jusqu'à la
mort, et le secret de la victoire du bien sur le mal vous
sera révélé.

Ni balles, ni poignards, ni poison, n'ont prise sur le
comte de Chavry et sur le prince Cigola. — Ils sont invul-
nérables jusqu'à la date précise de leur fin. Au lieu d'être
tués par les assassins, c'est eux qui tueront l'assassinat.
On vient les chercher là où il y aurait mort d'homme ;
mais s'ils sauvent les honnêtes gens, ils tourmentent les
méchants. Aucune menace ne peut les ébranler dans
l'exercice de leur devoir. — L'incendie les trouve incom-
bustibles. — Pour eux les précipices sont des plaines.

Quarante-cinq ans d'une existence sûre et nette, n'est-
ce pas l'avant-goût de l'immortalité ? Vauvenargues a eu
raison de dire : « On devrait vivre comme si on ne devait
jamais mourir. »

En ayant la sécurité, le comte et le prince ont pu tirer

de leur existence un parti que les autres mortels ne peuvent jamais espérer ; inventeurs, ils résistent aux fatigues
de l'invention ; penseurs, ils ne se laissent pas dévorer
par la pensée.

La foi absolue dans la vie les empêche en même temps
de vieillir ; tous deux sont encore aussi jeunes qu'au
fameux jour où le cimetière de Vougeot s'apprêtait à les
recevoir. M. de Chavry a fait relier magnifiquement le
misérable volume qui lui souffla la phrase de rédemption
qu'il n'aurait peut-être pas pensé à dire, et pour payer
dignement ce talisman, a constitué mille écus de rente à
la jeune tapissière qui l'avait introduit dans l'hôtel. — On
voit que les romans sont parfois bons à quelque chose.

De son côté, le lapidaire à qui le comte avait rendu la
vie et la fortune est maintenant le joaillier extraordinaire
de l'Europe.

La petite fille qui voulait se noyer est devenue femme
et a brodé un admirable mouchoir pour la comtesse.

Le fils de l'employé nourrit déjà son père. — Fleurac
travaille à un traité contre le suicide. — Jansems est
brouillé assez sérieusement avec l'athéisme. — Le prince
Cigola a oublié l'italien.

C'est le 4 mai 1911 que doivent se terminer ces deux
existences si étroitement enchaînées et si bien remplies.
Qui vivra verra !

MADAME ÉTIENNE

I.

J'ai toujours pensé qu'on calomniait Paris de deux façons en ne le jugeant que sur la mousse et la lie qui se
mêlent également à sa surface. Si on le réduit à la Fashion,
on en fait tout au plus un chef-lieu de canton ; si on le
personnifie dans la Bohême, on le travestit en Babylone.
Au-dessous de l'apparat et du scandale, ces deux mono-
tones apparences, n'y a-t-il pas une population bien di-
verse qu'on ne se donne pas la peine d'étudier ? Quoi! en
dehors de ce salon qui n'est pas à la mode de lui-même,
il n'existerait pas une femme à adorer! En dehors de ce ca-

fé dont les bruits du jour cassent les vitres, pas un esprit
à admirer! L'égoïsme et la perversité s'attribuent le haut
du pavé, cela signifie-t-il qu'il n'y ait à Paris que des
égoïstes et des pervers?

Que je voudrais être le Diable boiteux pour refaire à
l'honneur de la société parisienne le livre moqueur de
Lesage! Dans ce Paris auquel on ne croit que de la tête
et des sens, quels chefs-d'œuvre de cœur je dénoncerais!
que de dévouements ignorés je voudrais trahir! quelles
perles d'amour pur je déterrerais dans le fumier des ivres-
ses sans nom! quelles modesties glorieuses tout à côté
des viles effronteries? quelles consolatrices et délicieuses
figures je mettrais en lumière, quitte à faire rentrer dans
les ténèbres ces visages glacés ou cyniques où l'on croit
surprendre la physionomie de Paris! quelles rosées de
larmes j'apporterais à ceux que désole la sécheresse de
tant d'yeux! que d'originalités je saisirais sous ce convenu
qui nous en impose! quelles vengeresses indiscrétions je
commettrais! mais je n'ai pas toute la puissance du héros
de Lesage, et je suis réduit au tâtonnement pour opposer
tout ce que je sens de violettes à tout ce que je vois de ca-
mélias, car, hélas! le mal s'affiche et le bien se cache.

Oui, dans ce Paris, où l'on prétend que la corruption
semble ordonner à la misère de se vendre sous peine de
ridicule, il y a de jeunes et belles filles, on ne le dit pas
assez, qui n'ont qu'à se croiser les bras pour briller et qui
travaillent seize heures par jour pour garder leur honnête
obscurité. Oui, il y a des yeux qui sont des joyaux et qui
s'obstinent à s'enfouir; il y a des jeunesses qu'un seul

mot éterniserait et qui préfèrent des rides honorables à la
prolongation suspecte de leur éclat. Oui, il y a de bonnes
et rudes familles où n'est jamais entré une envie, un re-
gret, une amertume à l'endroit des douceurs légitimes
qui leur sont refusées ; oui, il y a des gens de bien qui
souffrent mille fois et laissent sans défaillance se pavaner
le mal qui jouit avec impunité.

Qui compose à Paris ce qu'on pourrait appeler l'élite
de l'ombre? des patriciens tombés, mais non déchus, des
riches d'hier passés de la satiété au dénûment, des plébéiens
qui, à soixante ans, n'ont pas encore conquis le droit de se
reposer ; pour tout dire, des chrétiens en action, qui ra-
chètent peut-être les fautes des chrétiens en paroles.

II.

La nostalgie dissolvante que cause la pratique forcée
du Paris purement extérieur n'avait jamais fait de victime
plus à plaindre que le comte Augustin de Diélo. Il était
riche, bien portant, assez beau, jeune encore, et ses
trente-cinq ans lui sonnaient le glas des centenaires. Ne
pensez pas qu'il fût blasé ; il se cabrait au contact du
moindre scepticisme, et il aurait fait cinq cents lieues pour
aller baiser le bout des doigts d'une main aimée, mais
précisément sa rage était de savoir qu'il n'y avait pas matière au voyage ; son organisation restant toute neuve
dans un milieu usé souffrait d'une inactivité incroyable.
Il trouvait à se prêter, il ne trouvait pas à se donner. Ce
Paris monstrueux ou affreusement futile que nous carac-
térisions tout à l'heure lui répugnait ou l'ennuyait ; il
avait une atroce lassitude de cette existence classique
dont les principales divisions sont le club, le sport, les
coulisses. Il lisait et peignait beaucoup, mais l'étude et le
travail l'irritaient au lieu de l'apaiser. Après tout, nous ne
sommes pas des êtres abstraits ; il n'avait qu'à se louer
du *tout Paris* : aucune des amitiés ou aucun des amours

qu'il est convenable de traverser ne le faisait attendre ; mais il cherchait encore la bien-aimée et l'*alter ego*. Il avait rempli brillamment son devoir d'homme élégant, et son bonheur d'homme ordinaire restait à créer tout entier. Sa dette au monde, il l'estimait largement payée et il craignait que de son côté le monde envers lui ne fût insolvable.

Ainsi, il avait failli prendre au sérieux deux ou trois maîtresses, et s'était vu forcé par son bon sens d'arrêter une plaisanterie qui aurait trop servi ; retourné vers le mariage, deux hivers de suite il s'était mis à apprivoiser de futures belles-mères ; mais, que voulez-vous ? cent cinquante demoiselles que je pourrais citer lui semblaient la même femme, à la légalité près. Il retrouvait chez beaucoup de jeunes filles, à coup sûr respectables, ces instincts de niaise coquetterie et de spéculation nuptiale qu'on ne pense à reprocher qu'aux créatures dont c'est l'état. L'honorable jouvencelle, soigneusement couvée sous l'aile de ses parents et qui ne voit dans l'homme à épouser qu'une *position*, est-elle, comme idéal — légalité à part, bien entendu — si fort au-dessus de Mlle Myria, qui a précisément les mêmes idées, à l'endroit d'un amant? Cette sorte d'égalité ne se prolonge-t-elle pas quand toutes deux ont l'air de mettre les diamants et les cachemires au-dessus de l'humanité ? Il est vrai que l'une ne les convoite que comme parure, tandis que l'autre n'y poursuit qu'un capital déguisé! Mais enfin quelle stérilité d'âme chez l'une et chez l'autre! Quel parlage machinal à la place de cette infinie musique du sentiment qu'on es-

père toujours entendre s'échapper de deux lèvres roses!
car la femme doit être la mélodie de l'existence comme
nous en devons représenter l'harmonie. Avez-vous souvent remarqué ces jolis oiseaux du tropique qui semblent
confisquer à leur profit toute la pourpre, tout l'azur et
tout l'or des éléments, et ne savent que pousser un petit
cri pauvre et rauque qui jure avec leur microscopique
splendeur? Comme ils font paraître charmante la plus dis-
gracieuse des fauvettes, qui a dans le gosier ce qu'ils n'ont
que sur leur plumage! Je dirai de même : humbles robes
qui recouvrez une créature d'élite, combien je vous préfère à ces moires superbes et à ces lampas insolents qui
font si étrangement contraster l'opulence matérielle avec
l'indigence morale! Pompes des yeux, que vous êtes mes-
quines près des pompes du cœur! Allez! cette broche en
diamant qui attache un cachemire sous lequel rien ne bat
ne vaut pas cette épingle d'un sou qui fixe un peu de
laine sous lequel tout palpite!

La formule du xviiie siècle : *Cela ne ressemble à rien*, a
toujours été chez nous l'expression du plus grand des
griefs; ici il faut ressembler à tout le monde. Si vous
n'admirez pas tel auteur qui est consacré depuis deux siècles et demi, vous êtes un homme à pendre. Si vous ne
subissez pas l'ascendant de Mme une telle, qui est également consacrée depuis un peu moins longtemps, vous
êtes un homme perdu.

C'est ce qui rendait aussi le *tout Paris* odieux au comte
Augustin. Coudoyer tous les jours cinq cents individus
qui sont légion, subir mille conversations qui se répétent

comme les horloges d'une grande ville, se prosterner devant d'innombrables toilettes qui font l'effet d'un uniforme, c'est relire de force le même livre, manger toujours le même mets ; on y laisserait le goût et l'appétit. Quel remède à cela ? Émigrer ? non pas ; tout simplement mieux étudier la carte et la bibliothèque.

Car, il faut bien l'avouer, le comte Augustin ne s'était pas encore résigné à abandonner ses illusions sur Paris. Il est impossible, se disait-il, que ce kaléidoscope de l'univers offre obstinément le même dessin ; seulement nous ne savons pas manier l'instrument.

En attendant, il s'étudiait très-sincèrement à modifier sans relâche le décor et l'action de son existence. Dégoûté de cette unité de lieu qui fait de cent mètres de bitume la scène obligée de la comédie parisienne, il s'était transporté d'abord rue Saint-Louis-en-l'Ile, puis rue Mauconseil, et enfin rue d'Enfer. Il se mêlait au mouvement de ces divers quartiers, glanant çà et là une bonne vieille habitude encore en usage, une simplicité de mœurs qui le réjouissait, une gracieuse tête inédite. C'était une fête pour lui quand il n'avait rencontré personne de ce monde sous la haute surveillance duquel il étouffait. — Le petit Verdinet, de la Bourse ; le grand Maryland, du Cercle, la célèbre Myria, du Grand-Théâtre, l'auraient dérangé dans ces ébauches de roman, qu'il esquissait en amoureux ; il étudiait les fenêtres, il scrutait les passants ; il montait partout où il y avait des logements à louer, pouvant ainsi saisir un détail d'intérieur qui lui servait à compléter la vie de deux inconnus. Avec un fragment de mobilier,

un débri de tenture, une forme de vêtement, lui aussi r
constituait tout un être, et, Cuvier de la fantaisie, il r
descendait joyeux.

Volontiers il se serait fait ouvrier pour savoir si l'in'
galité des émotions est en raison de l'inégalité des rangs
il rêvait d'aller un soir, en casquette, à l'Ambigu, au
troisièmes, avec une vertu en bonnet de linge, qui aura
pleuré à verse, et qu'il eût fraternellement reconduit
chez ses parents. Il errait souvent aux abords des gare
de chemin de fer, à l'heure d'arrivée des convois. Peut
être apportaient-ils des primeurs de personnages. Il è
était arrivé à discerner dans le pêle-mêle parisien un
Dijonnaise d'une Tourangelle, et à connaître, rien qu'e
traversant le Palais-Royal, s'il y avait eu un train d
plaisir quelque part.

Sachant, ce qu'on ignore trop, combien Paris, médio
cre en apparence sous le rapport du type féminin, con
tient d'enchanteresses étoiles filantes qu'il faut saisir a
passage, il faisait comme les astronomes, il passait le
nuits à l'observatoire. Ne vous est-il jamais arrivé d
rentrer chez vous, après quelque tiède après-midi d
printemps, en vous écriant : C'est effrayant ce que j'a
vu de ravissantes figures aujourd'hui, mais d'où sortent
elles ?

III.

Ces jours fériés, le comte Augustin les pressentait à
une mystérieuse impulsion qui dirigeait ses mouvements ;
on eût dit que les beautés ignorées voulaient récompenser
par leur révélation cet amant de l'inconnu, que rien ne
lassait et dont un regard suppliant semblait dire à
chaque apparition : Êtes-vous enfin une autre ? apportez-
vous une note nouvelle dans cet implacable unisson de
la vie parisienne ?

Et chaque fois qu'au détour d'une rue , qu'à la portière
d'une voiture se montrait une jolie tête qui lui paraissait
bien anonyme, il se sentait pâlir en murmurant : Si
c'était Elle ! et son âme s'envolait.

Ne croyez pas que je veuille désigner par ce divin pro-
nom la favorite du moment, celle qu'on oubliera tout à
l'heure et dont on rougira demain, la tentation indéfinie
de notre fragilité, le jouet d'un amour-propre, l'enjeu d'un
pari, cette possession illusoire qui, semblable à l'eau de
mer, ne désaltère que pour rendre la soif plus vive, ce
fantôme qui ne laisse dans nos journées que la trace d'un

flétrissement ; le fruit plein de cendres qui nous ramène si cruellement à notre poussière !

Non pas, j'appelle ainsi le rêve caressé pendant des années noires comme des nuits et qui prend corps enfin, celle qui aurait fait s'arrêter Don Juan, ce Juif errant de l'amour ; celle qui saura fermer pour jamais ce tonneau des Danaïdes qui s'appelle nous-mêmes, et par où s'écoule tout ce que nous avons de fraîcheur, de juvénilité et d'enthousiasme ; celle dont la voix nous fera tressaillir toute la vie, dont le regard dorera jusqu'à nos années néfastes ; dont la plus timide caresse sera la plus fière de nos joies, — le complément cherché de notre être, la fée qui changera en définitif ce provisoire qui pour beaucoup de nous dure jusqu'à la tombe.

C'est le hasard qui se charge des plus grandes découvertes. Il faut chercher pour mériter cette Elle dont chacun de nous a le type à l'état latent dans son cerveau, comme une formule dont le dégagement est une récompense. Ainsi le comte Augustin avait patiemment parcouru toutes les sphères sociales sans que le pressentiment de la miraculeuse rencontre l'eût visité : on avait vu M. de Diélo dîner chez de simples commerçants très-surpris d'une pareille recrue, et qui ne devaient pas revoir leur convive. Savait-il des gens qui vécussent très-retirés, il inventait les plus loyaux prétextes pour violer l'incognito d'une famille. Peines perdues ; une voix lui criait après ces tours de force : « Le nouvel homme n'est pas encore assez mûr en toi ; tu mettras autant de temps à te reconstituer que tu en a mis à t'éparpiller. Tu as défait ton cœur,

refais-le. » Une autre voix plus sympathique lui soufflait:
« Ne quitte pas Paris ! »

C'est assez dire avec quelle facilité le comte Augustin
en était arrivé à s'abstraire de cette coterie artificielle qui
dans le principe le paralysait ; il l'avait oubliée comme on
oublie le tapage des voitures, ou la vue d'un mur maussade. Si bien que, quand il s'aventurait involontairement,
on lui trouvait une étrangeté de revenant : pas d'équipage
tendant sa vanité — comme on tend la main, — et auquel il fit l'aumône d'un coup d'œil ; pas de sirène qui ne
le trouvât sourd ; il saluait ponctuellement comme un
automate dans lequel on eût posé un mécanisme de
politesse, mais son *moi* moral s'absorbait dans ce monde
à la fois très-réel et très-imaginaire où il prétendait
ressusciter.

IV.

C'était au mois de décembre de l'an passé; il faisait à
Paris, cette après-midi-là, un de ces temps à demi voilés
et d'une douceur infinie qui sont la surprise de nos hivers
du Nord. La veille, on ose à peine se hasarder au dehors ;
l'âpre bise tue sur son passage les dernières plantes,
chasse les derniers oiseaux, et le grand âge ne se hasarde
plus à sortir. Aujourd'hui l'air est d'une mansuétude qui
rassure les faibles ; le sol se détend, les fleurs, sur leurs
tiges brisées, s'essayent encore à sourire à travers leurs
pleurs, et un arome d'ineffable résignation s'échappe de
la végétation qui expire. Le pinson s'étonne de pouvoir
chanter encore, et de sa voix la plus attendrie semble
moduler un pardon. La nature désarmée dit à tout ce qui
s'envole ou tombe : Courage ! le printemps reviendra. Ne
vous attristez plus, ô chênes ! vos feuilles vous seront
rendues. Prends patience, ô nid caché dans l'arbuste, tu
reverras tes hôtes.

Par ces journées d'universelle amnistie, il semble, outre
que toutes vos fautes vous soient remises, qu'il ne puisse
rien vous survenir que d'heureux. Qui oserait, pendant

ces heures bénies, contrarier la clémence céleste? l'âme
resserrée s'épanouit; elle craignait, elle espère; c'est
à ces moments-là, quand il s'agit d'un bonheur pur, que
l'initiative est un devoir.

Le comte Augustin s'abandonnait à une dilatation
suave de tout son être, aspirait l'espace comme on respire
une rose, et au milieu de ses nouveaux amis les vieux
marronniers du parc de Monceaux, paraissait chercher à
qui il ferait confidence des promesses d'un bienfaiteur invisible. Dans son élan d'impatiente gratitude, il voulut
inscrire sur quelque écorce perdue la date de cette sensation de paradis, comme on inscrit une date d'amour.
Précisément l'arbre qu'il choisit était le seul qui, grâce à
ses prières, eût été sauvé lors du remaniement de ce domaine. C'était un châtaignier à l'ombre duquel il avait lu
pour la première fois *Marianna*. Il le reconnut à cette entaille sacrilége qui annonce les condamnés de la plan-
tation, et ce fut avec une double émotion que tirant de sa
ceinture un ravissant stylet acheté une heure auparavant
sur le quai Voltaire, il grava au lieu d'assassiner.

Le comte allait franchir la grille de sortie, quand une
sorte de mouvement involontaire le fit se retourner pour
revoir son châtaignier qui grandissait derrière lui. Il ne
restait plus à sa cime dépouillée qu'une seule feuille
jaune comme de l'or. On eût dit le dernier louis d'un
homme qui avait été millionnaire. Tout d'un coup le
comte vit cette précieuse feuille se détacher insensiblement et prendre comme un vol oblique qui rappelait l'oiseau; la jolie élégie d'Arnault lui revint à l'idée, et sui-

vant la feuille dans ses évolutions, il allait lui demander
aussi : Où vas-tu ? quand il l'aperçut revenir sur elle-
même, tournoyer lentement et s'abattre à une place que
lui cachait le va-et-vient compacte des chevaux et des
voitures. Il semblait qu'elle eût voulu lui donner une in-
dication. Puisque la reconnaissance des hommes est un
mythe, se dit le comte, n'y aurait-il pas par hasard la
reconnaissance des arbres ; et suivant la direction de la
feuille, il arriva près de cette mignonne colonnade circu-
laire qu'on prendrait pour les ruines d'un temple aquatique, et, sur un banc de treillage il vit deux femmes assises et qui regardaient le ciel, comme si les choses de la
terre ne les concernaient plus.

Évidemment, c'étaient l'aïeule et la petite-fille : emblème
vivant de cette oasis parisienne, où le passé s'appuie sur
le présent, et qui parle aussi bien aux souvenirs caducs
qu'aux agiles espérances. Les deux femmes étaient vê-
tues de noir, mais de ce noir misérable dont la vétusté
est un deuil de plus, et jamais la pauvreté digne n'avait
paru avec une si lumineuse auréole. L'une, avec ses cheveux blancs, ses traits spirituellement décharnés, ses yeux
pâlis et son sourire passé, attirait par cette affable austé-
rité de la sénilité féminine qui fait d'une octogénaire plébéienne presque une duchesse. L'autre avait une de ces
têtes rares où le joli se fond dans le noble, et qui ont l'air
d'être moulées sur la grâce d'une belle âme intelligente.
Qu'elle était saintement séduisante sous ce chapeau de
crêpe fané qui ne pouvait contenir le gros bouillon de
ses cheveux châtains, s'enroulant correctement autour de

son front sérieux comme l'honneur ! quels cils angéliques
veloutaient ces yeux bruns profonds comme la pensée !
que le nez frémissant et fin commandait bien cet ovale
pur ! quel scellé de pudeur sur cette bouche de pourpre
laissant à peine deviner l'étincellement harmonieux de
ses dents égales ! quelle ombre coquette ce menton bien
pris projetait sur ce col surgissant si blanc et si rond de
cette sévère collerette ! Ce mince châle de mérinos noir
n'en dessinait que plus intimement la courbe svelte de
ses épaules qui tombaient avec un mouvement de branche qui ploie. Ses mains dansaient dans de petits gants
noirs ingénieusement prolongés ; et une robe du même
tissu que le châle, aux raccords pleins d'hypocrisie, couvrait mal un pied de Cendrillon que de malveillantes bottines ne parvenaient pas à calomnier.

Caché derrière un massif, le comte ne la perdait pas de
vue ; elle se leva à la fin, rajusta son voile, puis, avec un
soin qui était plutôt une caresse, mit debout la vieille
femme, qui s'arc-bouta à elle, et toutes deux s'éloignè-
rent. Elle s'était inclinée femme, elle se redressa déesse.
Sa taille courte et déliée la faisait paraître plus grande
qu'elle n'était réellement ; mais quel rhythme suave dans
cette démarche exquise ! comme sa jupe sans aucune
tache, son seul luxe, avait des frissons d'hermine !
quelle atmosphère de parfum autour d'elle, non ce prestige d'emprunt dû à quelque essence, mais cette émanation céleste qui vient de la personne, arome naturel des
cheveux, de l'haleine et de l'épiderme ! car la femme
n'est pas seulement fleur pour la vue.

                                          12.

Elles descendirent ainsi le boulevard Malesherbes, mais en ralentissant le pas ; visiblement elles se fatiguaient, et plus visiblement encore elles n'avaient pas le moyen de prendre une voiture. Le comte, en passant de l'autre côté du trottoir, remarqua que toutes deux étaient très-pâles, et revenant derrière elles, il entendit la voix la plus touchante dire tout bas :

— Tu ne peux plus marcher, grand'maman ?

A quoi une voix altérée répondit :

— Si, petite, tu verras que j'irai bien.

Et au même moment, je ne sais quels opprobres du beau sexe défilaient insolemment dans une calèche perchée sur ses huit ressorts, traînée par quatre chevaux et conduite par un cocher poudré.

O Dieu! les pauvres honnêtes gens accablés d'années et sans forces qui sont obligés d'aller à pied pendant que le vice brutal a carrosse et livrées! N'avez-vous jamais rencontré un de ces vieux couples qui achètent si cher leur participation aux plus simples plaisirs? Ils ont beau mesurer leur marche, il faut bientôt qu'ils se reposent, et ils auront du mal à rentrer chez eux; pour trente sous qu'ils n'ont pas, vous en feriez des heureux. On a bien cent mille francs à donner à cet invalide du plaisir qui va fatiguer vos regards; mais trente sous à ces invalides du travail qui les reposent, est-ce qu'on est assez riche?

Le comte Augustin, en retrouvant ce contraste, se sentit monter au cœur ce flot d'indignation et de pitié qui, parti subitement des profondeurs chrétiennes, finit par jaillir en larmes. La vieille dame et la jeune femme venaient de se laisser presque tomber sur une grosse pierre de taille destinée à quelque construction nouvelle ; il y avait urgence.

— Je n'oserais jamais leur offrir une voiture, dit-il, elles refuseraient ; que faire ? Tout d'un coup ses yeux s'éclairèrent. Dans une rue latérale il venait d'aviser un vieux cocher de bonne maison auquel on eût prêté sur sa figure, et lui glissant non sans résistance un louis dans la main, il parut détailler un ordre important, puis surveilla de loin ce qui allait se passer.

Le Nestor de la livrée comprit et amenant son attelage jusqu'aux deux femmes, il se découvrit respectueusement devant elles, et leur dit :

— Si ces dames voulaient, elles pourraient me rendre bien service. Il nous est défendu de marcher à vide, et je vois deux inspecteurs qui vont me mettre en contravention.

Les deux femmes, un peu surprises, se consultèrent du regard et formulèrent un refus ; mais le tentateur insista avec tant de bonhomie, qu'elles prirent leur parti et se décidèrent à profiter de l'aubaine.

Le comte avait eu un instant l'idée, de son côté, de les suivre avec le premier fiacre venu ; mais je ne sais quel remords le fit hésiter ; fallait-il terminer en aventure une bonne action ? Une velléité égoïste ne ternirait-elle pas cette charité qui pouvait rester désintéressée, et cependant le prestige de l'inconnu l'obsédait ; il surgit à Paris de ces adorables visages de femmes qu'on ne voit qu'une

fois ou deux dans sa vie. Il faut être exact à fixer ces v
sions; vous pouvez perdre en une minute vingt ans
félicité.

Pendant qu'il débattait ainsi avec lui-même, la voitu
avait disparu : le comte eut un soupir de délivrance.

— Si c'est Elle, se dit-il, je la retrouverai.

V.

Edgar Poë a déterminé quelque part la fatale loi de la perversité ; il lui aurait appartenu d'étudier ce principe très-humain, quoique très-bizarre, en vertu duquel on fait invinciblement ce qu'on ne veut pas. A combien de nous n'est-il pas arrivé d'aller au-devant d'une sensation ou d'un événement que nous savions devoir être pénible! Que de chances favorables nous négligeons en étant pourtant bien sûrs qu'elles ne se représenteront plus! Si vous avez été amoureux, vous devez avoir éprouvé cette inexplicable pétrification que cause la rencontre de la femme ignorante de notre amour. Vous n'aviez qu'à parler, elle s'éloigne, et une voluptueuse torture vous rend muet.

Le comte Augustin se reprocha la débonnaireté de son héroïsme. Toutes les femmes avaient disparu pour lui devant ce type dont il était resté ébloui; et au moment où le trésor devenait palpable, il n'avait pu étendre la main. Qu'il s'orientât dans ses fouilles maintenant! Où était-elle? Peut-être était-ce l'unique sortie de ces deux femmes, qui faisaient sans nul doute partie des oubliés de

Paris. Il y a un mot qui doit être quelque part dans l'Evangile : Heureux ceux qui se souviennent des oubliés !

Selon ses conjectures, les deux femmes devaient habiter quelque quartier délaissé où la vie fût à vil prix ; mais son pèlerinage à tous les refuges de Paris resta infructueux. Il y a de ces parias de grande ville que l'adversité enterre si bien tout vivants que leurs deux fosses se rejoignent. Hélas, eux aussi ils ne reviennent pas, les morts au monde !

L'intuition nette d'avoir à la fois manqué sa fortune morale et perdu l'occasion d'une suprême charité rendit le comte tellement inconsolable, qu'il se résolut à quitter ce Paris où son âme ne trouvait pas à se loger. Il allait partir pour Naples, lorsqu'il reçut une lettre d'un de ses parents de province qui le priait de lui trouver un petit pied-à-terre aux environs du boulevard. Le comte avait fermé ses malles, quand il entreprit, avec un peu de mauvaise humeur, cette dernière corvée.

Connaissant par cœur toutes les récentes appositions d'écriteaux, il négligeait déjà la rue Saint-Georges, qui avait laissé passer la date du terme sans mutation dans ses habitants, quand il crut voir en passant à la hauteur des premiers numéros une main qui, à l'autre bout, clouait quelque chose à une devanture. Il s'avança, et lut sur un carton, qui oscillait encore : *joli petit appartement au 4ᵉ*.

— Vous avez quelque chose à louer ? dit-il en entrant dans une loge princière.

— Neuf cents francs, monsieur ; à prendre ou à laisser : deux chambres, un salon...

— Bien, bien, dit le comte. Peut-on le visiter?

— Herminie, va donc, dit un homme qui fumait un cigare.

— Oh! pour Mme Étienne, ce serait trop fort de se déranger; elle peut bien faire voir elle-même, répondit une femme qui jouait avec un écran, c'est au fond de la cour.

— Ne vous donnez donc pas la peine, reprit le comte qui gravissant lentement les quatre étages d'une espèce d'escalier de service, se trouva devant une porte à peine reconnaissable dans l'obscurité. Il sonna; on entendit comme un bruit de fermeture qui cherchait à s'amoindrir; puis un frémissement de robe, et une jeune femme parut dans un antichambre éclairé par une veilleuse.

C'était la merveilleuse vision du parc de Monceaux.

— Ah! fit le comte en reculant et comme s'il eût reçu un coup à la fois atroce et délicieux.

— Il y a méprise sans doute, dit la jeune femme de ce ton impersonnel qu'on oppose à l'importunité.

Le comte donna vite le change sur le sens de son exclamation. Il se récria seulement sur l'embarras où il était de voir la maîtresse de la maison lui ouvrir elle-même ; il regrettait d'être venu à ce moment pour visiter le logement à louer.

— Comment, monsieur, dit la jeune femme, la concierge ne vous a pas proposé de vous accompagner ?

— Mon Dieu non ! dit le comte ; mais je constate de plus en plus combien je vous dérange, et je vais exiger...

— C'est inutile, répliqua la jeune femme appréhendant quelque malveillant commentaire de la femme Chauvard. Entrez, puisqu'il le faut, monsieur; seulement marchez doucement et parlez bas.

Et, précédant le comte, elle le fit passer dans une pièce où sommeillait près d'un maigre feu, dans une bergère plus surannée qu'elle, l'aïeule enveloppée d'un tartan.

V

Il y eut un instant de silence. Le comte ne voyait
qu'elle et n'osait encore la regarder. Pour avoir le temps
de dompter son émotion, il feignit d'examiner avec un
intérêt minutieux tout ce qui l'entourait.

C'était bien le nid de misère de la plus déchirante coquetterie qu'il eût jamais rencontré. Jamais le néant ne
s'était donné plus de peine et n'avait déployé plus de talent pour dissimuler son horreur. Du premier coup d'œil
on apercevait l'enfilade des trois compartiments, percés
chacun d'une seule fenêtre, qui composaient tout l'appartement; à peine y avait-il autre chose que les quatre
murs dans cet ensemble où l'on cherchait vainement les
meubles, et l'espèce de jour nocturne qui venait de la
cour eût assombri un gîte cent fois plus riant; mais une
si rigide propreté faisait si bien valoir ces débris : une
table à ouvrage, un vieux fauteuil, un lit de bois peint
en gris, les rideaux qui se croisaient aux alcôves et aux
vitres étaient d'une blancheur si immaculée que, dans
ces demi-ténèbres, ils produisaient presque un effet de

13

neige. Le sol était carrelé, mais de petites bandes de
tapis fait à la main amortissaient le froid de la brique.
Une main consolatrice avait placé ici des cornets de fleurs,
là des pastels d'autrefois, plus loin encore une branche
de buis bénit autour d'un crucifix de cuivre; il n'y avait
pas de pendules sur les cheminées, mais mille petits objets usuels s'efforçaient d'en réparer l'absence; des pe-
lotes brodées, quelques tasses diaphanes et dépareillées,
un joujou de petite fille riche gardé par la femme pauvre
comme ornement, et une série de médaillons suspendus
à des rubans de soie venant de quelque robe de douai-
rière, sans oublier cette âme d'une bibliothèque délaissée
par un créancier incrédule : l'*Imitation* et deux ou trois
livres de prières. Les femmes sont des créatrices : d'un
rien elles font un monde. On se serait attendu à respirer
là cette atmosphère lourde et chargée de miasmes fades,
particulière aux réduits de Paris : il y régnait un air léger
et d'une senteur invitante. Le soufle d'une jolie âme
semblait être resté partout. Ce séjour déshérité rentrait
presque en grâce au contact de cet ange gardien dont le
bruit d'ailes couvrait toutes les plaintes.

Mais la sérénité étudiée de cet intérieur n'en décelait
que plus affreusement les angoisses. Un examen moins
attentif eût suffi au comte pour se convaincre qu'il avait
affaire à une de ces détresses infinies comme Paris seul
peut en abriter, gardant leur secret même pour le prêtre,
se prolongeant à l'aide de privations inouïes et d'expé-
dients qui sont d'autres tortures : la vente successive
d'une garde-robe, le sacrifice du dernier couvert d'ar-

gent à ses armes, la mise à prix d'une bague d'alliance,
le travail acharné qui ne rapporte qu'un salaire ridicule.
Ah ! vous ne faites pas d'exposition de bijoux, vous,
martyres de l'honneur ; vous allez clandestinement, dans
quelque quartier bien retiré, vous défaire de ce brillant
porté pendant cinquante ans, qui était si bien devenu la
lumière naturelle d'une personne chérie, qu'il semble
que vous mettiez à l'encan le rayonnement de votre mère.
Ce n'est pas un triomphe pour vous ce jour-là ; c'est une
deuxième fois, pour ainsi dire, le supplice de la dernière
séparation.

Après le pain disputé à ces aliénations reculées tant
qu'on peut, le pain plus difficile encore qu'on dispute à la veille ! Un métier à tapisserie, tout près de la
cheminée, paraissait s'étonner de l'interruption de son
esclave habituelle. Ramené insensiblement, par toute la
moralité de ce spectacle, jusqu'à la jeune femme, le comte
l'enveloppa d'un regard d'une si ardente miséricorde,
qu'elle rougit à plusieurs reprises de sentir son existence
paraître ainsi nue aux yeux d'un étranger.

Elle s'effaça timidement pour sauver en partie ce
nuage de pourpre qui lui avait envahi tout le visage, et,
pendant cette crise brève comme un éclair, le comte
trouva néanmoins le temps de graver dans sa mémoire
ce profil dont le caractère était une sorte de raffinement
dans la rectitude, et cette délicate silhouette dont cette
pose involontaire accusait plus nettement le contour.
Immobile dans son déshabillé de flanelle blanc et noir
qui l'enlaçait comme un fourreau, on eût dit la statue de

la Réserve. Ce fut elle qui ouvrit la bouche la première, et ce timbre de voix, que le comte avait entendu jusquelà sans en avoir conscience, le fit tressaillir dans tout son être ; il n'y avait pas à s'y méprendre, cette résonnance d'une vibration à la fois si ferme et si douce, c'était le diapason de ces consciences qui ne souffrent aucun alliage.

Sa parole n'avait pourtant pour but que de ramener le comte à l'objet de sa présence chez elle.

— Ceci est le salon, dit-elle en désignant l'emplacement où ils se trouvaient, et voilà les deux chambres, ajouta-t-elle en étendant sa main, faite pour le loisir et non pour le labeur, vers les deux autres pièces qu'on laissait ouvertes pour les échauffer un peu.

— Mais quelle peine je vous donne ! répondit le comte.

— C'est la seule fois, monsieur, continua-t-elle en s'avançant, que je ne regretterais pas de ne pas avoir de domestiques.

Elle allait achever courageusement ses indications, quand le comte, comprenant tout ce que cette profanation de l'intimité allait avoir de froissant pour une femme, s'arrêta sur le seuil de la première chambre.

— De grâce, ne vous dérangez pas davantage, madame; cet appartement me convient parfaitement, je n'ai besoin de rien voir de plus ; seulement, je crains que ce ne soit à votre transfiguration qu'il ne doive de me plaire.

— Vous êtes indulgent, mais je vous assure que ce petit logement est très-habitable.

— Oserais-je vous demander pourquoi vous le quittez ?

— Oh ! je ne veux pas me venger des propriétaires en vous faisant croire que leurs maisons ont des défauts cachés; on nous augmente beaucoup, et nous allons chercher ailleurs, voilà tout; je regrette même cette installation pour ma grand'mère.

— Je ne puis vous succéder qu'au 1er mars, dit le comte ; mais je tiens à être sûr de ne pas me trouver sur le pavé d'ici là; voulez-vous bien être la gardienne de notre domicile ? Ce ne sera qu'un peu de temps de gagné, mais sauter l'hiver c'est beaucoup pour un vieillard ; quel âge a Mme Étienne ?

— C'est mon âge que vous me demandez, monsieur, répondit la jeune femme avec ce timide sourire que se permettent ceux qui se savent condamnés au chagrin. Cette courtoisie inespérée, lui communiquait une lueur d'enjouement.

— Vous me pardonnerez bien, madame, d'avoir confondu une veuve si prématurée avec une jeune fille.

— Je ne suis pas veuve, monsieur, reprit-elle froidement; je porte le deuil de ma mère.

Rien dans ce logement n'accusait la présence d'un mari.

— Je vous aurais cru seules ici, dit le comte un peu rembruni.

— Mon mari est au loin, et nous l'attendons de jour en jour, répliqua plus brièvement la jeune femme, qui sentait l'entretien tourner à l'interrogatoire; mais en quoi tout ceci, monsieur, a-t-il trait à vos projets de location?

— Excusez-moi, madame, je ne sais ce qui me rend indiscret ; je me retire.

Elle se porta en avant comme pour le reconduire. Une ondulation de sa robe fit tomber une pièce d'or qui brillait sur la table à ouvrage ; le comte se baissa pour la ramasser, mais à peine l'eut-il sentie sous ses doigts :

— Je vous en supplie, madame, dit-il, veuillez bien vérifier vous-même si ce louis ne porte pas le millésime de 1780 avec deux petites croix au-dessous de l'effigie.

— En effet, monsieur, dit la jeune femme en se prêtant à l'examen, plus intriguée qu'impatiente.

— Eh bien ! madame, j'ignore par quel hasard, à coup sûr fort légitime, cette pièce a pu tomber entre vos mains ; mais elle était à moi, et j'y attache un prix tout particulier. C'était le dernier argent qui se trouvait dans la bourse de ma grand'mère quand elle nous fut enlevée, et je vous serai reconnaissant toute ma vie de me permettre de reprendre ce louis en vous le remplaçant.

— Il n'est pas à moi, il est bien à vous, reprit Mᵐᵉ Etienne avec un peu d'émotion. Cette pièce, donnée par mégarde, devait payer un guet-apens dont je voudrais me plaindre et dont il faut que je vous remercie, mais on n'a pas voulu du salaire.

Et elle raconta la fin de l'histoire. Toutes deux, pour éviter les remarques, s'étaient fait descendre avant leur rue ; mais en ouvrant la portière, le cocher qui cachait aussi ses ambitions de philanthropie, prenant à part Mᵐᵉ Etienne, lui avait raconté tout ce qui s'était passé, et terminant :

— Décidément, madame, il me répugnerait trop d'être payé pour une bonne action; ce louis me brûlerait les mains; je veux que par vos mains il aille rafraîchir de plus pauvres que moi.

— Et cet étranger, lui ai-je dit un peu alarmée, ne tentera rien pour savoir qui nous sommes?

— Vous pouvez être tranquille, madame, a-t-il ajouté; et voici pourtant, monsieur, que nous avons perdu le bénéfice de votre générosité.

— Oh! je sentais bien, dit le comte, que vous m'auriez refusé le droit de vous connaître.

— Parce que, si honnête homme que vous paraissez, nous n'aurions eu à vous offrir que la réalité la plus humble là où vous eussiez peut-être à votre insu cherché le romanesque. Nous ne connaissons personne à Paris et personne ne nous y connaît; nous n'avons pas le moyen d'avoir des amis, je suis trop jeune encore pour n'avoir pas bientôt des ennemis; la seule défense de deux femmes sans famille, c'est la retraite absolue.

— C'est Alceste qui parle par la bouche de Célimène, madame.

— Oh! vous me comprenez mal, monsieur, si vous croyez que je tire vanité de mon peu de mérite, mais, si faite que soit une femme pour se perdre dans la foule, qui sait si la calomnie ne saurait pas l'y retrouver? On ne garde bien son nom que chez soi; d'ailleurs ma vie est ici et c'est la Providence, sans doute, qui vous a mis sur mon chemin l'unique fois où je me sois tant hasardée au dehors.

— Et croyez-vous, madame, que la Providence ait le dessein de borner son œuvre à un service banal ?

— J'ignore ce qu'elle me réserve, monsieur : mais je ne veux rien attendre de plus de l'instrument qu'elle a choisi ; je ne crois pas être quitte envers lui en répondant à un acte de salut peut-être par une confidence qui me coûte, mais je suis sûre qu'il me fera grâce de la différence.

En ce moment de l'entretien, qui avait lieu presque à voix basse, un léger mouvement avertit les interlocuteurs que l'octogénaire se réveillait.

— C'est demain le jour de ma fête, murmurait la vieille femme ; puis sortant de son rêve : — Avec qui causes-tu donc, petite ?... Ce doit être le bijoutier.

— Partez, je vous en prie, glissa Mme Etienne au comte ; je serais grondée de vous avoir reçu sans sa permission.

— C'est le bijoutier, grand'maman, répondit la jeune femme, qui joignit ses mains en regardant le comte.

— Et il ne vient nous annoncer rien de bon, n'est-ce pas ? Eh bien ! il faut qu'il soit utile à quelque chose : roulez-moi donc tous deux jusque dans ma chambre ; j'ai besoin de me jeter un peu sur mon lit.

— Il faut mentir jusqu'au bout, jeta Mme Étienne à l'oreille du comte ; et l'un et l'autre se réunissant, sans effort, poussèrent doucement jusque dans la chambre voisine le fauteuil de l'octogénaire ; dans cette pieuse communion, leurs mains se rencontrèrent et ils sourirent avec mélancolie.

— N'est-ce pas, monsieur le bijoutier, que ce ne sont que des cailloux du Rhin ?

Une brèche inattendue s'ouvrait dans cette existence si bien murée. Le comte se dit : Je passerai ; puis, illuminé d'une idée subite :

— Eh ! madame, répondit-il, ce pourrait bien être de vrais diamants ; seulement il faudra les revoir au grand jour ; et, s'adressant à Mme Etienne : Vous savez que je suis réellement le lapidaire des cas désespérés.

— M. de Varès faisait donc mieux les choses que je ne croyais ? dit l'aïeule entre ses dents.

— Puissiez-vous nous porter bonheur, puisqu'il est écrit que nos secrets ne savent pas se garder pour vous ! Mais vous n'avez rien entendu, n'est-ce pas ? dit avec un peu d'amertume Mme Etienne ; et maintenant, ajouta-t-elle, il faut que je reste avec ma grand'mère ; en vous retirant, monsieur, fermez bien la porte.

— Je ne vous reverrai pas, madame ?

— Si fait, au 1er mars.

— Mais d'ici là j'aurai besoin au moins d'une inspection pour prendre toutes mes mesures.

— Choisissez donc un matin, monsieur.

— Ah ! dit le comte, laissez-moi vous donner la main.

— La main d'un bon Samaritain, trop bon peut-être, ne peut rester inutilement tendue, dit Mme Etienne ; mais vous n'êtes pas venu ici, vous me le promettez ?

— Je le jure.

— Que dites-vous donc encore ? reprit la vieille femme au pied de son lit. Quelle conférence !

13.

— On m'assure, grand'mère, que vous retrouverez vos jambes au printemps.

— Hélas ! je les ai perdues le jour où je n'ai plus eu de voiture.

— Chut ! dit la jeune femme, et d'un geste elle congédia le comte qui fit un profond salut, entendit en se retournant une dernière fois la grand'mère répéter : C'est demain ma fête ! et disparut avec un serrement de cœur, comme s'il venait de passer là une saison.

VII

Une rumeur qui ne manquait pas d'une certaine déférence emplissait la cour; on venait d'amener d'une écurie à proximité de ses appartements les chevaux anglais
de Mlle Myria qui devait conduire elle-même, et un pale-
renier tout galonné d'or achevait de les atteler à une
victoria rasant le sol et incroyablement évasée; ces
nobles bêtes piaffaient belliqueusement en attendant
leur noble maîtresse. Un laquais, vêtu de violet avec une
topaze brûlée à sa cravate blanche, et un groom en peau
de taupe collante, qui avait l'air d'un chérubin à ressort,
regardaient solennellement l'espace que leur maîtresse
allait honorer de sa venue. Les roues grinçaient, le pavé
s'ébranlait, les chevaux menaçaient de hennir, les inter-
jections des gens de Mlle Myria se croisaient, et, sauf une
seule indifférente, tous les honnêtes locataires du
numéro trois étoiles de la rue Saint-Georges, qui ne connaissaient tout au plus que les fiacres, semblaient, derrière leurs fenêtres, contempler avec une stupeur admi-
rative cette expression nouvelle de la haute position de
Mlle Myria.

Fort blasé sur ces mises en scène, le comte n'en allait
pas moins entrer chez le concierge pour lui remettre cette
obole au démon qu'on appelle le denier à Dieu, quand il
aperçut au travers de la glace de la loge M¹¹ᵉ Myria elle-
même, une de ses plus vieilles connaissances, que, dans
un moment aussi bien choisi, il tenait particulièrement à
éviter. M¹¹ᵉ Myria à qui je ne ferai pas, qu'on se rassure,
l'honneur de figurer comme héroïne dans cette histoire,
mais à qui je ne puis refuser le droit d'y paraître comme
témoin, était en train de jouir de cette supériorité suspecte
que le gaspillage éhonté a sur la servilité basse ; la femme
Chauvard déployait, avec toutes sortes de chatteries, la
queue de la robe de velours groseille qui étoffait la personne de cette grande dame pour rire. Le Chauvard mâle
ne tarissait pas en hyperboles sur la toque de velours de
même couleur qui donnait un petit air enfantin à cette
charmeresse fossile. On sait le succès qu'ont à Paris, près
d'une certaine galerie, punie par où elle pèche, d'indignes
ruines, dont le titre de conservateur est disputé à prix
d'or. Il y a des femmes dans l'Athènes moderne qui com-
mencent à plaire juste au moment où elles devraient
commencer à révolter. M¹¹ᵉ Myria avait été *génie* au
théâtre des Nouveautés vers 1839 : c'est tout dire ; mais
depuis lors quel chemin ! comme elle avait joué à qui
perd gagne ! On épuisait les mines du globe pour parer
cette idole, qui mangeait ses fidèles à la longue. Il aurait
fallu deux hommes pour porter ces boucles d'oreille, qui
avaient le volume d'un petit lustre, ce collier qui faisait
l'effet d'un câble d'or massif, et ces bracelets épais comme

des boulets, sans compter ces surcroîts de grosses perles
et ce ramage de bagues omnicolores qui lui chamarraient
tous les doigts.

Aussi quelle aisance dans la domination! Mlle Myria parlait avec cette volubilité des personnages convaincus que
leur temps a la valeur de la Banque de France. Vous auriez eu beau lui faire entendre qu'elle était à bien prendre et de toute manière un insipide épouvantail, elle vous
aurait toisé de l'air d'une Laïs sûre de lever des régiments
d'Alcibiades.

C'était donc tous les jours, avant, pendant et après son
départ, un événement, quand cette altière mercenaire
daignait aller au bois, et la commotion était longue à s'a-
paiser. Jamais elle n'avait plus importuné le comte qui,
fuyant prudemment ce rassemblement, remit au lendemain
la prise de possession officielle de son nouveau logement;
il lui importait d'ailleurs de ne pas être reconnu. Aussi
bien il voyait arriver à cheval, pour lui servir d'escorte,
le chauve de Meung, premier attaché à la personne de
Myria, et l'imberbe Dorambo, deuxième attaché; le plé-
nipotentiaire était le prince de Piaffimberg, qui au moins
ne se montrait pas.

Ce fastueux tapage, juste en regard du silence de la
vie si disputée de Mme Etienne, devait avoir pour utilité de compléter son exaspération magnanime de l'autre
jour. Quoi! se disait-il, en remontant la rue Saint-Georges, des financiers remuent le monde, des fils de preux
recueillent des patrimoines, des puissants lèvent des im-
pôts pour venir doubler les Jupiter à l'endroit de Danaés
dont je ne voudrais pas pour ma cameriste, et de cette

outrageante pluie d'or, pas une goutte ne sait tomber sen-
sément sur une de ces militantes de l'honnêteté qu'on ac-
cepterait pour sa femme! On trouve tout simple que ce
rebut engloutisse 200,000 fr. par an, et on n'a pas cent
louis à envoyer anonymement à cette étoile qui se lève,
quitte à mettre au bas de la lettre : Restitution au Trésor.
Oui, restitution, car on rachèterait peut-être ainsi un
peu de ces largesses qui seraient encore plus criminelles
si elles n'étaient pas si bêtes; le don fait au monstre est
un vol fait à l'ange. Quand on pense qu'avec ce que dé-
pense seulement pour son coiffeur cette manante qui n'a
pas de cheveux, quatre patriciennes pauvres seraient do-
tées! Si encore elles méritaient leur nom, ces Circés de
l'ère moderne; mais des coupes de désillusion qui deviennent des philtres enragés, cela passe la permission.
Je ne parle pas même de la moralité, je reste sur le terrain
neutre du bon goût et de la raison qui crève les yeux.
Quel singulier bilan comparatif : pas d'âme, une impérieuse voix de rogomme, un physique lâche, un français in-
jurieux, une notoriété d'effets au porteur,—relevé : un de-
mi-million. Tout un cœur, tout une nature, tout une
séduction du langage et des manières; total : rien. Il ne
passera donc jamais par la tête d'un galant homme de
faire un peu de peine aux Myria et en peu de plaisir aux
madames Etienne? Ne serait-ce pas plus amusant d'adresser par hasard une jolie femme de bien, qui n'a pas le
moyen d'aller au spectacle, et pour qui ce serait un conte
des *Mille et une Nuits*, que d'aller quérir pour la cin-
quantième fois une avant-scène où désire bâiller une
Gothon qui a des *repeints?*

Elles sont si exigeantes celles-ci ; elles se contentent
de si peu celles-là! Que de bonheurs indispensables on
taillerait dans ces iniques prospérités! Comment se fait-il,
par exemple, qu'un homme bien né n'ait jamais l'audace
d'épouser une fille de mérite, mais sans fortune, tandis
qu'il s'établit si débonnairement le fermier général de
cette parvenue du grand chemin, qui règne comme une
épidémie? Oh! je sais, il accueillera par un sourire méprisant l'idée du sans dot. — Surprenant calculateur, qui
partage bien avec le ruisseau les huit cent mille francs
qu'il ne partagerait pas avec la source sacrée! Ah! vous
ne leur demandez pas de dot aux Myria! Gosbecks de la
régularité qui êtes les Sardanapales de la dissipation! —
Et vous vous permettez de railler les poëtes et les
amoureux. Il est si ridicule d'être le Petit manteau bleu
de la passion; il est si glorieux d'en être l'Almanzor!

Mais je craindrais d'offenser ce qu'on peut appeler : les
femmes, en prolongeant ce parallèle, qui est déjà une faveur pour les autres, et je rejoins le comte au dégoût duquel le passage de Mlle Myria, avec toute sa maison, venait de donner un coup de fouet qui m'avait atteint moi-
même.

VIII.

Ce repoussoir desséchant n'en fit que mieux valoir aux yeux exercés de M. de Diélo la limpide silhouette de Mme Etienne. Le charme discret de la découverte et de l'entrevue, dérangé un instant par ce fracas, opérait avec plus de force. Le premier plan de cet intérieur où tout manquait et où tout surabondait, puisque la jeune déesse y était comme Cérès au milieu de la famine, se recomposait à distance, plus lumineux et plus distinct ; et je ne sais quelle séve inespérée d'idéal allait monter au cerveau du comte quand une idée le dégrisa : il se rappela qu'il ne pouvait rentrer là où était pourtant sa vie que comme étranger, quoiqu'il soupçonnât bien que la jeune femme fût abandonnée, et par conséquent libre de fait ; puis, il ne s'agissait pas d'une liaison enviable à créer, mais d'une bonne œuvre impossible à ne pas accomplir. Il lui était défendu peut-être de l'aimer, mais il lui était impérieusement prescrit de la secourir, et, redescendu loyalement de l'amour à la charité, le comte cherchait comment on pourrait, en les laissant dans leurs eaux naturelles, et sans intervention apparente, remettre un peu à flot ces deux existences échouées.

L'incident du joaillier lui revint d'abord à l'esprit ; probablement ce jour-là, vers la même heure, les deux femmes attendaient un marchand, et s'il était possible au comte de le rencontrer et de le reconnaître avant son entrée dans la maison, rien ne lui était plus facile que de refaire cette fois, pour des pierreries, les Noces de Cana. Le jour tombait. Il fit en toute sûreté le guet aux abords de la maison, avec cette ferme résolution de pénétrer une identité qui équivaut au bénéfice d'un signalement.

La grand'porte était refermée depuis longtemps, et un homme mettait déjà la main sur le bouton de la sonnette, quand le comte l'arrêta net ; l'homme se retourna très-surpris : il se trouva que c'était M. Coggy, un bijoutier d'art avec lequel M. de Diélo avait fait beaucoup d'affaires.

— Monsieur Coggy, s'écria le comte en souriant, j'ai besoin sur-le-champ de votre ministère ; ma pendule Louis XV se meurt. Soyez assez bon pour me suivre ; il n'y a pas un moment à perdre.

— Monsieur le comte plaisante, mais il me laissera bien monter pour reporter une petite parure que j'ai là, dit-il, en désignant sa poche d'habit.

— Précisément, reprit M. de Diélo ; il est urgent que vous ne la remettiez que demain matin. Venez, je vais vous expliquer tout cela, et en le reconduisant au Palais-Royal, il le mit au fait de ses projets et lui dit :

— Est-ce la première fois que ces deux femmes s'adressent à vous ?

— Non, je connais la plus jeune depuis dix-huit mois ;

elle avait une répugnance profonde à se défaire pour toujours d'une très-belle argenterie de famille et de bijoux très-rares, et voulait mettre tout cela en gage chez moi; j'ai dû refuser, en lui conseillant de se résigner au mont-de-piété, et je lui indiquai le plus proche, quand, il y a deux jours, elle a apporté cet écrin en mon absence, ce qui fait que je ne lui ai pas rendu réponse tout de suite.

— Vers quelle époque à peu près l'avez-vous revue pour la dernière fois?

— Il y aura demain un an.

— C'est bien cela; elle avait besoin de l'argent nécessaire pour le réengagement. Veuillez aller chez Mme Etienne demain matin à neuf heures précises. Promettez-moi d'être muet sur tout ceci.

— Oh! monsieur le comte, dit M. Coggy, qui remontait volontiers les sentences, ce n'est pas à un bijoutier qu'il serait permis d'ignorer que le silence est d'or.

Une personne entra dans le magasin, et le comte sortit.

IX.

Le lendemain matin à l'heure convenue, le joailler se présentait chez Mme Etienne :

— Ah! c'est vous, monsieur Coggy, dit-elle en souriant, j'étais bien inquiète de ne pas vous avoir vu hier, et je n'ai pas lieu d'être plus rassurée aujourd'hui, n'est-ce pas?

Elle était pâle comme l'aurore d'une nuit tourmentée. Le jour qui se levait était le jour de la fête de sa grand' mère, et à cet anniversaire, outre un petit ouvrage brodé en cachette et qu'elle lui offrait, elle avait coutume de donner à la vieille femme le régal de la vue des objets chers à ses belles années : c'était l'étui d'or où dansaient encore quelques aiguilles du temps passé; la croix de brillants qui l'avait parée au bal ; la tabatière de vermeil chiné où était enchâssée une divine miniature, et dont elle ne se servait plus depuis la perte de l'original ; les dentelles qui avaient effleuré le satin de ses bras et voltigé, aériennes, autour de ses robes disparues ; le collier de perles avec lequel jadis elle rivalisait de blancheur. Dans cette occasion suprême, ces yeux éteints se rallumaient, cette main presque inerte ressaisissait son élasticité, cette voix retrouvait un écho des notes envolées.

Jusque-là, Mme Etienne avait réussi à conserver à sa grand'mère ce reliquaire de sa jeunesse ; grâce à elle, ou mieux par sa faute, Mme de Théranges ne se savait pas si pauvre : l'ingénieuse petite-fille avait pu et pouvait dissimuler encore, sous mille prétextes, la disparition de la vaisselle d'argent, donnée en nantissement avec espoir de retour ; mais elle avait fini par comprendre dans le naufrage jusqu'à cette arche de salut, et dans quelques heures allait expirer le délai fatal avec lequel tout serait emporté, si elle ne renouvelait pas l'emprunt en en payant les frais. Ce fut donc avec un incroyable sentiment de délivrance qu'elle entendit le joaillier lui répondre :

— Vous me pardonnerez, madame, de vous avoir manqué de parole hier, car je vous apporte aujourd'hui de bonnes nouvelles.

— Cette châtelaine aurait une vraie valeur?

— Ces diamants ne sont pas de la plus belle eau, mais ils ne sont pas faux, et je puis vous donner de cette belle parure, neuf cents francs, mais rien de plus.

— Neuf cents francs, soit, s'écria Mme Etienne presque suffoquée d'allégresse.

Le joaillier ouvrit l'étui de la châtelaine, legs tout récent laissé aux deux femmes par un parent éloigné, M. de Varès. On aurait pu retourner exprès pour ces pierres suspectes un mot célèbre et dire : Le laid est la splendeur du faux. Mais ces jargons, bien montés à l'antique, pouvaient tromper un coup d'œil inexpérimenté.

— Vous n'avez parlé de cela à personne? dit encore avec un certain effort Mme Etienne à qui il restait un doute.

— Qui voulez-vous que j'aie vu, madame?

— C'est vrai, puisqu'il n'est venu que ce matin, murmura la jeune femme, répondant à sa propre pensée.

Elle prit donc ces magiques neuf billets de cent francs et remercia le joaillier qui, après un profond salut, se retira et fut aussitôt rejoint par le comte.

Quant à elle, après s'être bien assurée que Mme de Théranges dormait d'un profond sommeil, elle mit son chapeau, auquel elle attacha un voile épais, sortit comme un sylphe, et se dirigea de ce pas, qui ferait croire que les femmes ont des bottines de sept lieues, vers le mont-de-piété de la rue Hérold.

Le comte, qui l'attendait là, monta derrière elle.

Se dérobant dans un angle du bureau, il la vit tirer d'un petit sac de maroquin tout un rouleau de ces bulletins où le rose a trouvé le moyen d'être sinistre, et l'entendit demander à combien se montaient les frais de renouvellement; les neuf cents francs suffisaient bien pour les acquitter; mais avec cette somme il était impossible de retirer définitivement les objets engagés en dernier lieu, ceux-là même qui devaient être le régal annuel des yeux de sa grand'mère.

Elle demanda à parler au directeur; le comte, prenant un instant le rôle d'emprunteur, put s'approcher assez de la porte pour ne pas perdre une des paroles de Mme Etienne. Elle exposa le sujet qui l'amenait, et supplia qu'on lui laissât vingt-quatre heures seulement l'étui d'or, le collier de perles, les dentelles, et tout ce qui ne pouvait s'en séparer; elle fut si éloquente, ses prières se fondirent si bien dans ses larmes, que par dérogation à toutes les règles, on l'autorisa à emporter son trésor en se faisant suivre d'un employé à qui elle justifierait de son domicile. Qu'elle rayonnait avec ses yeux encore humides quand elle franchit, munie de son précieux butin, le seuil de leur lieu de captivité! Comme elle rentra chez elle heureuse d'avoir devant elle une année à respirer!

Elle ne craignait plus le réveil de sa grand'mère que pour une chose maintenant : c'était qu'il devançât l'effet à produire en groupant bien, sur un beau mouchoir de batiste parfumé à l'ancienne mode, ces benjamins de la parure. Le premier regard de Mme de Théranges les embrassa tous rassemblés. Au milieu d'eux une jolie pèlerine de tricot carmélite les faisait ressortir.

— Ah! mignonne, dit l'aïeule, viens que je t'embrasse!

X.

Mme Etienne devait aussi avoir sa fête ; vingt-quatre
heures après, l'employé, qui avait promis de lui épargner un dérangement, reparaissait pour reprendre ses
objets : il avait à la main un coffret recouvert de velours.

Fidèle à sa parole, la jeune femme commençait déjà
elle-même la lamentable toilette de ces parts de soi-
même dont on se résout à faire des prêts sur gages,
quand l'homme qui lui faisait un peu l'effet d'un bourreau lui dit :

— Gardez tout cela, madame ; c'est bien à vous ; ce
coffret contient toute l'argenterie que vous avez déposée
à l'administration ; vous trouverez au fond les reconnais-
sances, et maintenant voici les huit cent dix-sept francs
que vous nous avez versés hier.

— Que signifie?... fit la jeune femme en repoussant
avec une humble défiance son propre bien, qui ne lui
appartenait plus.

— La mesure ne vous est pas personnelle, madame ; à
l'occasion d'une grande victoire sue hier, la Ville a décidé
qu'il serait fait remise de toutes les petites sommes. La

seule munificence qu'on se soit permise pour vous, c'est de changer l'enveloppe de ces objets pour vous faire oublier qu'ils ont passé par nos mains.

— Si tout cela m'est bien rendu, monsieur, veuillez accepter ces cent francs que je dois bien à Dieu ; vous avez peut-être une vieille mère, vous lui achèterez une robe d'hiver. Oh ! ne refusez pas, je l'exige.

L'employé chargé d'exécuter le pieux subterfuge du comte s'enfuit le cœur gros ; sa mère, la veille, avait eu froid.

Restée seule, Mᵐᵉ Etienne, avec une lenteur qui la préparait elle-même à trop de joie, défit du papier de soie qui les protégeait tous ces beaux et chers trésors qu'elle n'espérait plus revoir, bien qu'elle ne les eût jamais livrés que sous condition ; et à mesure que paraissaient les grands plats à double ourlet où elle s'était servie tout enfant, la cafetière gravée aux armes de sa famille, qui avait si souvent chanté au feu doux de la chambre à coucher, le service de vermeil si riant au dessert, elle sentait comme une patrie entourer une exilée.

Ce ne fut qu'après cette filiale reconnaissance, car ils finissent par avoir sur nous un droit de parenté ces ustensiles sacrés, qu'elle se rappela avoir aussi de l'argent : plus de sept cents francs ! Avec le produit de son travail, maintenant mieux rémunéré, une telle avance était tout un avenir !

Elle pouvait renouveler le trousseau de vieillesse de sa grand'mère, lui assurer une petite provision de ce vin d'Espagne qui lui était ordonné ; être sûre d'avoir du bois tout l'hiver. Cet ange de dévouement éprouvait la joie d'un écolier ; ces sept cents francs représentaient une fortune, et elle avait eu trente mille livres de rentes !

Elle entendit sa grand'mère se lever ; elle serra vite toutes ses richesses ; elle avait bien envie de se servir de la cafetière pour le déjeuner, mais réfléchissant :

— Ne l'accoutumons pas, se dit-elle, à tant de somptuosité ; les mauvais jours ne sont pas partis.

Puis, faisant un retour sur elle-même, elle s'agenouilla et remercia Dieu.

— C'est singulier, dit-elle en se relevant, depuis qu'il est venu ici, tout me réussit.

Le même jour, car les faveurs comme les disgrâces s'enchaînent, Mlle Myria achetait fort cher chez Mme Louise, rue de Crécy, pour le prince de Piaffimberg, un puff fait par Mme Etienne, et qui excita plus tard l'admiration du chauve de Meung et de l'imberbe Dorambo. *Sic vos non vobis.*

XI.

En toute chose, la réaction semble l'antagoniste et n'est que la complice de l'action. A sa foi vaillante en Mme Etienne succéda chez le comte ce doute lâche qu'on risque d'expier plus tard par la crédulité, cette contrefaçon de la foi ; ses ex-amis, s'il les avait consultés, ne lui auraient-ils pas chanté cet air aussi éternel que le poison : Après tout, qui est-elle ? Prenez garde d'être un saint Martin qui donne tout son manteau. Paris ne manque pas de ces aventurières qui thésaurisent en se faisant inscrire aux bureaux de bienfaisance ; ne savez-vous pas comme nous qu'il y a la galanterie ladre comme celle qui jette l'argent par les fenêtres ? Ne me citeriez-vous pas vous-même de ces comptables de vingt ans qui ne brûlent que pour leur cassette ? L'appeau est précisément cette petite apparence besogneuse qui est une couverture d'honnêteté, et ce grabat sur lequel vous vous apitoyez est une sacoche déguisée... Ah ! les faux pauvres ! Ils étaient jadis aux portes des églises, ils sont maintenant dans les quartiers à la mode. Croyez-moi, dites-leur : O recueillements intéressés, passez ; je n'ai pas de monnaie.

Comme les moins malveillants lui auraient fait saillir ce ridicule impérissable qui s'attache encore à la pauvreté quoique le christianisme ait un peu corrigé le vers de Juvénal ! Eh quoi ! vous vous éprenez d'une robe rapiécée? Bientôt les haillons vous attireront. Allons, vous êtes le don Juan du paupérisme, et vous conquérez un cœur en distribuant des bouillons. Fi ! les bonnes fortunes dans un milieu sordide, et le talisman d'un baiser pris sur des mains qui ont fait le ménage !

Et c'est dans ces pensées mauvaises conseillères que le comte, mécontent de lui-même, alla pourtant rue Saint-Georges régulariser une position de locataire, ne fût-ce que pour le parent qui attendait toujours sa réponse.

— J'arrête le logement que vous avez à louer, dit-il aux époux Chauvard qui étaient en train de se plaindre de leur propriétaire à une dame de leurs amis. Voici deux louis d'arrhes.

Et le comte tira un porte-monnaie dont le gonflement fit ôter au mari sa casquette, et délia la langue de sa femme.

— Ah ! c'est monsieur qui est venu l'autre jour ; eh bien ! franchement, foi de Herminie Chauvard ! ce n'est pas dommage que ce quatrième-là soit enfin bien habité.

— Qu'est-ce que c'était donc que Mme Etienne?

— Ne *m'en* parlez pas, monsieur, des intrigantes qui ne reçoivent jamais personne.

— Qui se blanchissaient elles-mêmes, ajouta la dame.

— Et qui sortaient à *des* cinq heures du matin, c'est la plaie des maisons ; ah ! si l'on avait toujours du monde comme Mlle Myria, à la bonne heure.

— Vous parlez d'or, madame Chauvard, dit le comte.

— Qu'est-ce que vous voulez, je n'aime pas les gueux, moi, d'abord, répliqua la concierge extrêmement flattée.

Le comte qui s'en allait jeta un regard timide sur la fenêtre de Mme Etienne.

— Oh ! que je t'aime, se disait-il tout bas ; et, en rémunération, il se sentit au cœur cette chaleur énergique qui recompose les volontés généreuses, un instant menacées par les dissolvants du persiflage.

XII.

Le comte avait donné rendez-vous dans un des restaurants à la mode au marquis Tervioli, un noble Florentin de ses proches, avec qui il avait à parler d'affaires tout à fait intimes ; le seul cabinet particulier qui fût libre était contigu au grand salon et la mitoyenneté était bien mince, car ce qui entre par une oreille aux murs d'aujourd'hui est toujours sûr de leur sortir par l'autre. Précisément ce soir-là M\ue Myria y donnait un grand dîner au prince de Piaffimberg, à MM. de Meung et Dorambo, et à plusieurs de ses bonnes amies. La table était surchargée de surtouts d'argent en imitation, auxquels on trouvait quelque chose de riche ; il y avait des fleurs dans l'escalier, avec un domestique par espèce.

En attendant son hôte, le comte faute de mieux se mit à regarder à travers les vitres l'arrivée des invités.

Le prince de Piaffimberg était la plus sémillante momie que les musées eussent pu envier ; quoiqu'on ne sût pas au juste à quel siècle il devait le revendiquer, il n'en possédait pas moins le système capillaire et le duvet de pêche d'un adolescent. C'était un des hommes les plus

14.

accomplis du Gérolstein; il n'avait qu'un défaut, il croyait trop que Mlle Myria personnifiait le diable au corps des Françaises : Jehan de Meung était le Montesquieu du baccarat; on baptisait Dorambo l'Eliacin de la Nigritie; je renonce à décrire les satellites féminins qui gravitaient autour de la planète Myria.

Très-inattentifs depuis longtemps au dispendieux tumulte qui croissait à côté de lui, le comte s'entretenait paisiblement avec le marquis de Tervioli, quand un nom passa comme une balle près de son oreille: Madame Etienne! Le marquis parcourait les journaux, le comte écouta religieusement.

— Vous comprenez très-bien, disait Mlle Myria, que je n'ai pas envie de rester plus longtemps dans mon nid à souris de la rue Saint-Georges; il n'y a que quatre chambres de maître, je ne peux pas me remuer, sans compter ces infernales dévotes que j'ai dans ma maison; une Mme Etienne et son chaperon; cela vit de rien; cela a l'impudence d'aller à la messe à cinq heures du matin; je l'ai rencontrée avant-hier en revenant de l'Opéra, et le tout sous prétexte qu'elle ne veut pas laisser seule sa grand'mère; je suis réveillée régulièrement trois fois par semaine; cela ne peut durer ainsi; ajoutez qu'on est toujours en noir avec des airs funèbres à porter le diable en terre.

— Est-ce qu'elle est jolie? demanda de Meung.

— Passable tout au plus; on aurait peut-être pu en faire quelque chose, mais madame se renferme dans sa dignité; elle fait sa cuisine elle-même, c'est répugnant;

on lui écrit très-poliment, elle ne répond pas; ma femme de chambre a voulu l'aider une fois, elle l'a refusée; je suis sûre qu'elle porte malheur.

— Mais j'espérais que vous en étiez délivrée, Myria?

— Elle y reste jusqu'au 1er mars, grâce à un beau calcul d'un grand nigaud qui paye des logements pour y laisser les autres.

— Il faudra que je voie cette voisine si fâcheuse, fit de Meung; vous m'intéressez à elle.

— N'en faites donc rien, je vous prie, reprit d'une voix docte et glapissante M. de Piaffimberg qui se vantait d'avoir formé M. de Talleyrand, il faut décourager la vertu.

— Bien dit! cria-t-on à la ronde.

— Laissez croupir ces révoltées qui ne veulent pas contribuer au bonheur général; c'est le prix Montyon qui a tout gâté.

— Un toast à l'abolition du prix Montyon! proposa une intime de Mlle Myria.

Les verres se choquèrent, et le comte, partagé entre la joie et le dégoût, haussa les épaules, en se mordant les lèvres pour comprimer un sanglot.

Il venait d'éprouver le plus friand des supplices peut-être et d'assister au plus édifiant des scandales ; une canonisation faite par des mécréants.

Après quoi la conversation respecta Mme Etienne en ne s'occupant plus d'elle.

— J'ai chassé, dit seulement le prince, un de mes cochers, un drôle presque sexagénaire, qui s'était permis de faire avec ma voiture des transports de bienfaisance.

Le prince de Piaffimberg se faisait plus noir qu'il n'était, mais comme il savait qu'à Paris il existe encore — car la grande armée poudrée des corrompus du 18e siècle a aussi ses traînards — des viveurs pour qui la morale est une bête noire, il n'était pas fâché de paraître plus vicieux que le vice.

On n'avait pas commencé le second service que le comte et le marquis se promenaient depuis longtemps tous deux sur le boulevard de la Madeleine.

M. de Diélo était attendu dans une réunion, rue d'Artois, chez la princesse de Piaffimberg, la rédemption permanente de son mari. Au silence qui suivit son entrée, il s'aperçut qu'il venait d'interrompre quelqu'un. En effet, un vieux prêtre, debout dans le salon, soutenait avec le feu de ceux qui se sentent immortels une thèse à l'honneur du genre humain.

— Monsieur le comte, dit Mme de Piaffimberg, voici M. Berthelin qui combat les sceptiques ; de quel côté êtes-vous?

— Madame la princesse, les adversaires de M. Berthelin arrivent trop tard; il y a un quart d'heure que je suis un croyant.

— Je disais, monsieur le comte, reprit le vieux prêtre, qu'un des malheurs de notre esprit si superficiel est, sur les vulgaires apparences, de douter de la droiture dans ce monde. On se tient trop au courant des mauvaises actions et pas assez des bonnes, et, à cet appui, je demande la permission de vous raconter un trait entre mille ; ce n'est pas le tout de savoir son histoire de France, il faudrait

encore savoir son histoire des honnêtes gens. Il y a deux
ans, je connaissais particulièrement, quand j'habitais le
diocèse de Coutances, une famille charmante composée
de trois femmes : une grand'mère, une mère, veuves toutes deux, et une fille qui était un prodige de beauté et de
bonté ; ils avaient une grande fortune, habitation à la
ville, château, un train considérable. Comme il arrive
parfois à ceux auxquels Dieu réserve peut-être des destinées supérieures en les faisant passer par les plus rudes
épreuves, on marie la fille après avoir pris les précautions
les plus minutieuses pour assurer son bonheur, et le contrat est signé. L'époux se révèle, c'était le plus vil des
joueurs et des libertins.

La plus séduisante des créatures ne représentait pour
lui qu'une valeur à négocier. Le soir même, il s'enfuyait
comme un voleur pour aller retrouver je ne sais quelle
indigne complice ; il y a des gens qui n'aiment pas le
bonheur. En trois mois, il perd tout ce qu'il avait, il joue
alors ce qu'il n'avait pas, le château de sa femme, les
terres de sa belle-mère, il perd ; sa femme ne pouvait
plus le recevoir, mais elle portait son nom, son bien
propre ne suffisait pas pour désintéresser ses créanciers.
Ces âmes n'en faisaient qu'une, elles se consultent ; ces
trois femmes se dépouillent et ne gardent à la lettre que
du pain ; ce pain, il est chargé de l'assurer, il le leur
vole, et voilà trois femmes accoutumées au superflu
et auxquelles il faut mener la vie de privation ; la
détresse est trop horrible sur le théâtre même du bien-
être : elles se réfugient à Paris, sous un nom obscur.

La mère meurt et la petite-fille reste seule avec son aïeule, à laquelle on avait caché le dernier désastre. Depuis ce temps, cette petite patricienne travaille comme la dernière des filles du peuple. Je l'ai retrouvée au confessionnal, je l'ai suivie de point en point dans sa ligne de conduite ; c'est une sainte, elle n'a pas une plainte contre la vie, elle sourit aux épines comme d'autres souriraient aux roses. Je ne lui reproche que trop de fierté ; c'est ce qui m'empêche de la signaler à votre attention ; il est impossible de lui faire accepter un secours ; si vous voulez seulement passer rue de Crécy, chez une modiste qui s'appelle Mme Louise, vous verrez de ses œuvres. C'est tout ce qu'elle m'autoriserait à révéler d'elle.

— Merci pour l'humanité, monsieur Berthelin, dit Mme de Piaffimberg, j'espère qu'il n'y a plus ici un incrédule ; seulement nous allons conspirer contre votre héroïne.

— Oh ! prenez garde, il y a des pauvretés qui sont comme des sensitives. Le toucher d'une main riche ferait pour jamais se fermer ces plantes-là.

— Et qu'est devenu le mari ?

— Il est, je ne sais où, en Amérique, aux Indes, Paris lui était défendu. Mais j'en ai trop dit et je me tais.

Le comte sortit, impatient d'être rendu à lui-même. Jamais farouche nuit d'hiver ne lui avait semblé si savoureuse. Ainsi, au sein même des tentations, en face de ces existences malhonnêtement faciles qui dévorent Paris, il existait une femme jeune, ravissante, faite pour

tous les hommages, et qui préférait au luxe et au bien-
être, ses milieux naturels, la vie honnêtement difficile.
Quelle compagne ce pouvait être pour lui ! Tout était-il
perdu ; un tel mariage engageait-il ?

XIII.

Cinq jours après cette soirée décisive, le comte, qui dans l'intervalle avait complété sur place tous les renseignements, se représentait rue Saint-Georges, après avoir averti la veille, par un billet signé de son nom, que le lendemain matin il viendrait avec son tapissier.

Son cœur battait si fort quand il se retrouva en présence de la jeune femme, qu'elle entendit elle-même ce sourd aveu intérieur ; ce trouble la gagnait.

— Ma grand'mère est encore couchée, dit-elle ; à l'exception de sa chambre, vous pouvez tout visiter.

Certaines situations mûrissent de deux mois en une minute, comme ces moissons que dans les latitudes glaciales improvise un tour de soleil.

. — Vous n'êtes pas Mme Etienne, madame, s'écria sans transition le comte ; vous êtes Mme de Fraxines ; je sais tout, je vous admire et vous adore ; et il tomba aux genoux de cette pauvre robe noire dont il avait douté.

Tant de vénération rachetait cet emportement, que la jeune femme n'essaya pas de combler par de vaines condoléances la profondeur de cet amour où elle se sentait attirée elle-même ; mais remontant, quoique brisée, jusqu'au bord de l'abîme :

— Relevez-vous, fit-elle avec une onction irrésistible, et dites-moi vous-même comment vous voulez que je réponde à de tels sentiments ?

— En me laissant vous consacrer une vie qui vous est déjà acquise.

— Je ne puis accepter aucun genre de dévouement, reprit-elle avec fermeté, j'appartiens à un autre.

— Cet autre n'est-il pas mort pour vous ? N'êtes-vous pas déliée envers lui par une disparition irrévocable ? Vous êtes veuve devant Dieu, ne seriez-vous pas ma femme devant Dieu ?

— Prenez garde monsieur le comte, le monde et ma conscience sauraient bien vite me donner un autre nom. Dieu n'accepte pas ces transactions où l'on profane ce qu'on voudrait sanctifier. M. de Fraxines est mort pour mon affection, mais il vit toujours pour mon devoir ; et maintenant, ajouta-t-elle, revenue de la surprise de son cœur, je me sens déjà coupable de vous avoir tant écouté. Mᵐᵉ Étienne a fini pour vous, Mᵐᵉ de Fraxines recommence. Nous nous voyons et nous nous parlons, monsieur, pour la dernière fois.

— Espérez-vous donc qu'il vous revienne jamais ? dit le comte, jaloux de l'inconnu.

— Si c'est une consolation que vous cherchez, sachez donc, monsieur, que je ne reste dans le monde que pour

15

ma pauvre grand'mère ; si je lui survis, il n'y aura plus
pour moi que le couvent.

Le comte se tut et n'osa plus la regarder ; mille argu-
ments en faveur de lui-même expiraient sur ses lèvres,
devant cette raison implacablement douce ; ainsi, par le
caprice légal d'un homme qui n'avait été et ne devait
être rien pour elle, toute la vie de cette jeune femme se
trouvait perdue. Un lien purement nominal enchaînait
cette victime volontaire loin de tous les bonheurs qui lui
étaient dus ; d'un mot, elle pouvait faire cesser ce sacrifice tellement inique qu'il défigurait le devoir et prêtait
de l'odieux à l'auguste, mais il sentait qu'elle appartenait à celles qui préfèrent certains calices à certaines
coupes.

— Enfin, comme sortant d'un mauvais rêve, si vous
étiez réellement libre?

— Je ne puis rien souhaiter, dit la malheureuse jeune
femme, pas même de redevenir heureuse.

— Me permettez-vous de m'assurer si la place que
j'ambitionnais auprès de vous n'est pas définitivement
abandonnée.

— Je ne puis ni rien ordonner ni rien défendre. Dieu
décidera. Mais, quoi qu'il arrive jamais, que sa personne
vous soit sacrée.

En même temps, un coup d'œil involontaire qu'elle jeta
sur une miniature perdue parmi toutes les autres équi-
valut, pour le comte, à la remise d'un signalement.

Cette prière imprudemment prudente était à la fois
l'aveu et la reconnaissance d'un amour tacite ; ils se

séparèrent sans même se tendre la main. Mais cette distance matérielle ne servait qu'à les rapprocher moralement ; il y a des barrières qui sont des traits d'union.

Quelques heures après, il était préparé à commencer
son voyage à la recherche de M. de Fraxines. Seulement
cette reconnaissance pouvait durer des années, et pendant
ce temps, comment soulager cette pauvreté intraitable?
comment partir en sachant qu'une femme qu'il aimait
déjà comme sa propre sœur pouvait souffrir? Une inspiration le visita : il alla trouver l'abbé Berthelin, avec qui
il s'entendit.

Quelques heures après, une vieille femme de charge à
qui le comte avait fait la leçon se présentait chez Mᵐᵉ de
Fraxines.

— Je suis chargée, dit-elle, du service de l'œuvre
des ouvriers infirmes ; il ne me reste plus qu'un billet de
la loterie Saint-Clément, qui va être tirée demain ; si ces
dames voulaient bien me le prendre?

Elle montra une petite carte imprimée, revêtue d'un
timbre et qui portait le n° 77,265. Il y avait au bas :
« Se présenter chez M. l'abbé Berthelin, qui remettra
les lots aux gagnants. »

— Je ne crois guère aux loteries, mais je crois aux
pauvres, dit la jeune femme. Nous sommes riches depuis
hier : voici vos vingt sous.

— Achetez toujours le journal de demain, ma bonne
dame ; qui sait si vous n'aurez pas de chance comme tout
le monde?

Le lendemain, par simple curiosité, Mᵐᵉ de Fraxines

voulut avoir le cœur net du sort de son obole, et acheta une feuille qu'elle entendit crier. Dans les faits divers elle lut ce qui suit :

« Le lot de quinze mille francs de la loterie Saint-Clément a été gagné par le n° 77,255. »

Elle ne dit rien à Mme de Théranges et se rendit sur-le-champ chez l'abbé Berthelin.

— Est-ce un rêve, mon père?

— Mais non, chère fille, dit le prêtre en lui montrant avec un peu de confusion une liste de noms imaginaires, cet argent est bien à vous; et il lui remit quinze billets de mille francs.

Il n'y avait jamais eu qu'un seul numéro à la loterie de Saint-Clément, laquelle n'avait jamais existé. Le comte, heureux du succès de sa pieuse mystification, partit le cœur plein d'espoir. Quinze mille francs pour deux femmes ruinées, c'était une fortune.

XIV.

Le globe n'est pas grand'chose depuis l'invention des chemins de fer, mais il est encore bien grand pour celui qui veut trouver la trace d'un homme habile à se dérober. M. de Fraxines était un de ces renégats du *noblesse oblige*, qui savent amortir leur chute dans l'abjection. Selon toute apparence, il devait sur quelque point de la planète faire peau neuve sous un faux nom, et le comte, sur des indications forcément vagues, accomplit bien du chemin sans avoir vent de cette piste.

Quelque temps s'écoula. Le comte recevait régulièrement, par l'intermédiaire de l'abbé Berthelin, des nouvelles de Mᵐᵉ de Fraxines ; cette manne tombée dans le désert avait fait merveille ; un verre d'eau offert au nom du Seigneur empêcha parfois un fleuve de se tarir. Mᵐᵉ de Théranges retrouvait un peu du bien-être de toute sa vie, Mᵐᵉ de Fraxines avait pu prendre une femme de service. Ces affamées pouvaient maintenant être rendues, sans péril, à l'abondance d'autrefois.

Mais chaque semaine écoulée diminuait pour le comte l'espoir d'être fixé sur l'état de ce Franklin conjugal.

Après avoir battu inutilement presque toute l'Europe, il se trouvait depuis quinze jours à Rotterdam, attendant le premier navire en partance pour les Indes, où le poussaient ses conjectures. Rotterdam, cette jolie ville enluminée et remuante, aquatique et terrestre, pleine de bruit et de couleur, avec ses costumes de femme rappelant les anciennes gravures, ses usages restés naïfs, donne aux voyageurs la sensation d'un joujou ; le comte, heureux de redevenir enfant pour un moment, s'amusait à voir ces ponts qui s'ouvrent au passage des bateaux bariolés, ces hautes fenêtres à guillotine donnant sur l'eau et que les servantes avec leur longue camisole lessivent bravement au dehors comme du temps de Gérard Dow ; ces gros arrivages des colonies qui gardent une senteur exotique, et sous les tilleuls qui bordent les canaux, ce pêle-mêle archaïque de fronts constellés de bijoux et de têtes cerclées d'or.

Il se promenait un matin de marché aux alentours de la narquoise statue d'Erasme quand il vit passer de l'autre côté du pont une femme en deuil qu'il reconnut aussitôt à la démarche : c'était bien elle ; Mme de Fraxines en Hollande ! que venait-elle faire ? Quel événement avait pu l'arracher aux soins qu'elle donnait à sa grand'mère ? Immédiatement l'enchantement cessa pour le comte, Rotterdam s'évanouit, il ne vit plus que cette forme noire qu'il suivit comme une ombre rebelle qui rentre dans le devoir.

Elle avait quarante-huit heures auparavant reçu la lettre suivante :

« Marie,

« Ce n'est plus moi qui vous écris, c'est le fantôme de
moi-même. Le Fraxines que vous avez connu et qui vous
a rendue si malheureuse n'existe plus ; il ne reste à sa
place qu'un homme qui se repent de tous ses crimes
envers vous et qui vous supplie de lui permettre de vous
en demander le pardon ; j'aurais été moi-même à Paris
accomplir ce devoir ; j'arrive de Batavia exténué par la
fièvre, et je n'ai plus que quelques jours à vivre. Hâtez-
vous, si vous voulez une vengeance digne de votre âme si
belle et si bonne ; je vous préviens seulement que le
médecin m'a affirmé que votre présence pouvait faire un
miracle. Voyez, Marie, si vous consentez à mon salut
dans ce monde et là-haut. Je n'ose vous embrasser, mais
je baise la place où vous passerez.

« CHARLES DE FRAXINES,
« Hôtel de l'Épervier, à Rotterdam. »

La généreuse jeune épouse n'avait pas hésité ; la vie de
son plus cruel ennemi était dans ses mains, et le moindre
mouvement de charité envers elle-même pouvait au
contraire la remettre en possession d'une liberté précieuse. Qu'importe ! La chrétienne l'avait, après un combat aussi glorieux que court, emporté sur la femme, et
confiant Mme de Théranges à la sollicitude de l'abbé
Berthelin qui voulait bien recueillir la chère aïeule, elle
était venue, sans perdre une minute, se rendre à l'invo-
cation de ce mourant qu'elle pouvait racheter de la
tombe.

L'hôtel de l'Épervier était situé dans une des ruelles les plus tumultueuses de Rotterdam : personne ne vit le comte entrer après elle ; elle s'informa, monta deux étages, arriva à deux portes qu'elle ouvrit, et s'avança près d'un lit où gisait un malade méconnaissable qui, à sa vue, eut à peine la force de se mettre sur son séant : une sœur de charité le veillait.

— Grâce ! murmura-t-il.

— Je vous pardonne, dit-elle, et elle lui tendit la main ; mais le saisissement de joie qu'il éprouva fut tel que, retombant sur son oreiller et lui jetant un dernier regard d'ineffable délivrance, il rendit le souffle.

La présence qui pouvait déterminer une crise favorable, l'avait foudroyé ; Dieu avait réservé à la magnanimité aveugle le bénéfice du plus clairvoyant égoïsme.

Mme de Fraxines s'agenouilla au pied de ce lit de mort. Quand elle se retourna en se relevant pour envoyer demander un prêtre, elle trouva dans l'antichambre le comte qui, à genoux aussi, pleurait et priait : il avait tout vu et tout compris.

Le soir même M. de Diélo repartait pour Paris.

XV.

Un an après, Mme de Fraxines s'appelait la comtesse de Diélo ; le comte avait employé ces quinze mois si longs à préparer insensiblement l'aïeule à la résurrection de sa splendeur défunte. Guidé par sa petite-fille, il avait racheté sans bruit les domaines passés en mains tierces, recomposé pièce à pièce les mobiliers dispersés, restitué jusqu'aux tentures et à l'aménagement des jardins, rappelé un à un les domestiques perdus, en y ajoutant seulement l'ex-cocher du prince de Piaffimberg, dont il avait fait son majordome.

Si bien qu'en se promenant sous les charmilles de son château de Théranges et dans les salons de son hôtel de Coutances, l'octogénaire émerveillée lui dit :

— Mon gendre, je vous crois un peu parent de l'enchanteur Merlin ; si vous continuez, vous finirez par me rendre mes vingt ans.

Et le comte, embrassant sa femme, répondait :

— Je n'y suis pour rien, grand'maman, voilà l'enchanteresse !...

15.

MADEMOISELLE ROSA LA ROSE

I.

Ceux qui ne sont pas tout à fait des égoïstes s'attristent encore quelquefois sur la *misère en habit noir*, dont le Progrès n'a pas encore eu raison; quelles élégies plus poignantes on pourrait faire sur la misère en *robe de soie!* N'avez-vous vu jamais passer de ces pauvres jeunes femmes si humbles dans leur toilette froidement correcte, qu'elles vous donnent comme des frissons de la privation? On sent qu'il a fallu un soin rigide pour conserver cette apparence de luxe, et ce sont peut-être ces fines mains aux gants si ingénieusement prolongés qui ont lavé elles-mêmes ces cols toujours blancs malgré vingt-cinq degrés de pauvreté; elles sourient sous ce chapeau propre et

fané, et ce sourire fait mal ; en les voyant si modestes, si
jolies, si bien élevées et si délaissées, on pense à ces créatures si insolentes, si nulles et si choyées, auxquelles la
Sottise fait une vie de luxe et de plaisir.

Qui sont-elles, ces parias féminins dont il est de bon
goût de ne pas trop parler, de même qu'il est sage de ne
pas mettre un indigent sur le passage d'un viveur ? Elles
n'appartiennent ni franchement au peuple, ni absolument
à la bourgeoisie ; ce ne sont ni des ouvrières, ni des
oisives : filles de ces employés chez lesquels on trouve
parfois plus d'éducation et de meilleures manières que
chez bien des gens qui regardent la grammaire et le sens
moral du haut de leurs huit-ressorts.

Trop disgraciées de la fortune pour trouver un mari,
trop sages pour rêver un amant, elles naissent, vivent et
meurent, sans avoir eu un bonheur ou un plaisir, comme
ces petites fleurs poussées dans les endroits déserts et qui
n'ont jamais brillé pour personne. — Si le mot *classe*
n'était pas aboli par la langue sociale, je dirais qu'elles
forment les *classes mixtes* ; et précisément elles n'ont que
les désavantages des situations fausses. Elles ne peuvent
parler en égales ni à la femme du monde, ni à la femme
du peuple, et le fils de famille, pas plus que l'ouvrier
ne songeront à elles ; que n'ont-elles un bonnet ou un
vrai chapeau, — un chapeau qui coûte cent quinze
francs, — mais qui rapporte quelquefois un million !

Le sort en fait des sous-maîtresses, des demoiselles de
comptoir, des dames de compagnie, des professeurs.
Hélas ! on plaisante encore les sous-maîtresses, on les

excère même un peu, comme s'il n'y en avait pas plus de
résignées que d'acariâtres, plus de charmantes que d'an-
tipathiques ; ne leur faut-il pas savoir un certain gré à
ces contemporaines d'Aspasies à faire fuir Périclès, et de
Phrynés à révolter l'Aréopage, de lutter courageusement
pour le devoir ! Si leur cœur s'aigrit un peu dans cette
adversité ingrate qui est le lot de toute leur vie, pourquoi
leur en vouloir si fort, quand on pardonne les plus noires
méchancetés à d'autres qui n'ont que le malheur d'être
trop heureuses ?

On leur en veut aussi, à ces déclassées honnêtes,
d'être restées romanesques par ce courant de positivisme
qui prétend tout emporter. Elles ont, il est vrai, le tort
de croire encore aux boucles de cheveux et aux marguerites, et le vent est plus aux additions qu'aux romances ;
mais ces fidèles d'une religion disparue troublent si peu
le scepticisme général que je demande aux cœurs de chry-
socale grâce pour les cœurs d'or.

II.

Dans l'immense mouvement de Paris, on ne se rendrait pas bien compte du passage des *classes mixtes*. Sur le fond uni et calme de la province, ces figures sacrifiées se détachent plus amoureusement ; gardées à vue par le *cant* des petites villes, elles s'observent ; elles se groupent, elles se soutiennent. L'intimité plus facile les console de l'abandon social, elles connaissent cette chose si rare, l'amitié entre femmes ; pourquoi se déchireraient-elles, elles qui n'ont aucune proie à se disputer? Elles demandent courageusement à la causerie, à la lecture, à la musique, ce que leur marchanderait forcément la société, et au lieu d'être des femmes incomprises, accusation si commode à formuler, elles deviennent parfois des esprits très-simples et très-supérieurs. Forcées d'ailleurs de se renfermer en elles-mêmes, leur personnalité a comme un parfum qui ne s'évente jamais.

Si elles se donnaient, ce serait pour toujours, car nulle ambition n'a desséché ces âmes modestes. N'ayant aucun calcul à former, elles ont peut-être plus d'idéal qu'en haut ou qu'en bas, et loin de se montrer comme des trouble-fête de l'ordre social, elles apparaissent riantes, presque candides, avec cette auréole de désintéressement qui éclaire quelquefois plus un joli visage qu'une couronne de diamants. Mais je me tais de peur de me faire jeter des pierres par les lapidaires.

Le cadre et le fond du tableau sont d'ailleurs plus favorables en province à ces physionomies qui ne vaudraient pas assez par elles-mêmes pour l'observateur superficiel ; il faut que la poésie du lieu fasse comprendre la poésie de leur personne ; elles feraient mal à la fenêtre d'un cinquième étage de Paris, elles sont charmantes à cette petite croisée ornée de rideaux blancs, qui s'ouvre sur une ruelle, où l'herbe pousse, et où l'on entend frémir les arbres et chanter les oiseaux ; leur voix douce se fait mieux entendre dans ce silence de toutes choses ; de même que le vieux clocher de l'église se fait écouter, au lieu de sonner dans le tumulte comme ses confrères de Paris.

Et puis le ciel se pose si large et si plein avec une atmosphère si fraîche sur ces toits modestes qui sont des nids au lieu d'être des volières ! D'une femme aimée, perdue dans un immeuble parisien, on ne dit pas : *Elle est là.* Il y a quelque chose de niais à passer sous des fenêtres collectives. Une sérénade, si on en donnait encore, s'adresserait à quinze personnes ; en province, on sent que l'adorée est toute la maison.

On ne les retrouve, ces héroïnes aussi intéressantes qu'un bouquet des champs, que dans les embellies de la vie de province ; ni le salon, ni la rue ne les connaissent ; elles ne sont pas plus du monde que de la foule. Mais y a-t-il une fête aux alentours, ouvre-t-on, au cœur

de la cité, une exposition florale, quelque opéra bien
attendu occupe-t-il l'affiche ? elles surgissent dans leur
élégance native, avec ces mises touchantes qui ont l'air
d'avoir fait nécessité vertu, et l'on ne se souvient d'elles
que mêlées aux azalées nouvelles, aux bois en fleur ou
aux rares émotions idéales qui vous ravissent au terre-
à-terre.

La province, toujours un peu moins dure que Paris
dans ses conditions matérielles, ôte à ces existences cette
âpreté de la pénurie qui fait prendre par tant de gens les
pauvres en horreur, et leur permet quelques douceurs ;
elles sont si habiles d'ailleurs à se faire séduisantes avec
un rien ; ce n'est pas une main savante qui a façonné ce
chapeau d'un style si coquet, ou trouvé une variation
nouvelle au thème de cette chevelure ; mais comme elles
se passent à ravir du coiffeur et de la modiste ! et quand
on a des doigts de fée, soyez sûr que le cœur n'est pas
loin d'avoir aussi des enchantements. Leur individualité
gagne à être mise ainsi en relief par elle-même, on ne
pense pas à leur place ; c'est elles qui trouvent le secret
de leur parure ; croyez que l'esprit gagne aussi à cette in-
dépendance du goût.

Quoiqu'elles soient plus en contact avec la société, et
que leur présence ne passe plus inaperçue dans ces milieux
restreints ; quoiqu'elles fassent de leur pas léger détourner bien des cœurs, et allumer bien des regards, personne
ne songe cependant à les faire sortir de cette sphère où
elles ne brillent qu'un moment, et leur vie est semblable
à ces jardins contenus dans le rebord d'une fenêtre, et qui
au premier vent d'hiver meurent tout entiers.

III

Humières est une petite ville du Nord à laquelle le peu
d'importance de son commerce n'a pas valu l'honneur
d'un embranchement : la grand'route qui mène à ses
vieux murs n'est pas moins déserte, et ses hôtels ne vivent plus que du souvenir des voyageurs ; on ne saurait
mieux choisir pour faire la capitale des femmes sacrifiées
qu'une ville sacrifiée elle-même. Humières a déjà l'appé-
tissante propreté des Flandres. Un peu de vieille bourgeoisie dans ces rues délaissées ; aux environs beaucoup
de noblesse ; une retraite bénie où il semble qu'on n'ait
qu'à s'ensevelir pour être heureux, si on ne se rappelait
à temps la petite ville de La Bruyère.

Une rivière paisible dont le nom ne figure même pas
dans la géographie, baigne ces anciens remparts où les
fleurs seules montent la garde ; la ville en effet n'est guère
défendue que par des lilas et des faux ébéniers ; de loin
Humières avec son clocher effilé, une merveille gothique
qui tombe en ruines, se mire, blanche et svelte, dans une
eau transparente ornée d'arbres séculaires ; on cherche
vainement, en passant près de ces maisons silencieuses, à

saisir la rumeur d'une ville habitée ; à dix heures, il ne reste plus de lumière aux fenêtres.

J'oubliais une petite lueur persistante qui, au milieu de ces ténèbres, avait l'air de l'étoile du travail ; en effet c'était la lampe qui servait aux veilles laborieuses de la plus jolie fille d'Humières, une auréole de seize ans, si fraîche et si rougissante qu'on aurait dit la fleur de la pudeur, et que les écoliers glorieux lui avaient donné le nom de la première déclinaison latine.

Qu'il est charmant le premier mot qu'on nous fait apprendre de ce latin qu'on exècre dans son adolescence pour l'adorer dans sa vieillesse ! Il semble que cette langue exquise qu'on croit faite à l'usage des pédants, et qui est au contraire une création d'épicuriens, veuille définir tout de suite son charme de la fin par le substantif du commencement. *Rosa* : quelles promesses ! Mais où nous autres hommes faits traduisons : *rose*, l'enfant traduit : *épines*.

Mlle Annette Gerbier avait fait ce miracle d'éviter le plus grave des contre-sens des lycéens de la ville d'Humières, et elle justifiait si bien la grâce de cette explication que les grands parents disaient comme les bambins en parlant d'elle : Mlle Rosa la Rose, si bien que le synonyme lui était resté.

Il fallait la voir traverser, à la fois coquette et sévère dans sa robe de laine verte qui complétait le symbole en rappelant la couleur du feuillage : elle fleurissait l'espace, répandant autour d'elle comme un arome matinal. Que deux petits diamants semblables à deux gout-

tes de rosée eussent bien fait au-dessous de ces oreilles
mignonnes ! comme ses yeux d'un gris de nuage s'harmo-
nisaient bien avec ses cheveux d'un blond si cendré, qu'ils
en semblaient poudrés naturellement, et si luxuriants, qu'on
lui en voulait presque, en présence des exigences de la
coiffure moderne, de garder pour elle ce capital improductif.

Plus d'une jalousie jouait pour la suivre dans sa marche, doucement cadencée, comme si la caresse de l'air
avait fait sans cesse pencher et se relever sa tige; et les têtes
les plus sévères comme les plus folles se retournaient
sur cette apparition délicieuse ; en se sentant observée,
la sensitive frémissait, et M¹¹ᵉ Rosa la Rose devenait pourpre
à vue d'œil, ce qui faisait rire les esprits forts d'Humières.

Ce murmure d'admiration qui se renouvelait malgré
tout chaque fois qu'elle se hasardait au dehors, et la pauvre fille n'osait plus guère sortir, finit par fatiguer les
dames de la ville. Annette Gerbier avait beau être la providence de son vieux père et de sa vieille mère, deux pauvres honnêtes gens qui, comme on dit en province, avaient
mangé tout ce qu'ils avaient dans un petit commerce;
elle avait beau ensuite travailler comme un ange et éco-
nomiser les *façons* de Paris aux élégantes d'Humières ; on
arriva à ne lui savoir pas même gré de cette réserve extrême qu'elle exagéra encore en se privant de ses prome-
nades habituelles ; on taxa d'hypocrisie ses airs de madone qui lui appartenaient si bien, et petit à petit les
commandes se raréfièrent ; on prit avec cette jeune fille,
fort loin après tout d'être une subalterne, un ton qui l'o-
bligea de faire appel à sa fierté.

En même temps, des obsessions faciles à comprendre la compromirent même aux yeux des plus sensés ; il n'est tentative adroite, patiente, que ne firent la jeunesse et même l'âge mûr d'Humières pour surprendre le cœur bien placé de cette enfant si défendue contre la séduction ; ni les billets, ni les soupirs, ni les promesses n'agirent sur cette nature tout imprégnée de l'idée du devoir ; mais on dit partout dans Humières et aux environs que Mlle La Rose *faisait des passions*, et l'on vit le moment où les Catons de l'endroit allaient se plaindre aux Gerbier des ravages que causait l'innocence.

IV.

En effet, c'eût été une céleste maîtresse, si Mlle Rosa la
Rose n'avait eu plus de juste orgueil qu'ils n'avaient tous
de fausse vanité. Pas un — et très-naïvement — ne son-
geait à élever jusqu'à lui cette beauté intéressante, déjà
si rapprochée de son monde par l'éducation et même par
la naissance; quand l'amour même leur eût inspiré cette
résolution moins magnanime qu'elle n'en a l'air, le respect
humain l'eût empêchée; Annette Gerbier n'était pas, pour
retourner le mot d'usage — *une femme de leur position.*
Il n'y a qu'après les grandes folies qu'on ose commettre les
grandes sagesses. Que sais-je? Les mères eussent peut-
être autant blâmé leurs fils de songer sérieusement à la
petite Gerbier que d'y songer à la légère.

L'enlever peut-être, aller briller par elle à Paris, tel eût
été le plan du plus généreux, mais Annette était de celles
qui ont le pressentiment des fruits pleins de cendres. Les
splendeurs souillées n'attirent pas ces âmes éprises irrévocablement de ce qui est sans tache; poussez-les un peu,

vous en ferez peut-être des saintes, mais vous n'en ferez jamais des courtisanes.

Si bien que la pauvre Rosa la Rose, presque honteuse de sa beauté, n'osait plus quitter sa petite chambre; et, quand il fallait aller aux offices, elle se réfugiait dans un coin de l'église; mais l'envie ou la curiosité savait bien l'y découvrir. Elle n'avait pas osé souffler mot à ses parents de cette persécution qui, commencée par la grâce, menaçait de tourner à l'odieux; ces bonnes gens, type de la vieille petite bourgeoisie d'autrefois, en seraient morts de chagrin: tous deux étaient si faibles, si chancelants; leurs derniers sous avaient passé à payer des créanciers toujours bien plus inexorables avec le faible qu'avec le fort; ils avaient prolongé leur labeur bien au delà de l'âge ordinaire; ils étaient usés par la pratique du bien plus que d'autres par l'habitude du mal, et Annette Gerbier n'avait pas trop de toute sa vigilance pour conserver ce souffle de deux vies, comme on n'a pas trop de ses deux mains pour empêcher la flamme d'une bougie de s'éteindre au vent.

Et voilà pourquoi, à l'heure où ces yeux charmants auraient dû se fermer, elle rallumait silencieusement sa lampe et se remettait à travailler en cachette, confectionnant pour les gens des environs mille petits ouvrages à bas prix, car il y a tel salaire de femme qui nourrirait mal une levrette de qualité, et comme elle n'avait jamais eu moins de temps à elle, les Gerbier se figuraient que le présent était meilleur.

Une fois pourtant elle avait eu l'idée de quitter Humières et d'aller à Paris chercher une condition, heureuse d'ailleurs de se dérober à ces empressements qui la harcelaient; mais à la première phrase hasardée dans ce sens, les deux pauvres vieux étaient devenus tout pâles, et la brave jeune fille les avait bien vite embrassés en leur disant que c'était pour leur faire peur, puis, décidée à se dévouer sur place, elle avait plus courageusement que jamais repris son aiguille. Seulement, en quinze mois à peine, cette abnégation avait décoloré ses joues, et la rose au carmin si vif était devenue rose blanche.

V.

L'habitation des Gerbier eût été vendue depuis longtemps si les pierres et le mobilier avaient valu la main-
d'œuvre de la démolition, ou si le terrain, dans les fau-
bourgs d'Humières, n'eût pas été quelque chose comme
un cadeau du bon Dieu. Il n'y a que dans les petites
villes de province qu'on trouve encore de ces demeures
problématiques auxquelles on donne le nom de maisons
et qui sont si bien la coquille du pauvre qu'il faudrait
briser l'un pour avoir l'autre ; les pariétaires dissimulent
l'indigence de ces ruines domestiques, comme au dedans,
mille petits riens y déguisent la nudité des murs ; on les
sent chez eux pourtant, ces étranges propriétaires, riches
de ce qui semble trop pauvre pour qu'on le leur enlève.

Annette avec une piété toute filiale, avait complété cette
illusion. Ces housses, toujours bien lavées, ne proté-
geaient pas le luxe de ces fauteuils vermoulus, elles masquaient leur indigence. Ce tapis, fait de morceaux d'étoffe
ingénieusement ajustés empêchait ce guéridon de bois
peint d'être trop nu à l'œil. Les rameaux de buis bénit
retombant à demi sur des images de sainteté égayaient ces

papiers, plus misérables que la teinture. à la chaux. L'aisance jouée de ce domicile, qui souriait dans sa gêne, ne se démentait nulle part.

Près de la pièce blanche et saine où reposaient les vieux parents était la cellule de l'enfant ; une religieuse en s'y réveillant ne se serait pas crue hors de son couvent.

Annette avait réservé pour elle-même toutes les austérités de la maison; il y a des dévouements qui se font, comme des égoïsmes, la part du lion. Un petit crucifix de bois noir était le seul ornement de cet angélique réduit, composé d'une couchette de fer, de deux chaises de paille et d'une table de bois blanc, et pourtant je ne sais quel goût de paradis avait ce lieu aride ; tant de charmantes pensées étaient nées là ! cette âme si exquise s'y était exhalée! L'émanation de la première jeunesse avait laissé là ce parfum virginal qui causerait presque une respectueuse ivresse ; même absente, on respire la personne chérie. Mais nul Saint-Preux n'aurait pénétré dans la chambre de cette Julie du second plan !

Pendant quelque temps, une jolie voix, bien tendre et bien égale, avait égayé cet endroit de pénitence, puis petit à petit Annette n'avait plus eu le courage de chanter ; les déchirements de sa pauvre vie lui rendaient le cœur si gros : il semblait que les méchants lui eussent dit ce qu'un imbécile célèbre disait au rossignol : Veux-tu te taire, vilaine bête !

Parmi les jeunes gens qui avaient essayé de circonvenir Mⁱˡᵉ Gerbier, il y en avait un qu'elle redoutait surtout de

16

rencontrer. C'était M. de Puysargues, un gentilhomme des environs, qui affectait la vocation féodale, plutôt qu'il ne la sentait en réalité. Grand chasseur, grand buveur, croyant devoir canarder la vie du haut des tourelles de son manoir moderne, comme si Louis le Hutin était encore sur le trône ; fort riche, orphelin, ayant beaucoup de temps à tuer, mais manquant même ce gibier-là ; très-boudeur à l'endroit de Paris qu'il accusait d'être une ville de femmelettes, et se figurant toujours qu'il parlait à des vassaux ; inutile d'ajouter qu'il était le petit-fils d'un ancien tenancier de la province, qui un beau matin s'était improvisé hobereau en achetant, pas bien cher, la terre de l'ancien seigneur ; depuis ce temps le nouveau Puysargues ne parlait plus que de herses et de machicoulis et Sigismond, l'unique rejeton de cette fausse grande famille, ne lisait que des livres de blason.

Moitié par faiblesse, moitié par lassitude, on l'avait accepté ; on ne met pas facilement à pied un homme qui a de si somptueux équipages, on ne reçoit pas comme un chien le maître d'une meute si imposante ; un bonheur manquait à Puysargues et cette lacune le rendait rêveur ; il eût voulu être l'effroi des campagnes, et l'élément rural avait l'impertinence de ne trembler que pour la forme.

Mais ce qui indignait surtout Sigismond, c'était que la puissance de l'argent eût des bornes ; quoi ! le Pactole passait dans son jardin, et il y avait des choses qui se permettaient de ne pas être à vendre, entre autres le cœur de la petite Gerbier ! Ah ! disait quelquefois Puysar-

gues avec une mélancolie très-comique dans sa bouche,
la Révolution nous a gâté tout cela !

C'était presque par bonté d'âme que dans l'origine il
avait daigné penser à Annette ; Sigismond, même pour
une maîtresse, n'eût pas voulu déroger ; le sang de son
père était si difficile à conserver ! Puis le roseau avait
osé ne pas s'apercevoir du chêne, et ce caprice s'était
changé, l'amour-propre aidant, en passion furieuse. Puysargues n'avait pas l'honneur d'aimer véritablement
Mlle Gerbier, mais il ne pouvait s'accoutumer à l'idée
que cette petite main patricienne de fille du peuple évitât
sa grosse main de parvenu. Don Juan de basse-cour, et
qui avait trouvé peu de cruelles dans ses étables, il
semblait que la vertu fût une offense à ses vices.

Annette comprenait vaguement que le beau Sigismond
de Puysargues, — il avait cette beauté brutale que ne
perdent pas toujours les fils ingrats de la charrue, —
menaçait chaque jour plus directement sa chétive sécurité ; pauvre oiseau inquiété, non fasciné par l'épervier,
elle se tenait immobile ; mais pouvait-elle ne pas voir le
très-haut et très-puissant vaurien rôder autour de sa
retraite? Que de fois elle avait trouvé un bouquet de
fleurs jeté dans sa chambre par une main hardie ! Un
autre jour, aux vêpres, pendant qu'elle avait quitté un
instant son paroissien pour se joindre à la procession,
elle retrouvait au retour une déclaration derrière la
vignette qui représentait sa patronne, si bien qu'elle ne
savait plus si elle devait garder ou jeter cette image pro-
fanée ; souvent encore, quelques précautions qu'elle prît,

à sa sortie d'une maison, une parole ardente lui était
adressée ; elle sentait l'ennemi partout.

Ce n'est pas que la rose d'Humières se défiât d'elle-
même ; tous les Puysargues de la contrée n'eussent pas
fait battre ce cœur sourd à toute voix qui ne serait pas
digne de lui, mais il y a aussi les palpitations de la
crainte ; elle tremblait que M. de Puysargues, tel qu'elle
le devinait, ne la déshonorât par quelque comédie ; il y
a des fats sanguins qui, repoussés par la réalité, sont
capables de voler même les apparences ; ils escaladeront
s'il le faut la muraille d'un jardin ; avec trois lignes de
l'écriture d'une femme, ils feraient pendre la plus honnête, presque en se jouant, ils s'adressent à la lettre anonyme pour récolter le faux en semant le vrai ; et puis
les trames de ces intermédiaires que l'argent ferait pousser
sur les sols les plus stériles ! or il n'y a rien de plus
naïvement indigné qu'un corrupteur qui vous trouve
incorruptible ; soyez sûr qu'il tentera de salir ceux qui
n'ont pas voulu se salir eux-mêmes ; je sais bien que les
taches de la calomnie ont la réputation de s'en aller plus
vite aujourd'hui, mais elles reparaissent, et l'étoffe d'une
existence souffre de ce perpétuel nettoyage.

Une voisine officieuse s'offrait à mener Annette aux
fêtes du village ou au spectacle ; quelque mentor à
rebours qui devrait au moins avoir la pudeur de faire
taire ses cheveux blancs, ne se gênait pas pour murmurer
devant Annette : Ah ! si elle voulait ! Mais ce noble cri
du démon n'était pas même entendu de cet ange.

VI.

Un jour, à la fin, ce fut Mme Gerbier qui, plus vaillante depuis quelque temps, voulut que sa fille prit un peu de plaisir. On était en octobre, la belle saison finissait. Les jeunes gens laborieux d'Humières, les employés, les commis, les clercs des études avaient organisé dans une salle de manége un bal en l'honneur de ces jeunes filles qui ne sont ni des plébéiennes ni des demoiselles, et qu'aucun monde ne songe à faire danser ; rien de plus nouveau que ce petit roman pour celles qui n'ont pas d'histoire ; rien de plus charmant que ces rares occasions de saisir d'un coup d'œil d'ensemble la poésie des classes mixtes.

Ce qu'il y a dans ces simples toilettes, dans ces doux visages qu'on ne voit jamais, dans ces voix qu'on entend si peu, d'honnêteté provoquante, de bienséance gracieuse, d'amoureuse gentillesse, on ne saurait le dire si vite ; je les diminuerais en disant qu'elles nous rendent idéalisé le type perdu de la grisette, mais elles ont d'elle au moins cette franchise de cœur et cette jolie sentimentalité qu'on renvoie aujourd'hui au cabinet de lecture. —

16.

Qu'elles étaient séduisantes ces Cendrillons d'Humières,
avec leur corsage de canezou blanc et leur jupe de couleur, une fleur dans les cheveux, une petite croix d'or au
cou, et leurs mains blanches garnies de mitaines à jour,
— les mitaines, ces gants de la demi-pauvreté ! comme
leurs fines bottines de prunelle faisaient légèrement craquer le parquet où elles dansaient avec un si pudique
abandon ! et leurs mères les regardaient, heureuses de
voir s'amuser une fois ces enfants pour qui la vie n'a
point de sourires ; la salle, tendue de draps blancs et de
verdure, avait l'air d'un reposoir ; et en entrant, comme
une vivifiante senteur de feuillée montait au visage.

Toutes n'étaient pas jolies, mais toutes avaient ce
charme qui vient de la dignité bien gardée et passe dans
les traits : on sentait que leur vie n'avait rien perdu de sa
fraîcheur, et je ne sais quelle conscience de leur destinée
leur donnait comme l'attitude de la résignation aimable ;
et puis le bonheur matériel compte si peu pour ces ou-
bliées, qu'elles se réfugient naïvement dans l'idéal, et
que là, en commerce permanent avec les idées généreuses
ou tendres, elles se spiritualisent et se transfigurent ; les
riches jeunes filles peuvent railler la poésie ; la prose leur
offre tant de compensations ; mais celles dont je parle et
que les ambitions vulgaires ne troublent pas, croient encore de toute leur âme à cette vieille religion du Mysti-
cisme, dont le positivisme envoie promener les autels !
La perspective d'un *établissement* ne les préoccupe pas,
et, dans le mariage, elles ne verraient que le mari ; les
diamants ne sont pas créés pour leurs cols, si bien parés

avec un ruban de velours noir ; une lettre d'amour, ô ana-
chronisme ! les ferait encore plus rêver qu'un attelage ;
détachées du monde, elles ont cette légèreté d'âme et de
corps qui frappe au cloître ; nonnes laïques, elles pro-
noncent aussi dans leur sphère, qui n'est profane que de
nom, leurs vœux de pauvreté et de renoncement.

Aucun des jeunes gens qui étaient là n'eût fait entendre
seulement un propos passionné à ces oreilles chastes ;
frères par la communauté de position, ils ne voyaient
guère que des sœurs où d'autres plus hardis eussent
cherché des amantes, et de plus riches des épouses, et
leur galanterie décente laissait aux gardiennes de leurs
danseuses toute sécurité. De part et d'autre on savait
qu'on se divertissait entre honnêtes gens. Les commis-
saires du bal, une faveur blanche à la boutonnière, faisaient les honneurs de cette fête de famille où il n'y avait
aucune *intrigue* à espérer ou à craindre.

Parmi eux se tenait, et au premier rang, un jeune
homme très-nouveau dans Humières ; il avait une tête
pâle et fine, mais qui ne visait pas le moins du monde à
l'air fatal, passé de mode en province comme à Paris.
Il était brun, élancé, et mis seulement avec une gaucherie
un peu laborieuse ; il semblait qu'il eût cherché à appor-
ter une sourdine à son élégance ordinaire, de peur de ne
pas être au diapason de ces toilettes, qui, sans être pré-
tentieuses, sentaient un peu le dimanche.

Gérard était le caissier de la maison de banque Freval
et Cⁱᵉ, d'Humières ; elle avait demandé à ses correspon-
dants de Paris non pas seulement un homme de confiance,

ce qui n'était pas difficile à découvrir autour d'eux, mais un homme qui, pour le besoin de leurs opérations, sût tenir la correspondance anglaise, phénomène plus rare à Humières, et on lui avait envoyé Gérard ; très-réservé, quoique très-avenant, l'employé s'était vite acquis ces discrètes sympathies qui, entre gens qui s'appartiennent peu, tiennent lieu d'amitiés ; d'ailleurs, il passait chez lui tout le temps que lui laissait le travail, ne cherchant à frayer avec personne.

Qui eût jamais reconnu dans l'obscur Gérard perdu dans une petite ville, difficile elle-même à retrouver, le brillant marquis d'Aiguepierres qui, il y a trois ans encore, emplissait Paris du bruit de son luxe et de ses folies ? Physiquement, le marquis aurait déjoué toutes les pistes; il avait fait tomber cette chevelure bouclée et cette barbe soyeuse qu'il portait à la mode britannique, et il s'était apparu rasé comme un ponton, image de sa situation ; ses intimes eussent passé devant lui sans y prendre garde. Personne plus que lui n'avait eu de maîtresses fringantes et de bonnes fortunes de chevaux ; nul n'avait jeté plus insoucieusement son patrimoine par les fenêtres, cassant les vitres quand elles ne s'ouvraient pas assez vite. Il eût trouvé le moyen de se ruiner en cravates dans un temps où l'on ne s'habille plus; le jeu l'avait achevé; un seul valet de trèfle lui avait emporté une fois près de cent mille écus.

Mais la meilleure partie de feu ses richesses courait le monde sous la forme d'émeraudes, de turquoises et de saphirs; et, à quelque course internationale célèbre, il

aurait pu dire : Je vois passer ma fortune. Il n'avait pas
été seulement le bienfaiteur de la Nullité, il lui était arrivé
quelquefois, après avoir fondé un lit de luxe, de fonder
un lit à l'hôpital, et il savait ne pas marchander un tableau
à un artiste méconnu par la vogue.

Après six ou sept ans de cette existence qui fait de la
volupté un bagne, et passée à faire également le bien et
le mal avec une heureuse inconscience, le marquis d'Aiguepierres s'était trouvé un beau matin sans un louis et
avec un horizon de dettes à perte de vue ; et comme,
sous des dehors d'étourderie insensée, c'était un fort
honnête homme, il s'était arrêté net dans son tourbillon,
puis, payant les plus pressés, avait pris une résolution
héroïque.

Il était déjà trop vieux pour se faire soldat. A trente-
cinq ans, il est trop tard pour rattraper la carrière, sinon
la gloire. Il avait préféré aller courageusement étudier la
banque dans une petite ville de province, résolu après un
ou deux ans de stage à passer aux Indes et à s'y refaire
une position digne de lui. Il s'était confié à un vieux serviteur de son père qui, tout en gémissant et en admirant,
l'avait désigné à la maison dont il était un des petits
actionnaires, et de là, trompant même son protecteur, il
était parti pour Humières sous le nom de Gérard ?

Le croirait-on ? Lui, l'homme des somptuosités, des
enivrements, des paroxysmes, lui pour qui Paris n'avait
pas encore assez de ressources et de plaisirs, il se trouvait plus heureux avec deux cents francs par mois à Humières qu'avec le million qu'il mangeait annuellement

dans le chef-lieu de l'univers. Il était si rassasié de tout, que cette diète infinie lui semblait presque friande ; ce changement absolu d'existence avait produit dans son organisation une miraculeuse détente ; n'avoir plus la peine de s'amuser, quelle joie ! retrouver du goût aux choses les plus simples, quelle résurrection ! ne plus entendre ce tapage qui fausse l'oreille, quelle restauration de la justesse ! L'eau des petits bonheurs lui semblait mille fois plus exquise que le vin des grandes félicités ; papillon qui, au rebours de ce qui se passe, redevenait chrysalide, il chérissait ce néant qui le reposait du chaos. Ah ! si le Sybarite que blessait un pli de rose eût eu l'esprit de faire une traversée ou une campagne, c'eût été de la feuille trop plane qu'il eût souffert.

Il s'étonnait même parfois que le dégoût des béatitudes mondaines pût être si profond, si sincère, si aisé, lui qui autrefois avait persiflé les conversions soudaines ; et il se sentait une légèreté radieuse à être délivré de toutes les chaînes de fleurs. Je sais tout, se disait-il quelquefois, à quoi bon rapprendre ? J'ai tout éprouvé, pourquoi recommencer le tour des sensations ?

Ingrat, qui oubliait que Dieu nous renouvelle à l'infini, nous empêchant peut-être ainsi de faire l'étrange connaissance de nous-mêmes. Ainsi il y avait une chose où le marquis d'Aiguepierres aurait cru qu'il ne restait guère à lui en remontrer.

Il possédait, à n'en pas douter, plus d'un tiroir plein de lettres de tous les plis et de tous les parfums, et si on lui demandait : Avez-vous aimé ? il répondait avec convic-

tion : —Énormément ; et pourtant s'il connaissait les caprices, les délires, les lunes de miel illégales, il ignorait
cet ineffable élément fait de raison solide et de sentiment
profond et qui seul devrait porter le nom d'*amour*, blessure divine dont le cœur mourrait si elle se refermait,
incarnation fidèle de nous-mêmes dans un être unique ;—
pauvre marquis d'Aiguepierres, il avait aimé les femmes,
et il croyait avoir aimé une femme !

Dans ce recueillement forcé de la vie de province, il
sentait le vide de sa vie parisienne ; il se jugeait plus sévèrement qu'on ne l'aurait jugé peut-être, et après avoir
été un vaurien de fine fleur, il tâchait de devenir un
homme ordinaire, amélioration plus glorieuse à réaliser
qu'on ne pense. Déjà les deux ou trois mois qu'il venait
de passer dans sa petite solitude d'Humières lui avaient
ôté quelque chose de sa sécheresse de cœur, comme un
air frais calme un front brûlant, et c'était dans les plus
louables dispositions à faire refleurir en lui l'idéal mort
faute de soins, qu'il s'était rendu pour la première fois
sans ennui à un plaisir innocent, et même avait désiré
se rendre utile.

Ce fut lui qui pendant le première heure reçut et con-
duisit à leur place les danseuses ; puis il s'assit à l'écart,
sur un banc, et contempla avec une sorte de curiosité
émue ce tableau de franche jeunesse qui lui faisait bien
au cœur et à l'âme : le ramage naïf de l'orchestre un peu
languissant le ravit ; il lui sembla qu'il entendait les plus
douces voix de son enfance, et il en était là de cette extase

du blasé pour les choses primitives, lorsque Annette Gerbier entra avec sa mère.

Elle s'avança si rayonnante, quoique si timide, que la salle en reçut plus de lumière et que la danse fut presque suspendue. A un certain degré de supériorité, les rivalités s'éteignent. Une robe blanche négligemment nouée à la taille par une ceinture longue de taffetas rose, ne dessinant que le haut de son corps harmonieux et souple, la faisait sortir à demi d'un nuage de gaze, comme certaines apparitions de la Fable : une rose demi-close, emblème de reconnaissance plutôt que d'orgueil, se cachait au creux de son corsage; une expression de souffrance répandue dans ses traits souriants lui donnait comme un petit air de déesse blessée.

Quant au marquis d'Aiguepierres, ce serait trop s'avancer que de dire qu'une vie nouvelle venait de dater pour lui de cette vision enchanteresse, mais il éprouva, frappé par elle, ce frémissement mystérieux qui est le signe précurseur des grands mouvements du cœur. Son regard ne pouvait se détacher de ce rêve accompli, il avait bien entendu parler de Mlle Rosa la Rose, mais elle se montrait si peu qu'il n'avait jamais pu l'apercevoir; il croyait que c'était là d'ailleurs une de ces réputations de province qui ne tiennent pas devant un coup d'œil parisien.

Le marquis se convainquit une fois de plus de la puérilité de ces classifications qui tendraient à faire croire que, hors de Paris, il n'y a pas de salut pour les difficiles, comme si la Providence ne semait pas ses perles où il lui plaît. Il lui fallut, à ce petit-maître de capitale, ratifier docilement le jugement de la petite ville ; mais disons-le à sa louange, ce fut avec une joie sans dépit. Même pour ce possesseur de tant de secrets, Annette Gerbier était une révélation. Certes, à Paris, ces figures qui personnifient la perfection morale et physique avaient dû peut-être traverser sa route, mais qu'importe la somptuosité de l'instrument si l'inspiration est absente. Mieux vaut le violon de cinquante francs où l'on entend pour la première fois résonner son âme!

Jusque-là, la grâce de l'amour vrai ne l'avait pas touché, une pauvre fille allait peut-être faire ce miracle, où les plus fières eussent échoué, et ses regards tremblant d'être surpris ne pouvaient se détacher de celle qui lui faisait l'effet d'une libératrice. Ce fut presque en balbutiant que le marquis d'Aiguepierres, si intrépide autrefois dans l'impertinence, demanda à Annette Gerbier la faveur d'un quadrille ; quand la rose d'Humières leva la tête pour répondre et que leurs yeux se rencontrèrent, elle reçut à son tour au cœur une sorte de commotion délicieuse ; elle n'avait jamais rencontré cette expression d'ardent respect.

Remis tous deux de leur trouble, ils causèrent avec une aisance enjouée qu'ils ne se seraient pas soupçonnée ; et dès la première parole ils se plurent. Un courant d'attraction réciproque déliait leurs pensées et les mettait magiquement en rapport ; ils se perdaient déjà dans l'âme l'un de l'autre, comme on s'enfonce insensiblement dans la profondeur d'un bois, quand Annette poussa un cri étouffé : elle venait de reconnaître derrière elle, la

17

couvant de son effronterie, M. de Puysargues, qui avait profité du moment où le bal était le plus animé pour se glisser sans façon dans cette réunion où il n'était pas invité.

Le marquis d'Aiguepierres avait ouï parler des hauts faits de cette espèce de gentilhomme : à l'effroi mal dissimulé d'Annette Gerbier il devina des antécédents de tyrannie qui lui rendirent odieux tout de suite un homme qui ne lui eût inspiré que de l'indifférence. Une sorte de gêne s'était manifestée dans l'assemblée : on chuchotait, on se consultait. Comment expulser un intrus de cette qualité ? Tous les yeux se tournaient vers l'employé Gérard qui toisait M. de Puysargues avec une fermeté surprenante.

— C'est par erreur sans doute, monsieur, que vous vous trouvez ici, dit à la fin M. d'Aiguepierres, car vous n'êtes pas des nôtres.

— Et pourquoi donc, mon petit monsieur? répliqua M. de Puysargues ; vous avez organisé un bal de souscription ; le prix de la cotisation est quatre francs, j'ai le droit, en vous le versant, d'inviter mademoiselle, et il indiqua Annette Gerbier, pour la première contredanse. Veuillez me rendre, dit-il, en tendant au marquis d'Aiguepierres une pièce de cent sous.

— Nous ne voulons ni de votre argent ni de votre personne, mon grand monsieur, reprit le marquis d'Aiguepierres avec un sang-froid qui fit pâlir Puysargues et qui enchanta l'assistance, et vous allez sortir.

— Sortir! moi! le baron de Puysargues! Comment vous appelez-vous?

Le marquis d'Aiguepierres eut une étrange tentation de dire son vrai nom, mais à son tour il eût perdu le droit de rester là, d'où le fait de ne pas être du même monde en chassait un autre ; l'intérêt de sa position lui commandait aussi l'incognito ; il se contenta de répondre :

— Gérard, monsieur le baron.

— Ah! oui, le nouveau caissier de la maison Freval ; eh bien, mon cher monsieur, si je ne puis me commettre avec vous (le marquis eut un sourire), vous trouverez bon que je me venge à ma façon. J'ai trois cent mille francs placés chez M. Freval ; si demain vous n'êtes pas mis à la porte, je les retire ; et vous mériteriez qu'un coup de cravache...

Il n'acheva pas. Le marquis d'Aiguepierres l'avait déjà soulevé d'un poignet de fer et jeté dans la rue. Quand il rentra, un hurrah d'enthousiasme l'accueillit, et Annette Gerbier le remercia avec un attendrissement qui tenait de l'adoration ; la colombe n'avait plus peur du vautour, elle se sentait un défenseur.

Ce fut à lui qu'on adjugea l'honneur de reconduire Mˡˡᵉ Gerbier à sa mère; le marquis sentait la charmante fille frémir sous son bras ; un silence plus éloquent que toutes les paroles accompagnait l'itinéraire. Quand ils furent arrivés, Annette détacha de son corsage la rose qui lui servait de parure, et l'offrant au marquis d'Aiguepierres :

— Tenez, Gérard, dit-elle, acceptez ceci pour l'amour de nous.

Le marquis n'osa même pas baiser la petite main

blanche qui faisait son premier cadeau, et il allait s'enfuir, quand Annette ajouta :

— M. Freval est un honnête homme qui estime mon père ; nous irons tous deux le voir demain matin ; ne craignez rien.

M. d'Aiguepierres ne put alors s'empêcher d'imprimer un baiser sur cette rose qui avait de plus le parfum de la bonté.

Annette rougit.

— Pas cela ! dit-elle d'un ton suppliant, et après lui avoir demandé pardon, le marquis rentra chez lui et s'endormit de ce sommeil léger et doux qui suit les bonnes actions.

VII.

M. de Puysargues en fut pour sa courte honte; le lendemain pareillement, mais de meilleure heure que lui, les patrons des jeunes gens, avertis par eux des étranges menaces du baron et de la noble conduite de Gérard, se présentaient à la maison Freval pour lui offrir, en cas de demande de remboursement immédiat, la somme nécessaire. Devant une démarche aussi flatteuse, il n'y avait pas même à gronder Gérard, quoique tout ce bruit qui se faisait dans Humières à cause d'un des siens fatiguât un peu le banquier. M. de Puysargues fut fort surpris de recevoir, en réponse à la lettre qu'il venait de faire porter à M. Freval par un valet en grande livrée, car il n'avait pas osé venir lui-même, et par laquelle il mettait la maison de banque en demeure, un billet fort poli de la main même de Gérard et où on lui annonçait que ses fonds étaient à sa disposition.

Le haut et puissant seigneur n'était pas homme à dévorer un tel affront, et toute sa colère se tourna contre cette petite Gerbier, qui avait tous les torts de l'agneau

de la fable. Il ne s'agissait que de la trouver se désalté-
rant au courant d'une onde pure. M. de Puysargues qui
avait entendu parler de Machiavel, se recueillit pour
méditer un plan dont la perfidie ne laissât rien à désirer.

Quant à Gérard, loin d'abuser de son triomphe, il s'était
renfermé plus strictement encore dans l'accomplissement
de ses devoirs, et c'est à peine si de distance en distance
le hasard lui permettait d'apercevoir la rose d'Humières.
En province, tout compromet, une visite, un passage
dans une rue, le fait de se trouver sur le passage d'une
personne, et Gérard, par un reste de chevalerie, se pri-
vait de la vue d'Annette Gerbier.

Et puis, en galant homme, il s'était dit : Où me mènera
cette existence ? Penser à faire de Mlle Gerbier sa maîtresse répugnait à l'ordre d'idées tout nouveau pour lui
où il se plaisait à entrer ; il y a des phases chez les plus
corrompus, où la conscience, plus exigeante encore que
l'hermine, ne peut pas supporter la pensée d'une tache ;
d'ailleurs, ce n'était pas le feu des sens que le souvenir
de la charmante fille allumait en lui, mais bien cette
flamme légère et éthérée de l'âme qui ne brûle bien que
dans des vases de pureté ; pour la première fois, ils ne
désirent pas une femme, ils aspirent à elle.

D'un autre côté, lui, le marquis d'Aiguepierres, aller
demander la main de la fille d'un vieux boutiquier ruiné,
troublait un peu la vanité du gentilhomme ; tout près
d'être sublime, il avait peur d'être ridicule ; il y a des
préjugés qu'on est toujours disposé à fouler, mais quand

on est au moment de s'exécuter, on se rappelle qu'on a le talon d'Achille.

Et pourtant cette délicate image l'occupait délicieusement ; il lui devait de ne plus se sentir seul dans la vie, puisqu'elle faisait battre si régulièrement son cœur depuis longtemps rouillé, puisqu'elle dessillait ses yeux en les ravissant, puisqu'elle avait l'honneur de faire du mécréant de la veille un chrétien du lendemain ; pourquoi n'avait-il pas le courage d'arrêter son paradis? Hélas ! l'ex-damné avait peur de ses camarades d'enfer ; un matérialiste qui finit par l'Idylle, fi donc ! autant faire porter une houlette à Lucifer ! Il entendait mille voix ricaneuses qui lui criaient : *Tu vieillis, d'Aiguepierres!* au lieu d'écouter cette voix divine qui lui chantait : *D'Aiguepierres, tu reconquiers ta jeunesse!*

Il est ainsi plus d'un bonheur que nous n'osons ramasser, parce qu'il faudrait un peu se courber pour être heureux; puis un jour nous voyons ce fruit dédaigné resplendir sur un plat d'or, comme ce pharisien qui retrouvait Jésus dans le pauvre pèlerin auquel il avait refusé l'hospitalité!

Si à quelque degré que ce fût, elle eût été déplacée dans son monde! si intellectuellement elle n'avait pas été aussi digne de lui qu'elle l'était moralement! Mais non, Annette Gerbier, par le ton, par les manières même, eût fait une vraie marquise d'Aiguepierres ; il ne s'agissait, pour lui donner toute sa valeur, que de la marquer à son effigie ; mais il n'y a plus de héros d'amour, et on ne fait pas pour une créature ce qu'on fait si bien pour un métal :

entre le louis et la pépite d'or, est-ce qu'il y a mésalliance?

Un motif généreux ramenait pourtant le marquis à
Mlle Gerbier, chaque fois que l'amour-propre l'écartait
d'elle; il pressentait qu'un danger planait autour de la
jeune fille, et il avait très-bien conscience qu'elle se reposait sur lui pour la protéger. Il n'avait fallu qu'un
regard de la rose d'Humières pour lui apprendre toute la
foi que ce jeune cœur avait mise dans l'homme qu'elle
croyait n'être que Gérard.

Annette Gerbier, elle, se tenait immobile dans ses
sentiments comme si elle avait été frappée par la foudre;
une indéfinissable pudeur l'empêchait de regarder ces
mille sentiments nouveaux qui s'éveillaient en elle ; elle
ne voulait pas s'interroger, préférant d'ailleurs rester
dans ce vague si cruel et si doux à la fois, état confus
de l'âme où la lumière blesse quand elle n'est pas un
rayon d'en haut.

Humières s'était divisé en deux camps à l'endroit d'Annette Gerbier : le *high life* de l'endroit épousant fort à
contre-cœur, mais par esprit de corps, la sotte querelle
du baron de Puysargues, se déchaînait contre cette
mijaurée ; le reste de la ville la dédommageait en assai-
sonnant ses louanges de commandes qui ne tarissaient
pas. Quant au féodal baron de Puysargues, il attisait en
dessous main cette petite guerre de clocher, et lui, le
petit-fils de 92, accusait de plus belle les principes de 89.

VIII.

Une petite maison de campagne se trouvait à louer sur
la route d'Humières à Rivancelles ; on ne fut pas peu
étonné de la trouver un beau matin occupée par une dame Goffin, qui arrivait de Paris avec ses domestiques.
Quelle raison avait poussé une étrangère à venir chercher
si loin ce qu'on trouve si bien aux portes de sa résidence
habituelle ? Probablement la certitude de se retirer plus
sérieusement du monde ; en tout cas, Mme Goffin s'annonça
par de telles habitudes de charité, qu'on accueillit très-vite
la bienfaitrice sans lui demander d'où elle venait : c'était
une femme de soixante ans, très-imposante, avec de
beaux cheveux blancs, et une mise presque rigide ; elle
affichait une dévotion soigneuse, ne quittant guère les
églises que pour les pauvres, et ne laissant pas une infortune autour d'elle. En trois mois, sa réputation était si
bien établie que Mme Goffin inspirait une confiance universelle, et qu'elle serait morte en odeur de sainteté si
son trépas fût arrivé à temps.

Elle ne voyait personne, ce qui eût permis de la juger

17.

de plus près, et comme elle conservait le prestige des
gens qu'on n'aperçoit qu'à distance, son nom se trouvait
dans toutes les bouches, sans qu'aucune discordance trou-
blât ce concert de vénération ; Guelfes et Gibelins se ré-
conciliaient pour l'acclamer. Ainsi les plus hostiles à Annette Gerbier, car les anges ont des ennemis, tout comme
les hommes, lui avaient pardonné de s'occuper de cette
jeune fille, objet d'un récent scandale ; peut-être Mme Goffin ferait-elle comprendre à cette rebelle de dix-huit ans
que plaire est déjà une faute, et que plaire à ceux qui ne
sont pas de sa sphère est bien près d'être un crime.

Écoutez Mme Goffin, disaient à Annette, avec un mépris
qui s'efforçait de ressembler à de l'intérêt, les sept sages
d'Humières, elle ne peut vous donner que de bons conseils.

Il n'y avait guère dans toute la ville qu'un homme auquel Mme Goffin ne revenait pas franchement : c'était le
marquis d'Aiguepierres. Il se rappelait vaguement avoir
vu, il ne savait plus où ni dans quelle circonstance, cette
physionomie qu'il ne pouvait s'empêcher de trouver plus
composée que naturelle ; mais il gardait précieusement
pour lui cette impression fâcheuse, et prenait même à
tâche de chasser ces soupçons évidemment sans raison
d'être. Cependant, il observait le manége de Mme Goffin
autour d'Annette ; évidemment, elle s'étudiait à conquérir
cette jeune fille ; dans quel but ? il ne pouvait encore le
comprendre.

Un jour le marquis apprit que les parents de Mlle Gerbier avaient accordé à Mme Goffin la permission d'emme-

ner pour une semaine leur fille à sa maison de campagne.
« Je serai heureuse d'avoir quelques jours cette chère
enfant auprès de moi, avait-elle dit, et ce petit voyage lui
fera grand bien. » Chez Mme Goffin une sœur ou une fille
eût paru en sûreté ; personne ne pouvait trouver mauvais
un acte auquel il se fût prêté lui-même, et pourtant une
sorte d'anxiété ne quittait plus l'esprit de M. d'Aiguepierres depuis cette fatale nouvelle.

Annette, de son côté, n'avait pas osé faire de résistance
au projet d'une femme aussi haut placée que Mme Goffin.

Il contentait les deux êtres qu'elle chérissait le plus, et
d'ailleurs il lui souriait presque : la perspective de quitter,
ne fût-ce que pour un instant, cet Humières où elle avait
déjà été si éprouvée, lui redonnait du courage ; il lui
semblait aussi que, dans ces grands bois de Rivancelles
où elle irait sans doute se promener, elle serait moins vue
pour penser à Gérard.

Il avait été convenu que Mme Goffin enverrait prendre
Annette par sa femme de charge. En effet, un soir du
mois de juillet (on avait voulu attendre pour éviter la
chaleur), vers les huit heures environ, une bonne vieille
calèche de province conduite par un cocher qui avait la
meilleure mine du monde, s'arrêta devant la porte des
Gerbier. Dans le silence des petites villes, quand la nuit
est arrivée, tout bruit paraît presque insolite, et une oreille
aux aguets discernerait la plus faible sonorité. Le marquis
avait entendu un soir le roulement d'une voiture, et il
avait compris que c'était son bonheur qu'on venait enle-

ver, et, se glissant dans l'ombre, en quelques bonds, il avait rejoint l'équipage.

Cependant quand il arriva, Annette était déjà installée dans la voiture. Ses parents, une lanterne à la main, aidaient la femme de charge à caser un petit paquet. Lorsque les roues s'ébranlèrent, Annette leur envoya un adieu bien plaintif. Les vieux Gerbier qui se séparaient pour la première fois de leur fille, voulurent revoir encore ce visage aimé, et sa mère leva un peu la lanterne ; un rayon tomba sur la figure de la femme de charge et le marquis eut comme un éblouissement.

Cette fois il ne se trompait pas ; la prétendue femme de charge était une ancienne marchande à la toilette qu'il connaissait fort bien, et qu'il était impossible que Mme Goffin eût prise à son service. Dans tout cela il y avait quelque complot ; la voiture n'était plus déjà qu'un nuage de poussière ; le marquis réveilla un loueur du voisinage, fit seller un cheval et partit ventre à terre dans la direction de Rivancelles.

IX.

Les voyageurs avaient déjà une grande avance sur M. d'Aiguepierres qui, connaissant mal le pays, risquait fort de se perdre dans tous ces chemins de traverse. La voiture marchait sans lumière et la nuit était très-noire; si le hasard n'avait pas eu l'esprit, très au loin dans la plaine, de faire flamber une allumette au cocher pour commencer un cigare, — fanal microscopique qui suffît à l'instinct du marquis, M. d'Aiguepierres échouait dans sa poursuite; car où se diriger utilement? comment savoir où l'on conduisait la jeune fille?

Poussé par sa bonne étoile, il arriva à cinq cents pas environ derrière les chevaux, au moment où ils s'engageaient dans la route à travers le bois qui mène à Puysargues, la seule que le marquis eût bien présente à l'esprit. Il n'y avait plus de doute, on voulait livrer Mlle Gerbier.

La voiture tourna le château et s'arrêta à une petite porte qui s'ouvrit et se referma sans bruit sur les voyageurs rapidement descendus.

M. d'Aiguepierres attacha solidement son cheval au
premier arbre qu'il rencontra, puis s'aidant des pieds et
des mains, il escalada le mur dont le mauvais état lui
rendit l'ascension plus facile, et se trouva dans une espèce
de cour qui donnait dans le jardin de Puysargues. De
vives clartés brillaient derrière les sapins qui masquaient
en partie la vue du château, le marquis s'approcha et
put reconnaître confusément à travers les jalousies exté-
rieures les apprêts d'un festin.

Des voix joyeuses, où il crut discerner quelques tim-
bres féminins avec lesquels il était assez familier, reten-
tissaient à l'intérieur. Il respira : évidemment Annette
n'était pas encore là.

La chaleur avait été si accablante que, par une de ces
négligences si ordinaires en été, la plupart des communi-
cations étaient restées libres ; M. d'Aiguepierres entra bravement dans le château ; il suivait à pas de loup un long
corridor quand un colloque à mi-voix attira son attention ; il se trouvait près d'un petit salon où M. de Puysargues causait avec deux personnes, et là, retenant son
souffle, il ne perdit pas un mot de tout un conciliabule
qui l'édifia complétement.

M\ :sup:me Goffin n'était pas autre chose que la Valéria, une
ex-beauté célèbre en 1846, et qui jouait à ravir la femme
du monde. Le marquis avait rencontré une fois ou deux
à Paris, sans savoir sa vraie qualité, cette créature très-
intrigante, et qui cachait dans une retraite presque inac-
cessible les restes de sa splendeur. Valéria appartenait à
un temps où les courtisanes se donnaient encore la peine

de ressembler aux grandes dames; la prétendue femme
de charge n'était autre chose que Mme Dorothée, une de
ces personnes doucereuses qui tiennent des inclinations et
des cachemires d'occasion. Le cocher représentait un
jeune fainéant plein d'avenir, qui devait toujours épouser
Dorothée.

M. de Puysargues, qui ne reculait devant rien pour
satisfaire sa vanité, avait conçu et exécuté avec ses trois
complices ce plan, où du temps de ses aïeux, prétendait-
il, on n'aurait rien vu de criminel. Les rigueurs d'Annette
Gerbier lui avaient aliéné quelques vauriens du voisinage,
qui, pour valoir mieux de toute façon que le châtelain
cité plus haut, n'étaient pas précisément, en matière galante, bourrelés de scrupules. Le baron leur avait parié
mille louis qu'il les ferait souper avec Mlle Rosa la Rose ;
ils avaient tenu les mille louis ; ils attendaient précisément le passage de quelques voyageuses de villes d'eaux,
qu'ils étaient charmés de donner pour convives à la con-
quête de M. de Puysargues, trop riche pour qu'il fût
leur plastron, mais au fond assez méprisé d'eux. Le
baron avait inventé Mme Goffin, et on sait le reste.

Au fond, ce qu'il recherchait avant tout, c'était une
vengeance d'amour-propre ; qu'Annette parût seulement
à ce souper, et il né demandait pas mieux que de la laisser partir sans pousser plus loin une entreprise coupable. Il comptait sur la surprise de la jeune fille pour
faire réussir sans trop d'invraisemblance cette comédie
d'amant heureux ; le rideau baissé, on ramènerait Annette
chez Mme Goffin, qui elle-même la rendrait à ses parents,

et, si elle se plaignait, on mettrait l'aventure sur le compte de gens soudoyés, qui seraient renvoyés le lendemain même. Le baron en serait quitte pour aller demander humblement pardon à Mme Goffin, qui se chargerait d'arranger les choses. M. de Puysargues ne se demandait pas si Mlle Gerbier n'allait pas sortir déshonorée de ce guet-apens, quand même elle en sortirait pure; il ne se disait pas qu'il jouait gros jeu lui-même en menant à bout une aussi indigne mystification; sa rage le grisait, et, pour le juger moins sévèrement, il aurait fallu en appeler du Puysargues ivre au Puysargues à jeun.

Pendant ce temps, Annette qui ne se doutait de rien, réparait dans une petite chambre où on l'avait menée, le léger désordre de sa toilette.

M. de Puysargues entra solennellement dans la salle du festin.

— Messieurs, s'écria-t-il, j'avais parié avec vous que je vous ferais souper avec Mlle Rosa la Rose; et il écarta une tapisserie qui laissait voir Mlle Gerbier s'avançant conduite par la femme de charge, je crois que j'ai gagné mon pari.

— Pas encore! dit une voix menaçante qui se fit entendre à l'autre bout de la salle à manger.

Le marquis d'Aiguepierres venait d'apparaître, les bras croisés et les yeux étincelants.

Quant à Annette Gerbier, elle s'était évanouie en poussant un cri déchirant.

Les hommes s'étaient levés et regardaient avec une sorte d'angoisse la scène qui s'apprêtait; les femmes s'empressaient autour d'Annette, pâle comme la mort.

X.

— Encore ce manant! s'écria **M.** de Puysargues en s'élançant vers.l'homme qui venait de nouveau troubler ses plaisirs ; savez-vous bien, mons Gérard, que je pourrais vous tuer comme un voleur, pour pénétrer ici chez moi par escalade ?

— Il n'y a de manant ici que vous-même, monsieur, articula le marquis avec une froideur hautaine qui domina tout le monde ; l'employé Gérard n'aurait pu vous le dire, mais le marquis d'Aiguepierres est heureux de vous en avertir.

— Mais oui, c'est d'Aiguepierres, murmurèrent quelques femmes, que le changement physique du marquis avait déroutées jusque-là.

— Vous, le marquis d'Aiguepierres ! épela **M.** de Puysargues qui chercha partout dans le regard de ses convives une expression de doute et qui ne rencontra que la conviction la plus formelle.

— J'espère que vous n'en doutez plus.

— M'expliquerez-vous cette mascarade ridicule ?

— Mais je ne viens pas vous rendre de comptes. Je viens vous en demander.

— Eh bien, puisque nous sommes entre gentils-hommes vous savez comment ils se règlent.

— Entre gentilshommes ! — vous allez un peu vite, mon petit monsieur, répliqua le marquis, employant à dessein les termes dont M. de Puysargues s'était servi pour lui dans une occasion mémorable.

— Mettons que je ne sois pas d'assez bonne maison pour vous, dit le baron avec assez d'adresse, et finissons, que voulez-vous ?

— Je veux que Mlle Annette Gerbier, que vous n'avez amenée ici que par une ruse indigne même de vous, soit à l'instant reconduite chez ses parents ; elle ne peut passer la nuit ici.

Ce fut sur ces paroles de délivrance qu'Annette revint à elle.

Et en quelques mots le marquis mit l'assistance au fait de ce qui s'était passé.

Une rumeur de désapprobation s'éleva contre M. de Puysargues ; tous ces jeunes gens ne péchaient pas par l'intolérance, mais aucun d'eux n'avait eu conscience qu'il prêtât les mains à une vilaine action ; le prestige de M. d'Aiguepierres ne contribuait pas peu à les remettre dans la voie droite ; l'employé Gérard leur aurait peut-être déplu même en défendant une bonne cause, un champion comme le marquis leur rendait la vertu élégante à soutenir.

Puysargues acheva de se perdre en s'écriant avec une ironie qui voulait être sanglante.

— Eh bien, messieurs, j'ai perdu, voici vos mille louis.

Et il jeta un portefeuille sur la table.

— Nous ne voulons pas de votre argent, répondit le chœur des convives.

— Vous me rendrez raison de cet outrage,, fit le baron décontenancé.

— Nous ne voulons pas de votre sang, répliqua encore l'assistance avec une sorte de cruauté.

M. de Puysargues se retourna contre M. d'Aiguepierres.

— Au fait, monsieur le marquis, c'est à vous seul que j'ai affaire.

— Je me battrai avec vous à Paris tant qu'il vous plaira, dit M. d'Aiguepierres, quoique vous ne méritiez guère cette politesse ; mais ici il importe pour vous-même que cet esclandre ne s'ébruite en aucune façon ; ce qui s'est passé sera nul et non avenu ; Mme Goffin avait envoyé chercher Mlle Gerbier à Humières ; c'est elle-même qui, surveillée par moi, va la reconduire ; elle prétextera une dépêche qui la rappelle sans retard. Valéria, votre triste émissaire, n'aura jamais existé pour ce pays.

— Et vous, messieurs, dit un des convives, je vous offre à tous l'hospitalité à Eppecourt ; si je parle le premier, c'est que je suis le plus proche voisin de notre ancien ami, le baron de Puysargues.

— Quant à la maison de Mme Valéria, dit M. d'Aiguepierres, je me charge de la lui vendre et de lui en faire
passer le prix.

Au nom du marquis d'Aiguepierres souvent prononcé,
Valéria, que le bruit de cette scène avait attirée, s'était
mise à écouter religieusement ; quand il fut question
d'elle, maîtrisant son émotion, elle parut dans la salle du
festin.

XI.

Elle s'était défaite de ce simulacre de cheveux blancs qui faisait l'effet d'un sacrilège, et noblement drapée, elle se montrait telle qu'elle était, belle encore, avec cette tête altière qui avait presque reconquis sa jeunesse en retrouvant ses magnifiques cheveux noirs, car Valéria était de celles qui veulent mourir tout entières; pas une ride n'avait affronté ce visage de marbre, pas un fil d'argent ne s'était glissé dans l'ébène de ces boucles épaisses; il semble que la clémence céleste épargne aux courtisanes les insignes du respect.

Valéria eût figuré la statue de la Perversité, mais la vie implacable de cette femme contenait pourtant un titre de rémission : elle avait aimé avec grandeur, avec sincérité le père du marquis d'Aiguepierres, et elle ne pouvait pas supporter plus longtemps l'idée de déshonorer son amour en frappant le fils; Raoul d'Aiguepierres était d'ailleurs la représentation vivante de l'homme dont elle conservait le souvenir adoré.

Une curiosité hostile l'accueillit à son entrée; on crut

qu'elle venait braver le sentiment général ; Valéria venait au contraire s'humilier devant ses juges.

— Messieurs, dit-elle, je veux avoir fini de vous paraître odieuse ; s'il ne dépend pas de moi de réparer tout le mal commis dont je demande pardon à Mlle Gerbier et à M. le marquis d'Aiguepierres, — elle associait à dessein ces deux noms, je tiens au moins à ne pas conserver le prix de services que je regrette ; je n'accepte donc le cadeau de M. de Puysargues qu'à la condition de faire de la maison qu'il m'a donnée un asile pour les pauvres ; eux seuls seront assez généreux pour ne pas me refuser.

— Vous tenez à ce qu'on bénisse Mme Goffin, s'écria Puysargues en ricanant.

— Je désire seulement qu'on ne maudisse pas Valéria, fit la courtisane avec une dignité qui imposa même au baron.

Si cupide que fût cette femme, elle ne connaissait pas ce plat amour du lucre qui plus tard devait caractériser ses pareilles.

— Quant à vous, monsieur le marquis, j'ai un autre présent à vous faire, continua-t-elle en s'adressant à M. d'Aiguepierres.

— Que puis-je donc recevoir de vous, madame, dit-il avec sévérité.

Elle tira vivement de son corsage un large médaillon entouré de brillants, et le tendant à M. d'Aiguepierres.

— Osez, dit-elle, repousser ceci !

Le marquis regarda, c'était le portrait de son père, de

son père tendrement aimé, et dont, faute d'un souvenir qui les fixât, les traits étaient comme perdus pour lui.

Mais avant de porter cette image sainte à ses lèvres, il voulut la séparer de la monture qui la flétrissait peut-être ; en faisant par un mouvement rapide comme l'éclair sauter la garniture de brillants, un papier très-fin et plié en quatre tomba par terre ; il le ramassa et lut.

C'était le titre de propriété de la terre de Puysargues qui appartenait à la branche collatérale des d'Aiguepierres, branche aujourd'hui éteinte ; des notes en marge mentionnaient les interruptions de prescription faites en temps utile ; un jour, en voyage, Mme d'Aiguepierres la mère avait inséré dans le médaillon cette pièce précieuse retrouvée dans une étude de village, puis elle était morte subitement ; personne n'avait songé à chercher là un document de famille.

Ce fut un coup de théâtre ; il n'y avait pas à douter de l'authenticité de ce titre, qui dépossédait le baron de Puysargues, et restituait le domaine tout entier à son véritable propriétaire, le marquis d'Aiguepierres.

— Quoique j'aie tout lieu de me croire chez moi, dit le marquis en s'adressant à l'ex-baron, redevenu Gros-Jean comme devant, je vous permets jusqu'à nouvel ordre de vous croire chez vous.

— Nous plaiderons ! s'écria le baron.

— La justice décidera, Monsieur !

Valéria triomphait ; il semblait que le flot de prospérité amené par un incident qui venait d'elle lavât sa faute à ses propres yeux ; elle rendait au centuple ce qu'elle avait tenté d'ôter au fils de l'homme auquel elle aurait tout sacrifié.

Mlle Gerbier lui tendit la main en signe de pardon; le marquis ne voulut pas être plus inflexible qu'elle.

Il était neuf heures du soir; à deux heures, escortée à distance par les jeunes gens qui avaient tenu à lui faire cette conduite d'honneur, Rosa la Rose rentrait sous le toit paternel.

XII.

Trois mois après cette histoire, l'église de Rivancelles, toute parfumée de fleurs et d'encens, était trop petite pour contenir les braves gens qui assistaient au mariage du marquis d'Aiguepierres et de Mlle Annette Gerbier. Les écoliers du lycée d'Humières avaient eu congé au cri de : *Vive Rosa la Rose!* Les anciens et les nouveaux amis du marquis s'étaient tous donné rendez-vous pour fêter le bonheur de M. d'Aiguepierres; les employés d'Humières n'avaient pas été les derniers à venir témoigner par leur présence leur gratitude envers leur défenseur. Les vieux Gerbier priaient et pleuraient derrière leur fille, si modeste et si angélique, qu'elle n'excitait aucune jalousie. C'était bien à elle que le marquis devait son retour à une situation digne de lui. Il l'eût épousée par équité, si ce n'avait pas été par amour.

M. de Puysargues s'est fait bravement soldat et a repris

le nom de son père. Sur la porte d'une petite maison
située à deux kilomètres de Rivancelles on lit aujourd'hui :
Asile Goffin.

FIN

Paris.-Imp. PAUL DUPONT, 41, rue Jean-Jacques-Rousseau. 3528.12.9

EN VENTE A LA LIBRAIRIE E. DENTU

Paris. — Imp. Paul Dupont, 41, rue J.-J.-Rousseau (Hôtel des Fermes).

www.ingramcontent.com/pod-product-compliance
Lightning Source LLC
Chambersburg PA
CBHW070208030726
47505CB00006B/1607